读读写写

《伤寒论》

传承中医 经典先行

黄古叶 ◎ 主编

广西科学技术出版社

· 南宁 ·

图书在版编目（CIP）数据

读读写写《伤寒论》/ 黄古叶主编 . —南宁：广西
科学技术出版社，2023.7
ISBN 978-7-5551-2027-8

Ⅰ . ①读⋯　Ⅱ . ①黄⋯　Ⅲ . ①《伤寒论》—研究
Ⅳ . ① R222.29

中国国家版本馆 CIP 数据核字（2023）第 140338 号

读读写写《伤寒论》

黄古叶　主编

责任编辑：张　珂　　　　　　　　　　　封面设计：梁　良
责任印制：韦文印　　　　　　　　　　　责任校对：盘美辰

出 版 人：梁　志
出版发行：广西科学技术出版社　　　　　社　　　址：广西南宁市东葛路 66 号
邮政编码：530023　　　　　　　　　　　网　　　址：http://www.gxkjs.com

经　　销：全国各地新华书店
印　　刷：广西民族印刷包装集团有限公司
开　　本：787 mm × 1092 mm　　1/16
印　　张：17.75　　　　　　　　　　　字　　数：294 千字
版　　次：2023 年 7 月第 1 版　　　　　印　　次：2023 年 7 月第 1 次印刷
书　　号：ISBN 978-7-5551-2027-8
定　　价：76.00 元

读读写写《伤寒论》
编 委 会

内容提要

本书是著者博采众家之长，对《伤寒论》研究探索及从医三十余载的临床经验总结，本着仲景精神，书中条文释义结合临床实际分析病理，传承张仲景经典方证辨证技术，归纳经典方的参考方证。本书适用于中医临床工作者、中医院校师生及广大中医经方爱好者阅读及参考。本书对学者读懂张仲景、掌握其辨证论治的精神和理论体系有所裨益，对临床实践有启发作用。

序

　　《伤寒论》乃四大中医经典著作之一，被誉为"方书之祖"，为中医理论之渊薮。其将变幻万千的复杂证候，依病位的表里上下，所系的经络脏腑，属性的寒热燥湿，邪正的虚实进退，厘定了六经病；所载一百一十三首方在辨证施治时化裁精妙，学术价值及临床价值更为历代医学家所肯定与推崇，并持续沿用至今。欲为中医，《伤寒论》不可不读。

　　然《伤寒论》古籍，成书年代久远，文字古奥，论理广深。书中三百九十七法，一百一十三方，多以"证、脉、方药"为主，其所叙证较为简略，而药性猛峻、剂量又大等，使得初学者对每首方剂的主治证候不易把握，给方药的临床应用带来诸多的困难。

　　黄古叶教授深扎中医临床、教学和科研三十余载，博采众长，业专临床，勤于思考，倾心《伤寒论》研究，今将其所研习之心得，从临证视角撰写成《读读写写〈伤寒论〉》，深入浅出、通俗易懂，尤其归纳出经典方的参考方证，反映作者运用伤寒方的丰富经验和深刻体会。该书的出版，不仅便于初学者读学《伤寒论》，敲开"伤寒"大门，而且对如何学习《伤寒论》和在临床怎样运用伤寒方，掌握经典的方证辨证技巧，拓宽临床思路，提高综合分析能力和诊治疑难病症能力，都有较大的参考价值，对继承和发扬祖国医学遗产将大有裨益。

　　读罢《读读写写〈伤寒论〉》，掩卷沉思，感触颇多。中医学历史底

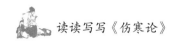

蕴深厚,是在不断继承创新中逐步形成、发展完善的。中医学者当多读经典,用好经典,学用结合、学以致用;坚持以继承为基础,在继承中求发展,在实践中再创新;守正创新,在创新中不断继承中医、发展中医、完善中医。

是为序。

姚　春

姚春,博士,二级教授,主任医师,博士研究生导师。广西中医药大学党委副书记、校长,广西壮族自治区妇联兼职副主席,《广西中医药大学学报》《广西中医药》杂志主编。

自　序

黄古叶，教授，广西中医药大学第一附属医院中医主任医师，耽寝中医典籍三十余载，秉持传承中医、经典先行的理念，倡导并坚持临床应用仲景经方，践行"方证相应"的经典辨证理论。

做一个真正的好中医，学好经方是最佳途径。遵从前贤陈修园"儒者不能舍圣贤之书而求道，医者岂能外仲景之书以治疗"和徐灵胎"医者之学问，全在明伤寒之理，则万病皆通"。要求学生精读《伤寒论》《金匮要略》《神农本草经》《黄帝内经》等中医典籍，特别是强调《伤寒论》要阅读，要悦读，更要慢读；临证要胆大心细，不耻下问，更要勤于思考，善于总结。坚持中医思维是根本，中医经典是灵魂，临证要始终抓住方证思维，作为经方的经典辨证论治模式。立身重德先做人，勤勉精术后为医，回归医学人文精神，坚定中医药的文化自信。

评析或解读《伤寒论》的书可谓林林总总，本书不是解读和评析，谨以临床角度去分析《伤寒论》的原文，结合前贤理解，总结自身领悟而成。仅略陈管见，通俗易懂，切合实际，但求尽合仲景意。

因学识肤浅，理解粗糙，只是躬身力行，以求进一步印证"方证相对理解体会是中医正道""方证相对是所有中医辨证方法的尖端"。但求同道斧正。

目　录

辨太阳病脉证并治（上）

《伤寒论》的六经与《黄帝内经》的六经是不一样的。中医学有两个体系：一是经方医学；二是医经医学。《伤寒论》的理论是基于经方医学；《黄帝内经》的理论是基于医经医学。不能用《黄帝内经》的理论体系来解释或理解《伤寒论》的条文。六经辨证其实就是六病辨证：太阳病、少阳病、阳明病、太阴病、少阴病、厥阴病。

《伤寒论》治外感、内伤、急性病、慢性病，治古病，亦治今病。《伤寒论》是论广而成，好几代人不断的修改、完善、补充、注解而成书的，并非张仲景一人所著。《伤寒论》是八纲辨证的具体实践。中医治疗疾病是基于八纲的理论用药的偏盛偏衰以纠正人体正邪的偏盛偏衰。六经辨证不出表、里、半表半里的病变部位，不是阴证就是阳证，所以说所有的临床症状都可以归到六经里面。

《伤寒论》的用药理论源自《神农本草经》，而中医高等院校学习的《中药学》和《方剂学》是以脏腑理论的用药思想来指导用药，两者并不相同。

刘渡舟在晚年的《方证相对论》说："想要穿过《伤寒论》这堵墙必须从方证的大门而入"。《伤寒论》中每一方都有各自的适应证（具体方证）。临证时先辨六经再辨方证，明确六经提纲，以八纲分析方证明确六经所属、方证归类。临床处方用药最好能都能落实到方证。经方治病是基于正邪相争后出现的症状反应，而不是根据病因病机（或现代医学的疾病病名）分析推断出来的，它是基于患者就诊时表现出来的症状反应（刻下的表现）来辨证，是基于患病后人的临床表现，针对的是病的人，而不是人的病，这是最主要的。虽然有时会结合体质、既往病史，但这些仅为参考。

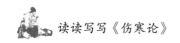

每个病都有一个提纲，是本病的纲领及辨证的依据。纲领都很短，很多时候一句话不能说清楚，后面的条文会解释明白。六经病的提纲，主要是症状的反应，脉象也只是症状之一，反映的是津液的多少、病证的表里及邪气的性质。临证辨证是复杂而精细的。提纲是临证中的尺子，用尺子去丈量，同时也要综合其他因素，如体征、舌脉、体质、病史等。临证要求达到方证对应，同时药味、剂量、煎服法也应相对应。

《伤寒论》中有腹诊内容，需要重视腹诊，主要辨证寒热虚实，有时决定如何确立方证。腹诊包括腹部的形态、皮肤、血管、脂肪、肌肉情况、腹力（腹肌的弹力、厚度、加压的抵抗感及皮下脂肪等是反映虚实的重要指标）和触压反应。

经方是临证用药用方的经验总结。有了用药、用方证的经验［即单味药—单味方证（药证）—复方方证的过程］，加上长期经验总结，逐渐产生了六经的概念和理论。方证包括方剂组成的药、药量等。经方并不是中医学的全部，中医临床也未必只有经方能治病，但经方是中医学中最规范的内容，中医的传承必须把经方的推广作为基础。经方的研究需要立足于临床，与专科结合起来（如脾胃病学、肝病学等），以尽可能弄清并完善经方主治的疾病谱和疗效评价标准。

《伤寒论》是疾病发生发展及诊治预防体系的著作。太阳病出现津伤，最直接会引起发热，甚则出现痉病，津伤伤及肺会引起咳嗽，伤及肠，肠燥引起便秘。这些可能的传变过程，如疾病处于哪个阶段、可能的发展方向、需要作出哪些鉴别诊断、如何预防下一步发展等，再者每个阶段又是对应哪些条文、每个阶段如何选方及如何加减用药。《伤寒论》的每一条文均按照这样的思路进行分析，构建出一个较为完整且清晰的理论体系，最后在此体系的指导下进行临床诊疗。故任应秋教授认为，《伤寒论》就是疾病总论。徐灵胎说："医者之学问，全在明伤寒之理，则万病皆通。"

1 太阳之为病，脉浮，头项强痛而恶寒。

【释义】临证确定是否是太阳病，主要是从临床反应的症状，如"脉浮""头项强痛而恶寒"判定，而不是后人理解的"风寒感冒"或"风热感冒"来确定。中医的恶寒发热主要以患者的主诉和自主感觉为主，不能等同于有无体温的升高。

太阳伤寒，是在太阳病的基础上又见"无汗，脉浮紧"；太阳中风，是在太阳病的基础上又见"汗出，恶风，脉浮缓或弱"。临床判定是太阳伤寒还是太阳中风，主要是通过以上症状评估而非邪气因素（如寒邪、风邪或风热邪）。

"脉浮，头项强痛而恶寒"，脉浮是说病邪在表，显在外，往外面表现出来。这时脉管里的血液（津液）是充足的，或即使缺失也不会太多，所以表现血脉是充盈的，可以轻取（浮取脉）即得。这时脉管充盈水分增多，同时正邪交争体温上升，阻滞筋脉骨肉而出现头项强痛。上行的体液充盈脉管，会造成内外温差，所以有恶寒的感觉。故而"脉浮，头项强痛而恶寒"是机体感邪后，欲汗而不能出汗的态势，这实际上是一种病理状态，要突破这种状态才能恢复到正常的生命状态。太阳病的治疗方法是汗法。而汗法是中医治疗疾病，驱邪外出的一种方法，是汗、吐、下、和、清、温、消、补八法之一，使邪有出路。中医这种能驱邪外出的过程，是正气与邪气斗争的过程，称作"正邪交争"。

《黄帝内经·素问》热论中云："有病温者，汗出辄复热，而脉躁疾不为汗衰，狂言不能食，病名为何？岐伯对曰：病名阴阳交，交者死也。帝曰，愿闻其说。岐伯曰，人所以汗出者，皆生于谷，谷生于精，今邪气交争于骨肉而得汗者，是邪却而精胜也。精胜，则当能食而不复热。复热者，邪气也；汗者，精气也。今汗出而辄复热者，是邪胜也，不能食者精无裨也，病而留者，其寿可立而倾也。且夫《黄帝内经·素问》热论曰，汗出而脉尚躁盛者死。今脉不与汗相应，此不胜其病也，其死明矣。狂言者，是失志，失志者死。今见三死，不见一生，虽愈必死也。"

何为"阴阳交"？一是热病汗出后复热（热病当见汗出脉静身凉，是邪随汗出的佳兆）；二是汗出热不退，脉象躁疾，是正不胜邪的凶相；三是见狂躁不安，汗出如油，气喘，神昏谵语，不能食等，是邪热劫伤津液，胃气精气耗竭的危候，这都是"三死证"，即"交者死也"。所以"阴阳交"是发热性疾病的发展中可能出现的变证。感受阳邪入于阴分，正邪交争，出现邪盛而正衰的危重证。邪热亢盛，精津（气）已竭，正不胜邪，邪盛而正渐衰。汗出辄复热，阴精不足，邪热亢盛；胃气衰败不能食，津精无以化生，津精枯竭，热扰心神而狂言失志；阴精不足，阳热邪气充斥脉管而见脉躁疾。

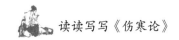

　　非常重要的是提出了"正邪交争"，是中医学中机体正气与邪气抗争过程中最关键、最精华的理论总结，也是中医对人类与疾病抗争过程中最重要的理论概括。人之所以出汗，是有赖于水谷精微所化生的精气，水谷精气旺盛，方能战胜邪气。邪气与正气交争于骨肉之间而汗出，是邪气退怯而精气胜的表现；精气胜则当能进食而不再发热。再次发热是邪气未除，汗出是精气抗邪，现汗出后而又再发热，是邪气胜过精气；不能进食，是精气得不到及时补益，所以邪热又滞留下去，这样发展下去生命可能会有危险。

　　非常明确地指出，正要胜邪，必须有充足的津液（胃气）精气，方可保证正邪交争时汗出，热退身凉脉静人安，这一点很重要，《伤寒论》也一直强调保护胃气的重要性。如《医述》曰："人赖胃气以生，药亦赖胃气以运"。这样才是健康的，健康就是人能适应环境，就是中国古话说的"天人合一"，出自《庄子》，后被汉代儒家思想家董仲舒继承和发扬。老子云："人法地，地法天，天法道，道法自然。"这哲学思想体系乃中华传统文化的根本。

2 太阳病，发热，汗出，恶风，脉缓者，名为中风。

　　【释义】太阳病，说的是"脉浮，头项强痛而恶寒"。太阳病、少阳病、阳明病三种病（简称"三阳病"）多是有发热的。有"发热，汗出，恶风，脉缓"这个特征的太阳病，就叫作太阳中风。注意并非是由于感受风邪得病才叫"太阳中风"。

　　因为有汗出，故脉管里的津液（血液）不那么充盈，所以按之缓，浮缓或无力脉。缓脉对应是紧脉，紧脉的脉管充盈度最大，脉管中的血液（津液）无损失（丢失），如无汗是也！

　　太阳中风，因汗出（鬼门已开），"邪之所凑，其气必虚"，外邪乘虚进入，可表证尚在，故邪气只进到肌层（肌肉）。

3 太阳病，或已发热，或未发热，必恶寒，体痛，呕逆，脉阴阳俱紧者，名为伤寒。

　　【释义】三阳病多有发热，只是迟早的问题，所以是可以有"或已发热，或未发热"的情况，但一定有恶寒，有一分恶寒，便有一分表证，恶寒是表证的一个特征性症候。

"脉阴阳俱紧"说的是这脉的关前关后，上下脉取之全都是紧脉，津液（血液）未曾耗失，脉管充盈度到了极致，这时太阳病表现出来的就是无汗。紧脉对应的是太阳中风的缓脉。

这种无汗的恶寒，较太阳中风的恶风要严重得多。患者特别怕冷，如麻黄汤证的怕冷程度较桂枝汤证的重，而大青龙汤证的恶寒是最严重的。

邪气阻滞经筋血脉，不通则痛，故"体痛"，也较太阳中风的身体疼痛严重。邪气上逆犯胃则呕逆（桂枝汤证亦有邪气上冲而干呕，但因有汗出，邪气没那么严重，所以呕逆症状较轻）。

这就是太阳伤寒，不是根据感受寒邪或风寒邪气而命名和诊断，而是以刻下的临证表现来判断。

所以前三条，第一条太阳病的提纲证，提出太阳病特征性的症候，然后引出有汗出的太阳中风和无汗出的太阳伤寒。

4 伤寒一日，太阳受之，脉若静者，为不传。颇欲吐，若躁烦，脉数急者，为传也。

【释义】这里需要强调的是"太阳受之"，不是《黄帝内经》中的"太阳经"，而是伤寒病，刚发病时（第一日），一开始都是太阳病，"有脉浮，头项强痛而恶寒"。

"脉若静"，"静"是脉不快不疾不躁不大，说的是病情比较轻不容易传变的情况。张仲景说的"传"，指的是表里相传，起病时病邪在表（外），因正气与邪气抗争后，会往里传，传入到半表半里或里（阳明）等。

"颇欲吐"，即很想呕吐。少阳病柴胡证有心烦喜呕的症状，所以出现很想呕吐的症状，说明邪内传少阳，有少阳病的表现。

"躁烦"，即人不安静，有热邪上扰的表现，说明病邪内传入到阳明，有阳明病的表现。

"脉数急者"，"一息四至平安脉再加一次也无厄；六数七急八脱九死十归墓"，

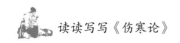

现脉又急又数，疾病明显加重，"为传也"。

5 伤寒二三日，阳明、少阳证不见者，为不传也。

【释义】太阳伤寒发病几天（二三日）后，若没有乏力、发热、呕吐、口苦咽干、胸胁苦满等少阳证的表现，也没有发热汗出，不恶寒反恶热或胃家实的阳明病的表现，这个病多不会传入里。临证时判断疾病传与不传以及疾病的缓急、轻重，要有一个综合的判断。

6.1 太阳病，发热而渴，不恶寒者，为温病。

【释义】太阳病应该会出现以"脉浮，头项强痛而恶寒"为特征的一组综合征，很显然这个不是真的太阳病。它有头项强痛、发热、脉浮，但它不恶寒，却有渴。"渴"，说明有内热，里热较盛伤及津液，故需饮水自救。"不恶寒"，说明里外的热均较重（没有温差）。太阳病的恶寒是因在外及肌表的热有温差，在外的热不甚严重，所以人体感有恶寒（怕冷、怕风）。故"发热而渴，不恶寒者"，非太阳之为病而是"温病"，临证或许还有脉浮数、头项强痛这些症状。

在温病方银翘散（源于吴鞠通《温病条辨》）的方证中没有"恶寒"的表现，更能说明温病是真里热，故不能用发汗法治疗。

6.2 若发汗已，身灼热者，名风温。风温为病，脉阴阳俱浮，自汗出，身重，多眠睡，鼻息必鼾，语言难出。

【释义】这是接上一节（6.1）说的，温病不能当作太阳病来治疗，故忌汗。若是温病误用了汗法，更伤津液，里热更盛；"身灼热"，周身因热而伤津液，出现周身干热如火灼样的灼热，这时"温病"变为"风温"。

何为"风温"？"风温为病，脉阴阳俱浮"，"脉阴阳俱浮"是指取脉的上下均是浮脉，浮为阳主热，"发热、自汗出"均为阳明病外证的表现，结合第182条"问曰：阳明病外证云何？答曰：身热。汗自出。不恶寒，反恶热也"，阳明里热，里热迫津，外蒸蒸而汗出，汗出较大。

"身重"说明身上有湿气（水湿），也就说明这种里热还没严重到津液耗损到里的程度。若是热盛严重损伤津液，必大便干不可，不会出现身上有水湿的情况。里邪热挟湿邪上蒙清窍，出现"多眠睡"；里热上扰伤津，鼻咽窍及舌系筋脉失养而见"鼻息必鼾，语言难出"。这个时候出现阳明里热，临证处方可考虑用白虎汤。

6.3 若被下者，小便不利，直视失溲。

【释义】按上一节（6.2），虽里有热但湿邪也盛，还没到可用下法（里实证）治疗的程度。如果误用了下法，则更损伤津液，津液亡失，小便量少（小便不利）；津液亏虚，眼窍失养，则双眼发直（直视）；肾阴津亏虚至极，主司二窍功能失职，出现"失溲"。临证汗、吐、下不当，均可能会出现亡血液、亡津液的变证。正如《金匮要略·百合狐惑阴阳毒》第9条"百合病见于阴者，以阳法救之；见于阳者，以阴法救之。见阳攻阴，复发其汗，此为逆；见阴攻阳，乃复下之，此亦为逆"。说的是所有疾病，而非仅仅是百合病。

6.4 若被火者，微发黄色，剧则如惊痫，时瘛疭，若火熏之。一逆尚引日，再逆促命期。

【释义】温病，本就是热性疾病，用火法治疗，肯定是错误的。用火法治疗后，"微发黄色"，是指病情轻的用火法后，可引起病人身上颜色发黄（这种黄不是黄疸）。若是病情重，津液被耗伤严重，筋脉肌肉失养，心神失养则惊恐、抽搐。"若火熏之"，本已造成津液损伤，病情已很严重，如再用火法也许还能撑一下。"再逆"，指用"火攻"，致使津液更亏耗，病情则更为危重。

整个第6条说的是温病。温病是不能用汗、下及火攻治疗的。但要视临证具体情况辨证施治。有时确有里实（如大便干结，谵语等）的情况，该下时得下，但需注意顾护阴津（酌加用生地、麦冬或人参）等。所以说张仲景是讲温病的，在太阳病篇这里讲出来，是要我们注意这个温病，有似太阳病的些许表现，故不可以太阳之法治之。

清代，温病四大家（叶天士、薛生白、吴鞠通、王孟英）对温病学体系的形成和发展作出贡献：叶天士著有《温热论》等，在温病学上，起了承前启后的作用，为温病学理论体系的形成奠定了基础；薛生白擅长治湿热病，撰有《湿热条辨》一卷，是第一个在我国医学史上对湿热病专篇进行论说的人，他在《湿热条辨》中对发病机理、症候演变、审证要点及有关疾病的鉴别等均作出了较全面和深刻的阐述，继承了张仲景伤寒理论，融贯历代医家学说，而且以自己丰富的临床经验作为基础，对温病学说做出重要贡献；吴鞠通受到吴又可《瘟疫论》和叶天士的启发，继承叶天士对温病的研究，于四十岁写成《温病条辨》，首次提出九种温病，创立三焦辨证，总结温病治疗原则、有效方剂及危险阶段的药物使用，主张将三焦辨证和卫气营血辨证结合运用，使温病学说获得了更进一步的发展；王孟英著有《霍乱论》《温热经纬》等，《温热经纬》中将温病分为新感和伏气两大类，并就其病源、症候及诊治等进行阐述，既是温病学论述的汇编又是温病诊治参考书。

7 病有发热恶寒者，发于阳也；无热恶寒者，发于阴也。发于阳，七日愈；发于阴，六日愈。以阳数七，阴数六故也。

【释义】 说的三阳病一般发病后都会有发热。一发病就有发热的属阳病。而"病有发热恶寒者，发于阳也"，这里的"阳"，指的是太阳病，太阳病的表现是发热恶寒。"无热恶寒者，发于阴也"，病起时只见恶寒而无发热的，说的是少阴病。少阴病是虚寒性疾病。结合第301条"少阴病，始得之，反发热，脉沉者，麻黄细辛附子汤主之"，其中的"反"，指的是这病起时本不应发热的。这里的"发于阴"，是发于少阴。因此三阳病之表是太阳病，三阴病之表是少阴病。

至于"发于阳，七日愈；发于阴，六日愈。以阳数七，阴数六故也"，没有多大的临床意义，临床的预后若是以五行生成的关系判定，则太玄了。

第7条说的是阴阳；结合第70条"发汗后，恶寒者，虚故也；不恶寒，但热者，实也。当和胃气，与调胃承气汤"，说的是虚实；第91条"伤寒，医下之，续得下利，清谷不止，身疼痛者，急当救里；后身疼痛，清便自调者，急当救表。救里宜四逆汤，救表宜桂枝汤"，说的是表里；第122条"病人脉数，数为热，当消谷引食，而反吐者，此以发汗，令阳气微，膈气虚脉，乃数也。数为客热，不能消谷，以胃中虚冷，故吐也"，说的是寒热。这说明了《伤寒论》不仅源自于八纲（阴阳、表里、虚实、寒热），更是八纲的具体实践。

8 太阳病，头痛至七日以上白愈者，以行其经尽故也。若欲作再经者，针足阳明，使经不传则愈。

【释义】"七日"和第7条从之。太阳病，发病至四五日或六七日时，往往是传至半表半里的少阳地界；而至第七日，是传里（阳明）了。病至第七日以后痊愈的，病邪"行其经尽"不传了，假若要传的话，这时是要传阳明的，故针足阳明（足三里穴），使病邪不传。这可作为参考，针药结合是中医人追求的最佳的治疗技术结合。

9 太阳病，欲解时，从巳至未上。

【释义】中国古代人们用天干和地支配合起来计算年月日。天干10个：甲、乙、丙、丁、戊、己、庚、辛、壬、癸。地支12个：子、丑、寅、卯、辰、巳、午、未、申、酉、戌、亥。始于甲子，终于癸亥，一共六十个。古人一日24小时用十二个时辰来表示，分别是子时、丑时、寅时、卯时、辰时、巳时、午时、未时、申时、酉时、戌时、亥时。《伤寒论》中六病均有欲解时，从某某至某某上的表述，临证上这个意义不大，大多属于臆测，也可能是写书上格式的意义，不用过多解释。同时在汉代，汤液针灸还没有明显分家，张仲景总结的是汤液疗法，亦旁及针灸技术，有引用针灸家学说，也不会妄下结论，诸如针足阳明、灸少阴、灸厥阴等。

10 风家，表解而不了了者，十二日愈。

【释义】"风家"指太阳中风患者，表证已解，可还有些许余证，大概会过些时日渐愈，不一定是"十二日"，这都是大致的时间。临床上确有这种情况，这个外感病多半已好，可还有些不适的症状，也不用再治疗，慢慢地就完全好了。反过来理解，有些病邪也可以长期携带的，如有些桂枝证、葛根证等，可有数月、数年不解的，这是临床上要注意的。临证只要有这些方证，就可用这些方来治疗。

11 病人身大热，反欲得衣者，热在皮肤，寒在骨髓也；身大寒，反不欲近衣者，寒在皮肤，热在骨髓也。

【释义】此条前一句是真寒假热，就是四逆汤证、通脉四逆汤证。后一句是真热假寒，厥愈深热愈深的情况，如白虎汤证。这就是中医临证施治需要辨证的意义所在，辨清真假方可处方。

12 太阳中风，阳浮而阴弱，阳浮者，热自发，阴弱者，汗自出，啬啬恶寒，淅淅恶风，翕翕发热，鼻鸣干呕者，桂枝汤主之。

【释义】太阳病，发热，汗出，恶风，脉缓，为太阳中风具体的脉证，这一条较详细地说明。先看脉象，阳脉多指上、外、寸、浮等，热属阳趋上；阴脉多指下、内、尺、沉等脉；因有汗出而津液虚于内，故脉阴弱是由于汗自出，所以说"阳浮而阴弱，阳浮者，热自发，阴弱者，汗自出"，脉证是相应的。

"啬啬"和"淅淅"都是针对人体恶寒、恶风表现的形容。因出汗后有温差，感觉似外面有风寒刺激一样。"翕翕"的"翕"字，上合下羽，意即合而不开，发热了弥漫不散开，就是闷热、不甚热。邪气不通达（而这是属阳的邪气），所以上行上逆，故有鼻鸣干呕（气上冲），这就是桂枝汤主治的方证。

桂枝汤证的汗出：一般是皮肤湿润，以手扪摸方可知有汗为特征，而不是汗多而连绵不断。

关于桂枝汤，各医家分析很多。毕竟是汗出后正发热，所以在第1条的分析中，用《黄帝内经》中相关"阴阳交"的分析，恢复胃气，增强精气，再予以发汗（严格地讲是解肌），病方可愈。所以桂枝汤可以解肌发汗解热，同时又有健中健胃、滋养津液的作用。

《伤寒论》中十大调节人体气机的方剂：调和营卫——桂枝汤；和解少阳及半表半里枢机——小柴胡汤；调节脾胃升降失常——半夏泻心汤及其他 5 个泻心汤；温肺化饮，调节肺气升降——小青龙汤；清心火，滋肾阴，使阴阳交泰——黄连阿胶汤；调节上热下寒之厥逆蛔厥证——乌梅丸；清肺热，温脾寒，发越郁阳——麻黄升麻汤；温阳健脾，利水降冲——苓桂术甘汤；通调水道，调节人体水液异常分布——五苓散；化瘀生新，调和气血——桂枝茯苓丸。

桂枝汤

【经典方药】桂枝（三两，去皮），芍药（三两），甘草（二两，炙），生姜（三两，切），大枣（十二枚，擘）。

上五味，咬咀三味，以水七升，微火煮取三升，去滓，适寒温，服一升。服已须臾，啜热稀粥一升余，以助药力，温覆令一时许，遍身漐漐，微似有汗者益佳，不可令如水流漓，病必不除。若一服汗出病瘥，停后服，不必尽剂。若不汗，更服依前法。又不汗，后服小促其间，半日许，令三服尽。若病重者，一日一夜服，周时观之。服一剂尽，病证犹在者，更作服。若汗不出，乃服至二三剂。禁生冷、黏滑、肉面、五辛、酒酪、臭恶等物。

桂枝汤的煎服法：

"咬咀"是将中药饮片用嘴嚼小以便煎煮；古时候的"升"很小，约 200 毫升；"微火"指的是文火（煎煮中药依需要用文火和武火），一般情况下，感冒等发表药煎煮是需要武火，而滋补类则用文火；中风证是寒邪侵入体内，用"汗法"驱邪，但发表的力量不大。

将息法：

（1）"服已须臾，啜热稀粥一升余，以助药力，温覆令一时许，遍身漐漐，微似有汗者益佳，不可令如水流漓，病必不除"：要"啜热稀粥一升余，以助药力"，而且还要"温覆令一时许"，盖被躺一个时辰，即两小时，现在一般就多穿些衣物，让体表出汗，而且不能受风，也不能烤火；出汗最讲究"遍身微似有汗者益佳"，"遍身"是身体上下都要出汗，且不能大汗淋漓，否则"病必不除"，万一淋漓不止，

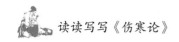

将地瓜粉捣碎涂身可止汗。

（2）"若一服汗出病瘥，停后服，不必尽剂"："瘥"是病愈、见效之意，好了就停药了，关键是要出现"遍身微似有汗"。

（3）"若不汗更，服依前法"。

（4）"又不汗，后服小促其间，半日许，令三服尽"：还没好，没出现"遍身微似有汗"就继续服药，而且"小促其间"，间隔短一点，半天就把三次药都服完；

（5）"若病重者，一日一夜服，周时观之"：如果病重而未愈，24小时都按"小促其间"日夜继续煎服，直至"遍身微似有汗"。

（6）"若汗不出，乃服至二三剂"：若还没"遍身微似有汗"，中风证未解，可吃到二三剂。

（7）禁生冷、黏滑、肉面、五辛、酒酪、臭恶等物。这些是服用中药的基本禁忌，尤其是感冒更是如此，饮食一定要以清淡易消化为原则。

【参考方证】 1.汗出恶风、发热或自觉热感；2.上冲感、动悸感、肌肉拘急疼痛；3.舌淡苔白，脉浮缓无力。

13 太阳病，头痛，发热，汗出，恶风，桂枝汤主之。

【释义】 上一条说的是太阳中风用桂枝汤。这一条说的是凡是太阳病，有"头痛，发热，汗出，恶风"症状，就可以用桂枝汤。这就是强调方证的魅力所在，不一定是太阳中风（第12条）。临证亦不管是新病旧病，不论现代医学是如何诊断，凡是出现"头痛，发热，汗出，恶风"这个桂枝汤的方证，则均可用桂枝汤治疗。有是证，用是方。

14 太阳病，项背强几几，反汗出恶风者，桂枝加葛根汤主之。

【释义】 人体脖子两侧为颈，后面为项。强为拘挛、拘谨，或触及有紧绷感，或疼痛、酸痛，或呈条索状感。"几几"说的是小鸟羽毛未丰时，欲飞不能，伸长脖子，活动不能自如的样子。

这里用一个"反"字，应对第31条"太阳病，项背强几几，无汗恶风，葛根汤主之"，提醒我们临证时，出现"项背强几几"时，当辨清"有汗""无汗"的不同，有汗的是桂枝加葛根汤；无汗的是葛根汤。这也是《金匮要略》中说的柔痉与刚痉的鉴别。

桂枝加葛根汤

【经典方药】葛根（四两），芍药（二两），生姜（三两，切），甘草（二两，炙），大枣（十二枚，擘），桂枝（二两，去皮）。

上七味，以水一斗，先煮葛根，减二升，去上沫，内诸药，煮取三升，去滓，温服一升。覆取微似汗，不须啜粥，余如桂枝法将息及禁忌。

【参考方证】汗出、恶风、身体痛、头项强痛者（桂枝汤方证加葛根证）。

15 太阳病，下之后，其气上冲者，可与桂枝汤，方用前法。若不上冲者，不得与之。

【释义】太阳病当用发汗法治疗，这是正确的治疗方法，而用下法是误治逆治。下法必然会伤及津液，此时表证不解，机体仍处于正邪斗争之中，且出现气上冲的情况，这时仍需治疗，要达到汗出热退、身凉脉静的病愈效果，必然要满足胃能化生充足的津液精气，这样方能保证正邪斗争的进行，正能胜邪（而不至于出现阴阳交的后果），所以这时只能用桂枝汤治疗。

这也进一步明确太阳病，若是汗（不是正常的汗法）、吐、下后，表证未解，只能用桂枝汤治疗。"若不上冲"，说明变成坏证，只能是具体情况具体辨证，即"观其脉证，知犯何逆，随证治之"，不能固守于下之后一定用桂枝汤。

16.1 太阳病三日，已发汗，若吐，若下，若温针，仍不解者，此为坏病，桂枝不中与之也。观其脉证，知犯何逆，随证治之。

【释义】太阳病已三日，用汗法发汗是正确的，我们已反复强调，已发汗表未解时应该用桂枝汤治疗。可是错误地采用吐、下、温针这些治疗措施，"仍不解者"，

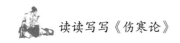

已成了坏病，这时若有"其气上冲者"可用桂枝汤方法。可已无气上冲的表现，不能用桂枝汤治疗。得视具体方证进行辨证。告诫我们要"观其脉证，知犯何逆，随证治之"，这就是中医的精髓，辨证论治。

《伤寒论》里还有很多气上冲的表现，如第67条气上冲胸、第117条气从少腹上冲心、第160条和第166条气上冲咽喉、第326条气上撞心、第392条热上冲胸。这些条文的气上冲都有上冲的具体部位，而第15条没有上冲的部位，所以第15条的气上冲可理解为不代表具体的局部病位，而是代表一种综合征。太阳病的头项强痛、鼻鸣干呕、呕逆等都是气上冲的表现，尤以头痛、项强等更能代表气上冲。

16.2 桂枝本为解肌，若其人脉浮紧、发热、汗不出者，不可与之也。常须识此，勿令误也。

【释义】桂枝汤的方证，是因汗出后表虚，病邪自表而入（肌肉），在表之里（肌肉），即邪气在肌肉。所以桂枝汤的治疗是解肌肉的不和，解除在于肌肉层次的邪气。而桂枝汤有健中养液、增强精气的作用，精胜则邪却，汗出而病愈，所以说"桂枝本为解肌"。

"脉浮紧、发热、汗不出者"，指麻黄汤的方证，不能用桂枝汤来治疗，这是基本常识，告诫我们别弄错了。所以桂枝汤有健中养液、增强精气的作用，以达到解肌的目的，从第1条的分析中能更好地理解。

17 若酒客病，不可与桂枝汤。得之则呕，以酒客不喜甘故也。

【释义】酒乃酿湿生热之品，所以素有湿热之人，里有热，虽然有汗出（这时的汗出是因里热所致），亦不能用桂枝汤治疗。从前面我们明确，用桂枝汤是有精气（津液）虚的情况。若是这种酒客，里有湿热必会助热，湿热壅逆于上而见呕吐。桂枝汤是甘温之品。第17、第19条讲的是桂枝汤的禁忌证。

18 喘家，作桂枝汤，加厚朴、杏子佳。

【释义】有喘鸣、哮喘的患者称作喘家。临证有桂枝汤证的发热、头痛、汗出、恶风、脉缓，同时有喘，这时用桂枝汤加厚朴、杏子治疗。

19 凡服桂枝汤吐者，其后必吐脓血也。

【释义】有桂枝汤证才可处方桂枝汤。桂枝汤是甘温之药，有发汗的作用，汗后必有伤津液。若是里有热的情况下应用桂枝汤，则更是助热伤津。肺是华盖之脏，津液、邪热上壅伤肺，甚则吐脓血，也是告诫我们里有热者不可用桂枝汤。

20 太阳病，发汗，遂漏不止，其人恶风，小便难，四肢微急，难以屈伸者，桂枝加附子汤主之。

【释义】太阳病用发汗法治疗是正确的。若发汗后出现"遂漏不止"，说明肯定是用了错误的发汗法。第16条"桂枝本为解肌，若其人脉浮紧、发热、汗不出者，不可与之"，说的若是麻黄汤证，不可用桂枝汤，这是常识。本条指的若是桂枝汤证，错误地用了麻黄汤来治疗（发汗），这种发汗强度就会导致汗漏不止，大量津液亡失，阴损及阳，所以出现了"其人恶风"。结合"病有发热恶寒者，发于阳也；无热恶寒者，发于阴也"来判断，患者出现纯粹的恶风（寒），无发热，完全陷入阴证（少阴证）。同时由于大汗后表仍然不解，大汗后广失津液，故小便难；四肢经筋失了津液的濡养而见四肢拘紧，屈伸不能。

汗、吐、下后表不解的，用桂枝汤，本证是桂枝汤证陷入少阴病，故用桂枝加附子汤。"遂漏不止"，临证应拓开思路，凡一切如呕吐、汗、尿、经血、腹泻等有桂枝汤证陷入少阴病的情况，均可参考本方治疗。

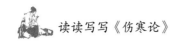

桂枝加附子汤

【经典方药】桂枝（三两，去皮），芍药（三两），甘草（三两，炙），生姜（三两，切），大枣（十二枚，擘），附子（一枚，炮，去皮，切八片）。

上六味，以水七升，煮取三升，去滓，温服一升。本云桂枝汤，今加附子，将息如前法。

【参考方证】汗出不止、恶风重、四肢关节拘急疼痛、小便难、脉沉者（桂枝汤方证＋附子证）。

21 太阳病，下之后，脉促，胸满者，桂枝去芍药汤主之。

【释义】太阳病当用汗法，用下法肯定是误治、逆治，表证必不解。先了解一下脉促，《伤寒论》中有"脉促"的表述，分别在第21、第34、第140、第349条：

第34条：太阳病，桂枝证，医反下之，利遂不止，脉促者，表未解也；喘而汗出者，葛根黄芩黄连汤主之。

第140条：太阳病，下之，其脉促，不结胸者，此为欲解也。脉浮者，必结胸。脉紧者，必咽痛。脉弦者，必两胁拘急。脉细数者，头痛未止。脉沉紧者，必欲呕。脉沉滑者，协热利。脉浮滑者，必下血。

第349条：伤寒脉促，手足厥逆，可灸之。

"促"，即促进、短促、靠近的意思，靠近于上，靠近于外。《金匮要略》脏腑经络先后病篇第9条："病人脉浮者在前，其病在表；浮者在后，其病在里。腰痛背强不能行，必短气而极也。"这种靠近于上、靠近于外的脉就是浮脉。"在前"说的是关之前，就是摸到关之前的脉是浮的，关之后的脉是沉的。一种上实下虚脉的表现，可以说是"关以上（即寸）脉浮，关以下（即尺）脉沉"。第21、第34条的脉促可以这样理解。

第140条的促脉是结胸证的脉，不结胸的，说明只是表不解罢了，病邪没有因"下"而成坏病，是不重、不要紧的，是要"欲解的"。

第349条的促脉其实也是理解为寸脉浮，关以下沉谓之促脉，所以这条说的是外有表证未解的意思。"手足厥逆"说的是里已虚得非常严重（津液血液虚极，不能荣四末），治疗当先舍表救里（用灸法，灸与胃相关穴以促津液化生，若要处方，则是四逆汤主之）。

所以这里我们理解"促脉"，不应被后世如王叔和以及现代中医内科学教科书中促脉（数中一止）的定义所影响。

气上冲胸则见胸满，下虚上实，同时芍药的酸收能制约桂枝的辛散作用，所以须去芍药治疗。

桂枝去芍药汤

【经典方药】桂枝（三两，去皮），甘草（二两，炙），生姜（三两，切），大枣（十二枚，擘）。

上四味，以水七升，煮取三升，去滓，温服一升。本云桂枝汤，今去芍药，将息如前法。

【参考方证】桂枝汤证又见寸脉独浮、胸满者（胸阳痹阻不展）。

22 若微寒者，桂枝去芍药加附子汤主之。

【释义】这条接着上一段的含义说完整应是："太阳病，下之后，脉促，胸满者，桂枝去芍药汤主之；若微寒者，桂枝去芍药加附子汤主之。"注意这里说的是"微寒"而不是"微恶寒"。若是恶寒则说明是有表证未解，以方测证，方子加用附子，正好说明是陷入少阴寒证，所以是"微寒"。这里临证当须注意鉴别。

桂枝去芍药加附子汤

【经典方药】桂枝（三两，去皮），甘草（二两，炙），生姜（三两，切），大枣（十二枚，擘），附子（一枚，炮，去皮，切八片）。

上五味，以水七升，煮取三升，去滓，温服一升。本云桂枝汤，今去芍药，加附子，将息如前法。

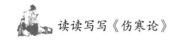

【参考方证】桂枝去芍药汤方证加畏寒脉微。

23.1 太阳病，得之八九日，如疟状，发热恶寒，热多寒少，其人不呕，清便欲自可，一日二三度发。脉微缓者，为欲愈也。

【释义】"疟状"，即定时发作，定时表现发热恶寒，"有一分恶寒，则有一分表证"，亦有"恶寒者表未解也"，但此时已热多寒少，不呕即不传少阳。"清便欲自可"即二便正常，亦未传阳明。传（转）入阳明则可见大便燥结、小便黄赤等。"脉微缓"即稍微地缓，不急数，亦不紧，是缓弱的意思。对应第4条"脉若静者，为不传……脉数急者，为传也"，所以见其缓弱的脉，是邪已衰也，病为欲愈也。

23.2 脉微而恶寒者，此阴阳俱虚，不可更发汗、更下、更吐也。

【释义】此时病已八九日，虽可能亦是疟状，一日二三度发，但此时只见恶寒，脉微，微者不足也。脉微是亡阳（无津液，至少也是气血津液虚损严重），无发热仅有恶寒，此阴阳俱虚，即表里俱虚，陷于阴寒的症状，只能随证治之，用温补之法，若是此时再汗、吐、下，非阴阳离决不可。

23.3 面色反有热色者，未欲解也，以其不能得小汗出，身必痒，宜桂枝麻黄各半汤。

【释义】"热色"即红色，面色缘缘正赤（缘缘面赤之义），这不是欲愈的面色，而是阳气（邪）似怫郁在表，表未解表热不能发散出来，此时水气仍在皮肤，故身痒，宜小发汗。

这段需联合前部分的"如疟状"理解，意即定时发寒热。而第54条："病人脏无他病，时发热，自汗出而不愈者，此卫气不和也。先其时发汗则愈，宜桂枝汤。"此时的定时发寒热，是"发热多，恶寒少，而不汗出"（定时发热汗出才是桂枝汤证），只能是桂枝汤证的一半，而不汗出（出不来汗）就是麻黄汤证的一半，所以是各半汤，合方治疗，而这个方剂的剂量为取原方量的三分之一。

临证时若见定时发寒热，无汗出时，予桂枝汤和麻黄汤的合方，剂量视各自的轻重而定，有汗出的，用桂枝汤。

经方的"阳""阳气"，如《伤寒论》中的第 27 条："太阳病，发热恶寒，热多寒少，脉微弱者，此无阳也，不可发汗，桂枝二越婢一汤主之。"第 46 条："太阳病，脉浮紧，无汗，发热，身疼痛，八九日不解，表证仍在，此当发其汗。服药已微除，其人发烦目瞑，剧者必衄，衄乃解。所以然者，阳气重故也，麻黄汤主之。"第 246 条："脉浮而芤，浮为阳，芤为阴，浮芤相搏，胃气生热，其阳则绝。"这三处的"阳"指的多是"津液"，是不同于《黄帝内经》的阴阳理论。

《伤寒论》中"无阳"指的是"无津液"，特别是当有表证存在时。

亡阳即亡津液，此时治疗非四逆辈不足以振复衰竭的机体机能，故复其阳是指通过调理胃气恢复其津液。

桂枝麻黄各半汤

【经典方药】桂枝（一两十六铢，去皮），芍药（一两），生姜（一两，切），甘草（一两，炙），麻黄（一两，去节），大枣（四枚，擘），杏仁（二十四枚，汤浸，去皮尖及两仁者）

上七味，以水五升，先煮麻黄一二沸，去上沫，内诸药，煮取一升八合，去滓，温服六合，本云桂枝汤三合，麻黄汤三合，并为六合，顿服。将息如上法。

【参考方证】感冒发热病后期，慢性病等复感外邪，面色赤、身痒者，发热恶寒，热多寒少。

24 太阳病，初服桂枝汤，反烦不解者，先刺风池、风府，却与桂枝汤则愈。

【释义】太阳病桂枝汤证，毕竟是阳性病，也有烦，但不甚严重，通常服用桂枝汤后汗出脉静身和，当不烦。此时反烦，说明表未尽解，邪盛气滞致肌不和，药力不达，此时刺风池、风府后，再用桂枝汤则愈。

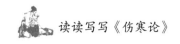

25 服桂枝汤，大汗出，脉洪大者，与桂枝汤，如前法。若形似疟，一日再发者，汗出必解，宜桂枝二麻黄一汤。

【释义】桂枝汤证服用桂枝汤是正治。"时发热汗出者，桂枝汤主之。"服桂枝汤后的汗出应是漐漐汗出，或似有汗出为佳，"大汗出"是病必不除（表里都不会解的），故"脉洪大"应是错的。脉洪大是实热脉象（如白虎汤证），此时应是脉浮。脉浮提示仍在表，所以有桂枝汤证用桂枝汤发汗后表不解仍用桂枝汤，而麻黄汤证用麻黄汤后表不解，可不能再用麻黄汤了，也是用桂枝汤，这是定法。

桂枝汤证，津液损伤得不重，下之后、大汗后表不解，均可用，是一个解表去热、健中养液的稳健的方剂。

"若形似疟，一日再发者"，定时发寒热，定时地一阵冷一阵热，一日再发，这时服用桂枝汤"大汗出"后，不出汗而似疟。这个定时发热是桂枝汤证，但又无汗，故又有麻黄汤证，但没有第23条严重，没有"面有热色，身必痒，不得小汗出"，麻黄汤证更轻了，所以用桂枝二麻黄一汤。

桂枝二麻黄一汤

【经典方药】桂枝（一两十七铢，去皮），芍药（一两六铢），麻黄（十六铢，去节），生姜（一两六铢，切），杏仁（十六枚，去皮尖），甘草（一两二铢，炙），大枣（五枚，擘）。

上七味，以水五升，先煮麻黄一二沸，去上沫，内诸药，煮取二升，去滓，温服一升，日再服。本云桂枝汤二分、麻黄汤一分，合为二升，分再服。今合为一方，将息如前法。

【参考方证】桂枝汤证多而麻黄汤证少者：寒热如疟，发热头痛，寒热往来，日二发，身体较弱，脉浮或紧。

26 服桂枝汤，大汗出后，大烦渴不解，脉洪大者，白虎加人参汤主之。

【释义】桂枝汤证服用桂枝汤后，可能护理不当（如大捂大盖），致大汗出，津液丧失，胃不和，胃热盛（阳明内结），出现"大烦渴不解"，这不是表不解，而是大汗出后，表没了，津液丧失，引发里热，烦躁甚，渴亦甚，这是"大烦渴不解"。脉洪大是里实热的脉象，故这里反证了第25条的"脉洪大"是错的，应是"浮脉"。

所以这里是"桂枝汤证"用桂枝汤，因服药后各种错误的调理导致"大汗出"，津液丧失，胃不和，胃热盛，身热有汗，口干舌燥，即白虎汤证，加上津液损伤太甚，渴亦甚，故加人参以健胃益气生津液。

张仲景用人参有 3 种情况：一是胃虚之痞证（心下痞硬），二是气液不足者，三是虚弱（衰）性疾病。即后世所言的气虚补气。古人说的气分，即津液。"心下痞硬，气液不足"。

白虎加人参汤

【经典方药】知母（六两），石膏（一斤，碎，绵裹），甘草（二两，炙），粳米（六合），人参（三两）。

上五味，以水一斗，煮米熟汤成，去滓，温服一升，日三服。

【参考方证】白虎汤证见口渴异常明显、口干舌燥者：1. 本方主要用治以烦渴、多饮为特征的疾病，如肺炎、结核性脑膜炎、糖尿病、小儿夏季热（高热、多渴、多尿）、甲亢（尤其是甲状腺危象）、中暑（如日射病）等；2. 其他如严重饥饿症、痿证、风湿热、产褥热、肿瘤、中风后中枢热等。

27 太阳病，发热恶寒，热多寒少，脉微弱者，此无阳也，不可发汗，桂枝二越婢一汤主之。

【释义】太阳病有发热恶寒的症状，是一个主要的临床症状，"热多寒少"解

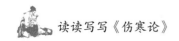
释前面的"发热恶寒"，此时是热多一些，寒少一点，而不是"发热恶寒"后出现"热多或大热而恶寒少"的情况。

太阳病恶寒是一个主要表现，这时恶寒少了，是"表邪将罢，将解"的意思，但热还不退，表欲解仍热不退，有太阳转属阳明之势。

这里的"脉微弱"：一是类似有发热恶寒，但热多寒少，表证欲去矣，外邪已轻，而里热也不甚的意思，故"脉微弱"；二是和"此无阳也"相应，无阳即无津液；脉微即亡阳（津液），弱即血少，"阳浮而阴弱"，气血俱虚。所以不能把"此无阳也"理解为无"热"。正因为"此无阳也"，亡失津液了，才有"不可发汗"也，所以桂枝麻黄各半汤、桂枝二麻黄一汤、桂枝二越婢一汤均是小发汗法。

这一条所述，有表证，里也热，热多寒少，表证有转属入里之势。但病轻，脉微弱，邪轻，津液已虚，只能小发其汗的治疗方法。

桂枝二越婢一汤

【经典方药】桂枝（去皮），芍药（十八铢），麻黄（十八铢），甘草（十八铢，炙），大枣（四枚，擘），生姜（一两二铢，切），石膏（二十四铢，碎，绵裹）。

上七味，以水五升，煮麻黄一二沸，去上沫，内诸药，煮取二升，去滓，温服一升。本云：当裁为越婢汤、桂枝汤，合之饮一升。今合为一方，桂枝汤二分、越婢汤一分。

【参考方证】寒热如疟，热多寒少，即见发热恶寒，烦渴而喘，汗不畅，舌红苔白或黄，脉浮大或弱。

28 服桂枝汤，或下之，仍头项强痛，翕翕发热，无汗，心下满，微痛，小便不利者，桂枝去桂加茯苓白术汤主之。

【释义】注意这里的"仍"字，就是"仍然"之意，说一开始就是"头项强痛，翕翕发热，无汗，心下满，微痛，小便不利"，根本就不是桂枝汤证，只因"头项强痛，翕翕发热"类似有表证而用了桂枝汤，方证不对应。而后因这样的治疗无效，又看到出现了"心下满，微痛"，认为是里实而用"或下之"，所有一开始出现的症状虽经用"桂枝汤或下法"仍存在。

这时因有"小便不利"，里有水（气）停，表证在，即"头项强痛，翕翕发热"，因有气上冲，故有"心下满，微痛"，皆因于下后小便不利，亦影响汗出。前有第21条"脉促，胸满者，桂枝去芍药汤主之"，所以此处是"去芍药"而不应该是"去桂"。本是还有表证，所以还是用桂枝汤。本是太阳中风证，之所以不汗出，皆因里有水停，小便不利，故用桂枝去芍药汤加茯苓白术治之。小便一利，桂枝汤亦起作用，表则解矣。

应该是去芍药而不是去桂枝的理由：

（1）本条用汗法（服桂枝汤）或者下法后，"仍"有后面的临床表现，说明此患者一开始就是"头项强痛，翕翕发热，无汗，心下满，微痛，小便不利"，这一组症状不是桂枝汤证，只是因为有"头项强痛，翕翕发热"看起来很像桂枝汤证（表证）而误用了桂枝汤治疗，后来又因为"心下满，微痛"误认为里实证，故又误用了下法治疗。

（2）这里的"无汗"不等同于太阳伤寒脉浮紧的无汗，那是外邪束表，鬼门紧闭，本条的无汗乃是因为"心下满，微痛，小便不利"，这是心下（胃里）有水气，津液不行而导致的无汗。

（3）太阳伤寒的脉浮紧之无汗，用的是麻黄汤（麻黄配桂枝）治疗，是不用桂枝汤，而不是不用桂枝。

（4）结合第21条，太阳病表不解，胸满者是桂枝去芍药汤主之。本条"心下满，微痛"这种满更甚更严重了，更当去掉芍药。

（5）张仲景治疗饮停（痰饮）疾病大法是"以温药和之"，诸如苓桂术甘汤、桂苓枣甘汤等，用的均是桂枝而非芍药。

（6）虽然《神农本草经》中芍药有利小便的作用，通过益养阴津而利小便。而本条的小便不利，显然是素有的，并不是汗下伤津液后津液不足导致的小便不利，并非利小便而祛水气（痰饮），故去芍药，桂枝是必不可去的。

（7）凡气上冲者，会激动引导水饮向上，故此时会有小便不利，治疗以桂枝降逆冲气以利小便，故更说明本条是去芍药而不是去桂枝。

感冒的患者，若有小便不利，当内有水停，气引水上冲，不能下行，治疗时

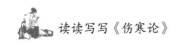

配用降冲气利小便的治则，所以临证外感表证兼有里饮时，当注意祛水饮治疗，方可解表，绝不可用下法，诸如五苓散等。

这里的术，古代不分苍术、白术。心下（胃）有停水（饮）时方可用。术乃温燥之品，无水饮则有害无利。

桂枝去桂加茯苓白术汤

【经典方药】芍药（三两），甘草（二两，炙），生姜（三两，切），白术（三两），茯苓（三两），大枣（十二枚，擘）。

上六味，以水八升，煮取三升，去滓，温服一升，小便利则愈。本云桂枝汤，今去桂枝，加茯苓，白术。

【参考方证】外邪内饮见心下满，微痛，身热，头项强痛，小便不利，脉浮缓者。

29.1 伤寒脉浮，自汗出，小便数，心烦，微恶寒，脚挛急，反与桂枝汤，欲攻其表，此误也。

【释义】本条的"伤寒"，结合后句的"反与桂枝汤，欲攻其表，此误也"，理解应是"太阳伤寒"，所以应是"脉浮，无汗"。而这里的"自汗出"，说明亡津液了，说的是津液失守：一是汗自出，一是小便频数。

上虚不能治下，土不能治水，会出现小便数或遗尿的症状（注：后世上虚不能治下之意，阳竭于里，阳亦指津液，大便干于里，治之以脾约丸）。

"心烦"则提示是转属入里（阳明），胃不和，里热欲作。

"微恶寒"，微微有点恶寒，这表邪是要罢。因此时津液丧失，脚挛急，结合第27条"此无阳也，不可发汗"，而"反与桂枝汤，欲攻其表"。再发汗攻表，丧失津液，必是"此误也"，切不能行使错误的治疗方法。

另外《金匮要略》说"渴而下利，小便数者，皆不可发汗"，说明凡是应该发汗的疾病，有小便数者，绝不可以发汗。此时小便数已是里虚极致津液不守，再发汗，再亡失津液则是逆治也。本段自汗出，脉浮，似桂枝汤证，但"小便数"津液亡失已致脚挛急，表证已极轻微了，此时若是治疗，则用芍药甘草汤，先治脚挛急。

29.2 得之便厥，咽中干，烦躁吐逆者，作甘草干姜汤与之，以复其阳。

【释义】由于误作桂枝汤发汗，更伤津液，津液亡失，胃中亦更虚。"脾为胃行其津液"，脾无津液可行而见四末厥冷；津液亡失而失润故见咽中干；胃不和则烦躁吐逆，胃中津液丧失而生热，故此前的"心烦"更其不但烦且躁。

四肢为诸阳之本，阳虚不能达于四肢而见四肢厥冷，而此时胃极虚而有热，非恢复胃气不可。胃气复则津液生，方可"复其阳"，津液充畅，四末自然就温了，此时治疗应是温中健胃，缓急迫，千万不能以后世所谓的"滋阴救逆"之法治疗。甘草能养液，缓急迫；干姜，健胃温中止呕。甘草干姜汤有温中健胃，扶胃气，养津液，缓急迫的作用。

甘草干姜汤

【经典方药】甘草（四两，炙），干姜（二两）。

上二味，以水三升，煮取一升五合，去滓，分温再服。

【参考方证】脾肺（胃）虚寒状态而见呕逆或腹泻，胸中急迫疼痛或涎唾多等分泌物清稀，小便频数或见血证者。

29.3 若厥愈足温者，更作芍药甘草汤与之，其脚即伸。

【释义】服用甘草干姜汤后，胃气恢复，津液化生亦充足，四末温暖亦无呕逆、烦躁。此时脚挛急没好，予芍药甘草汤，又称"去杖汤"。临床广泛应用于治疗阴血亏虚、筋脉失荣的各种拘挛疼痛（软组织拘挛疼痛）。

芍药甘草汤

【经典方药】芍药（四两），甘草（四两，炙）。

上二味，以水三升，煮取一升五合，去滓，分温再服。

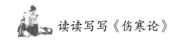

【参考方证】1.四肢骨骼肌表现为"抽筋感"的拘急、痉挛；2.内脏平滑肌紧张导致的阵发性、痉挛性疼痛。

29.4 若胃气不和，谵语者，少与调胃承气汤。

【释义】病起时因津液丧失，出现"心烦、小便数"，是津液虚了，复有里热，而通过前面的甘草干姜汤、芍药甘草汤治疗后，余症状已好，可有"谵语"，是因津液丧失大，便干，胃有内结（即第 30 条的阳明内结）的情形，故"少与调胃承气汤"，调其胃气就好，不可尽全量、尽剂。柯韵伯云："多汗是胃燥之因，便硬是谵语之根。"承气是承顺胃气下行而制其过亢的意思。

调胃承气汤

【经典方药】大黄（四两，去皮，清酒洗），甘草（二两，炙），芒硝（半升）。

上三味，以水三升，煮取一升，去滓，内芒硝，更上火微煮令沸，少少温服之。

【参考方证】1.体格壮实，面红唇厚，心烦，或有谵语，发热者；2.大便秘结，发热不恶寒，谵语汗出，头痛心烦，或见少腹胀满，脉滑数有力；3.大承气汤证而痞满不甚，不当峻下，并防泻下伤正者；4.体壮、燥热、便秘较久，胃气不和，有时心烦、胸痛，大便反溏者。

29.5 若重发汗，复加烧针者，四逆汤主之。

【释义】一开始因患者有类似于桂枝汤证（自汗出，小便数），本已津液亡失，用桂枝汤已是错误。这时"重发汗"，如给予麻黄汤、大青龙汤等，大发其汗，复加烧针迫其汗出，津液更伤殆尽，使阳证转入阴证，阴寒重证，非四逆辈不可转圜。这是一种假设情况，临证不能这样！

四逆汤

【经典方药】甘草（二两，炙），干姜（一两半），附子（一枚，生用，去皮，切八片）。

上三味，以水三升，煮取一升二合，去滓，分温再服。强人可大附子一枚，干姜三两。

【参考方证】1. 四肢厥逆，身体疼痛，精神萎靡，二便清利，脉微欲绝属里虚寒甚者；2. 汗、吐、下不当伤津损阳而造成的肢冷、疼痛、畏寒、喜睡、面色少华、舌淡暗、苔白腻、黑润或白滑而脉象呈沉、细、微、软等，或寸部空浮无力等症者。

30.1 问曰：证象阳旦，按法治之而增剧，厥逆、咽中干、两胫拘急而谵语。师曰：言夜半手足当温，两脚当伸，后如师言。何以知此？

【释义】桂枝汤又叫阳旦汤。患者症候像桂枝汤证（如有发热、汗出或恶风脉缓等），此时按桂枝汤汗出治之，不但病没好，而加剧了，出现了"厥逆、咽中干、两胫拘急而谵语"，这个表现第29条均已说明，误服桂枝汤且经不恰当护理后，津液更虚，而出现上述变证。那后来发展如何了呢？师说"到了夜半时分，手足当温，两脚当伸"。而情况确如师说的一样，如何确知呢？

30.2 寸口脉浮而大，浮为风，大为虚，风则生微热，虚则两胫挛，病形象桂枝，因加附子参其间，增桂令汗出，附子温经，亡阳故也。

【释义】此病一开始表现的是浮大脉，寸口脉浮而大，浮大其外，浮则有外邪，尚有表证（身微热），此处说"浮为风，大为虚"，一开始患者就是个虚证，是不禁按的，故是"大为虚"。"虚"当然指的是津液虚了，因津液虚则见两胫挛急。因"发热、汗出"，病形像桂枝汤证，又因汗出特别多，如第20条"太阳病，发汗，遂漏不止"，用的是桂枝加附子汤，而有"因加附子参其间"，同时又增加了桂枝，

27

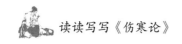

意增加解表之力，这已是错误的，又加附子温经，更令汗出，则亡阳，亡阳即是亡津液。错上加错，所以就有了如下的变证。

30.3 厥逆、咽中干、烦躁、阳明内结、谵语烦乱。

【释义】津液亡失太多，里实已结成，阳明内结，出现谵语烦乱。

30.4 更饮甘草干姜汤，夜半阳气还，两足当热，胫尚微拘急，重与芍药甘草汤，尔乃胫伸。以承气汤微溏，则止其谵语，故知病可愈。

【释义】这段说的是上述症状的治疗。虽有阳明内结，谵语烦乱，但主要是由津液虚亏、胃不和引起的，此时当救急，救津液耗竭之急。

津液丧失太多而胃中干，此时当调胃滋养津液，而不是去治胃，所以此时用的是甘草干姜汤。第29.4条已有述，这时暂时不理会谵语这个症状。

而"夜半阳气还"，古人认为此时阳气渐升，但临证不能囿于此。何时服药后均可以起效，津液渐恢复，两足当热，但是又没完全恢复正常。"胫尚微拘急，重与芍药甘草汤，尔乃胫伸"，用了芍药甘草汤不久，脚抽挛急也就好了，到了这个时候，若是还有"谵语"，可以用调胃承气汤和其胃气，与第29条的"少与调胃承气汤"是一样的道理。若大便微溏，中病则止，而不令其大泻下，更伤津液，这个病就会好。

临证时，当谨记如《金匮要略》水气病篇："渴而下利，小便数者，皆不可发汗。"特别是有表证存在，又有小便数时，如急性泌尿系感染，此时先不考虑表证，可能用猪苓汤等就好了，而不是用发汗法去治疗，外有表证（会致津液丧失，病肯定不会好的），特别又有"自汗，小便数，脉浮"，并见心烦，脚挛急时，是绝不能发汗的。

而这里用甘草干姜汤是以津液虚衰，呕吐，甚下利，四肢厥逆，小便数为主要方证时应用。后世的理解很多是不对的，如《医宗金鉴》认为津液虚衰，还用辛甘类药不对。其实这时用辛甘类药是对的。

辨太阳病脉证并治（中）

31 太阳病，项背强几几，无汗恶风，葛根汤主之。

【释义】脖子"两侧"为颈，后部为"项"背。"几几"说的是鸟儿羽翼未丰，飞不起来，伸着脑袋的样子，项背拘急，脖子能前伸，而左右活动不能。临证可触及项背肌肉拘紧发僵、痉挛、条索状、疼痛。

这里是"无汗恶风"，注意与第14条中的"反汗出恶风"相鉴别。本条是典型的葛根汤证，而第14条是在桂枝汤证（发热、汗出、恶风）的基础上，有项背强几几（葛根证），这当中用了一个"反"字，注意鉴别。

此处的恶风（恶寒）较第14条的恶风程度更严重。临床上引起肌肉痉挛的原因有很多，热伤津失养可引起，水液停滞、经脉失和也可引起，严重的如《金匮要略》中的痉病。

葛根是解肌的。葛根汤是在麻黄汤的基础上衍化来的，所以是水液停滞引起的拘挛。《名医别录》中葛根"主治伤寒中风头痛，解肌发表出汗，开腠理，疗金疮，止痛"，同时有治疗下利的作用。《神农本草经》中葛根："主治消渴，身大热。"此方中的葛根、麻黄要先煎，这是需要注意的。

葛根汤

【经典方药】葛根（四两），麻黄（三两，去节），桂枝（二两，去皮），生姜（三两，切），甘草（二两，炙），芍药（二两），大枣（十二枚，擘）。

上七味，以水一斗，先煮麻黄、葛根，减二升，去白沫，内诸药，煮取三升，去滓，温服一升，覆取微似汗。余如桂枝法将息及禁忌。诸汤皆仿此。

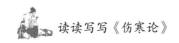

【参考方证】1.口噤、项背强痛或拘急、紧张，无汗恶风，或下利者；2.头疼、发热、恶寒，脉浮紧；3.项、肩、背、腰等处有凝滞感、强直或屈伸不利者。

32 太阳与阳明合病者，必自下利，葛根汤主之。

【释义】葛根汤亦可治疗下利的疾病，此条扩展了葛根汤的主治范畴。太阳与阳明合病，临证也有不下利的，故应以"太阳与阳明合病，自下利者，葛根汤主之"更贴切些。

"下利"有"自下利"或是其他因素，如"药后"下利，因此临证问诊非常重要。

合病指两个病同时发作，如表病和里病同时发作时叫合病。并病指前一个病未愈而后一病并发于前病，如表证未解，里病也发生了，先有表，由表传里叫并病。

《伤寒论》六经病中均可见下利。

太阳下利：二阳合病必自下利（太阳阳明合病）——葛根汤证；误下协热利之热利证——葛根芩连汤证；误下协热利之虚寒利证——桂枝人参汤证；表未解的寒热错杂，升降失司，腹满下利——半夏泻心汤证。

阳明下利：燥屎内结，热结旁流——小承气汤证。

少阳下利：黄芩汤证、大柴胡汤证、柴胡加芒硝汤证。

太阴下利：理中汤证。

少阴下利：四逆汤证、通脉四逆汤证、白通汤证、真武汤证、桃花汤证。

厥阴下利：寒利与少阴下利；寒热错杂利——乌梅丸证，干姜黄连黄芩人参汤证；热利——白头翁汤证。

33 太阳与阳明合病，不下利，但呕者，葛根加半夏汤主之。

【释义】这条的"不下利"，更能印证上条"必自下利"的判断是不对的。葛根汤证：不下利有呕的加半夏；临证上有下利时，同样是可以加半夏的。

葛根加半夏汤

【经典方药】葛根（四两），麻黄（三两，去节），甘草（二两，炙），芍药（二两），桂枝（二两，去皮），生姜（二两，切），半夏（半升，洗），大枣（十二枚，擘）。

上八味，以水一斗，先煮葛根、麻黄，减二升，去白沫，内诸药，煮取三升，去滓，温服一升。覆取微似汗。

【参考方证】在葛根汤方证的基础上加上半夏证，如恶心或时有恶心感，甚至呕吐，舌苔滑或白腻。

34 太阳病，桂枝证，医反下之，利遂不止，脉促者，表未解也；喘而汗出者，葛根黄芩黄连汤主之。

【释义】"桂枝证"，即是桂枝汤证：发热，汗出，恶风，脉缓。这样的太阳病，此时用桂枝汤是正确的治疗选择，可"医反下之"，用下法（泻药）治疗肯定是错误的，导致里更虚。热邪协同下药而作，出现了下利不止（利遂不止），这就是俗称的"协热利"，是误治造成的。这个时候，表亦未解，"脉促者"，这个"脉促"在第21条已经论述过了。"促"指迫近于上又迫近于外，即寸脉浮，说明表未解，这时表里俱热，热邪上迫于肺而见喘。《说文解字》中"喘，疾息也"，呼吸急促的意思。"汗出"，这里有两个意思：一是里热迫津外泄；二是原有的桂枝汤证没解，而伴有汗出。

葛根，解肌解表，还治大热、下利，配用黄连、黄芩治疗热利。甘草，这里多有缓急迫的作用，当然也可以理解为调和的作用，黄芩、黄连苦寒会伤胃。这个方适用的病症很多，表不解，里有热，且下利不止。这一条是实热证的"协热利"，而虚寒证的"协热利"则参阅第163条。

葛根黄芩黄连汤

【经典方药】葛根（半斤），甘草（二两，炙），黄芩（三两），黄连（三两）。

上四味，以水八升，先煮葛根，减二升，内诸药，煮取二升，去滓，分温再服。

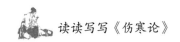

【参考方证】1. 发热，微恶寒或不恶寒，或胸中烦热，或午后高热，头痛酸楚，身重疲乏，口干苦，心烦，心悸，或项背拘急，或胸闷喘促，出汗；2. 腹痛，下利，大便黏滞不爽，或臭秽，或肛门灼热，上脘痞痛；3. 舌边偏红，苔黄腻或黄白相间而腻，脉滑数。

35 太阳病，头痛发热，身疼腰痛，骨节疼痛，恶风无汗而喘者，麻黄汤主之。

【释义】这条是确定太阳表实证的主治，总体发热恶风（寒）及疼痛比桂枝汤证要严重得多，因无汗，脉亦紧实（脉管里水气津液充盈），而桂枝汤证因有汗出而出现脉弱且无力沉缓等。水气迫肺而喘，用杏仁下气定喘，甘草有缓急迫之意。

中医临床的喘证的辨证方法：呼吸困难，喘息。当注意辨清。

表邪之喘——风寒束表，内犯于肺——表证兼喘。

水饮之喘——水饮内停，上犯于肺——水饮为患。

热实之喘——热邪壅肺，或肠腑燥结—— 一则在热，一则在实。

阳虚之喘——阳衰阴盛，真阳欲脱—肺肾两竭之喘—少阴危证—息高。

麻黄汤

【经典方药】麻黄（三两，去节），桂枝（二两，去皮），甘草（一两，炙），杏仁（七十枚，去皮尖）。

上四味，以水九升，先煮麻黄，减二升，去上沫，内诸药，煮取二升半，去滓，温服八合，覆取微似汗，不须啜粥，余如桂枝法将息。

【参考方证】1. 恶寒发热，喘而无汗，体痛，脉浮紧；2. 肌肤灼手、起疹、鼻塞、鼻鸣、流清涕或咳喘而胸满者；3. 头身骨节疼痛，肌肤起栗，尿清，口淡不渴。

36 太阳与阳明合病，喘而胸满者，不可下，宜麻黄汤。

【释义】此条再次印证第32条"太阳与阳明合病者，必自下利"的判断，是不下利的。这里对"满"的理解很重要，是因喘而引起胸满。而喘可由如下引起：一是由于水气（湿）不能由皮肤散发祛除，上迫于肺引起，如麻黄汤证；二是由阳明里实引起，先是腹中满，渐渐上迫而引起的喘，如承气类方证、大柴胡汤方证。

由麻黄汤证引起的满，是以喘为主，后才有满，因喘造成的胸满。而承气类方证（里实）引起的满是以腹满为主，后才有喘的，可有明显的腹证。其实通过详细地问诊、腹诊，很多时候也可以鉴别出来。所以本条是太阳病的喘，不可下，若下之则引邪入里，则可变证多端，成坏病矣。而阳明病的喘，可用下法。

麻黄类方有很多，特别说一下《金匮要略》所载《古今录验》续命汤原方，书中记载本方"治中风痱，身体不能自收持，口不能言，冒昧不知痛处，或拘急不得转侧"。

什么叫"中风痱"？历代中医文献都有记载。如《黄帝内经·灵枢》热论说："痱之为病也，身无痛者，四肢不收，智乱不甚。"《医宗必读》说："痱，废也。痱即偏枯之邪气深者……以其手足废而不收，故名痱。或偏废或全废，皆曰痱也。"《圣济总录》说："病痱而废，肉非其肉者，以身体无痛，四肢不收而无所用也。"

这些记载说明，古代医家对风痱的认识是一致的：风痱之为病，以突然瘫痪为特征（偏瘫或截瘫），身无痛，多无意识障碍（或仅有轻微意识障碍）。《金匮要略》所载《古今录验》续命汤原方，书中记载本方"治中风痱，身体不能自收持，口不能言，冒昧不知痛处，或拘急不得转侧"。从陈鼎三和江尔逊先生师徒对话可以参考，陈鼎三曰："脾主四肢，四肢瘫痪，病在脾胃；此方石膏、干姜并用，为调理脾胃阴阳而设。"江尔逊问："医家都说此方以麻、桂发散外来的风寒，石膏清风化之热，干姜反佐防寒凉之太过，今老师独出心裁处，我仍不明白。"陈鼎三笑曰："此方有不可思议之妙，非阅历深者不可明也。"江尔逊遂不便继续追问了。江尔逊解释风痱的基本病机，本于《黄帝内经·素问》太阴阳明论："脾病而四肢不用何也？岐伯曰：四肢皆禀气于胃，而不得至经，必因于脾，乃得禀也。今脾病不能为胃行其津液，四肢不得禀水谷气，气日以衰，脉道不利，筋骨肌肉，皆无气以生，故不用焉。"经言"脾病而四肢不用"，不言"脾虚而四肢不用"，"病"字与"虚"字，一字之差，含糊不得。可惜今之医家大多在"虚"字上大做文章，是囿于李东垣脾胃内伤学说。

江尔逊指出，脾病而四肢不用至少有两种情形：一是脾胃久虚，四肢渐渐不得禀水谷之气；二是脾胃并非虚弱，却是突然升降失调，风痱就是如此。《古今录验》续命汤以此两味为核心，调理脾胃阴阳，使脾升胃降，还其气化之常，四肢可禀水谷之气矣，此治痱之本也。由此看来，能透析脾胃的生理病理特性，以及干姜、石膏寒热并用的机制，可见本方的神妙了。至于方中的参、草、芎、归，乃取八珍汤之半（芎、归组成佛手散，活血力大于补血力）。因风痱虽非脏腑久虚所致，但既已废便，不能禀水谷之气，气不足，血难运，故补气活血，势在必行。方中麻、桂、杏、草，确是麻黄汤。风痱之因于风寒者，麻黄汤可驱之出表；其不因于风寒者，亦可宜畅肺气。"肺主一身之气"，肺气通畅，不仅使经脉运行滑利（肺朝百脉），而且有助于脾胃的升降。况"还魂汤"（麻、杏、草）治疗猝死，古有明训，若拘泥单味药的功效，则很难解释本方的精义。

37 太阳病，十日已去，脉浮细而嗜卧者，外已解也。设胸满胁痛者，与小柴胡汤。脉但浮者，与麻黄汤。

【释义】这一条说的是伤寒发展到一定阶段，或已治疗或未治疗（机体代偿自愈能力，自我抗病能力好时），此时表证或已解了。脉象浮细，浮脉是邪气尚在表，而细则表明津液虚了（脉管内血液不足了），就是处于"血弱气尽，腠理开，邪气因入"的阶段，出现嗜卧，半表半里的少阳病的特殊症候。假设再出现邪结于胁下的胸满胁痛，正邪相争于此，或还可见往来寒热，恶心呕吐等小柴胡汤方证，用小柴胡汤无疑。但又说可能也还是浮脉，而不细，也没有出现另外的如嗜卧，胸胁满痛等症状，若是无汗时，还是要用到麻黄汤。强调了辨具体方证的重要性。

临床出现小柴胡汤方证，同时还见口舌干燥、渴而苔白，可以用小柴胡汤加生石膏治疗。渴者属阳明病，呕者属少阳病。

38 太阳中风，脉浮紧，发热恶寒，身疼痛，不汗出而烦躁者，大青龙汤主之。若脉微弱，汗出恶风者，不可服之。服之则厥逆，筋惕肉瞤，此为逆也。

【释义】这一条开始说的"太阳中风"，结合条文紧续的内容肯定是不对的，"脉浮紧，发热恶寒，身疼痛"类似麻黄汤证，但麻黄汤证是无汗且无烦躁，而这里是"不汗出而烦躁"。

先来理解"不汗出"，说的是该患者得这个病，理当出汗而不得汗出而导致烦躁。《金匮要略》水气病篇第 23 条："风水恶风，一身悉肿，脉浮不渴，续自汗出，无大热，越婢汤主之。"风水，即外感邪气又有水气，水气即浮肿，风水亦即风邪，占代称风水，所以越婢汤主治的是"绫自汗出"，身热且不断汗出，从越婢汤（麻黄、石膏、生姜、大枣、甘草）组成，以方测证，是有里热的，用了半斤石膏，故是身热不断汗出。

而由于表实，汗不得出，热邪不得外越，故发烦躁，所以这里"太阳中风"的"中风"应是就越婢汤的"风水"说的。越婢汤是治风水的，所以大青龙汤（麻黄汤与越婢汤的合方）证：麻黄、桂枝、甘草、杏仁、生姜、大枣、石膏，这其中有麻黄汤证，但"不汗出"，不是"无汗"，有烦躁，烦躁是石膏证。麻黄汤证是无汗、不烦躁。烦躁则是里有热，这是大青龙汤主治的，所以这个不是真正的太阳中风。"若脉微弱，汗出恶风者，不可服之"，脉浮微弱，就是前面的"阳浮而阴弱"，脉浮于外而弱于内，因汗出，脉管内津液（血液）已虚，这才是真正的太阳中风病，这种情况可不能用大青龙汤，用之则大汗亡阳（津液），津液不达四末，经筋失养，而出现"服之则厥逆，筋惕肉瞤，此为逆也"，这是错误的治疗方法。

总之，大青龙汤是越婢汤与麻黄汤的合方，应该是汗出而不得汗出，表不解而里已有热的情况。方证像麻黄汤证，但是有烦躁，而烦躁是石膏证，所以不是麻黄汤证，更不能因前面的"太阳中风"就误解为桂枝汤证。大青龙汤是最强的发汗方剂，麻黄用六两，是张仲景麻黄类方中用量最大的。最大剂量麻黄发汗、利水——大青龙汤、越婢汤；小剂量麻黄治痒——桂枝麻黄各半汤。另外临证时，太阳病恶寒重而无汗有两种情况：一是大青龙汤证，即恶寒无汗，烦躁口舌干；二是葛根汤证，即恶寒无汗，但无烦躁及口舌干。所以张仲景把太阳病无汗称伤寒，有汗称中风。但是本条无汗亦说是中风，本意是患该病者应该有汗，因有里热；但应汗出而不得汗出，因有表实。有热应该出汗用越婢汤；表实汗不得出用麻黄汤，从而造就了一个大青龙汤的诞生外寒里热证。

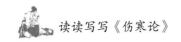

临证时，大青龙汤要和九味羌活汤相鉴别。九味羌活汤方出自金元名医张元素，首见于《此事难知》卷上，主治外感风寒湿邪，内有蕴热证。

九味羌活汤

【经典方药】羌活（一两半），防风（一两半），苍术（一两半），细辛（五分），川芎（一两），白芷（一两），生地黄（一两），黄芩（一两），甘草（一两）。

上九味，打碎，水煎服，若急汗，热服，以羹粥投之；若缓汗，温服，而不用汤投之。

【参考方证】恶寒发热，肌表无汗，头痛项强，肢体酸楚疼痛，口苦微渴，苔白或微黄，脉浮。

因见于风寒湿邪侵犯肌表，卫阳被遏，正邪相争，故恶寒发热。寒为阴邪，其性收引，湿邪重浊而黏滞，太阳主一身之表，其经络行于头顶，过项挟脊，寒湿客于肌表，肌肉腠理闭塞，经络阻滞，气血运行不畅，故肌表无汗，头痛项强，肢体酸楚疼痛，里有蕴热，故口苦微渴，苔白或微黄，脉浮，兼里热之证。本证多见于阳偏盛或里有积热者，外感风寒湿邪，内外相引或日久郁而化热，见外有表寒证，里有蕴热，表里同病，表证为主的证候特点。现在临床中见到由于生活方式不健康，喜熬夜、吃火锅、烧烤……容易口干口渴，晨起口苦，大便干燥，咽喉痛，五官出现炎症等。平时里有积热，外感就以咽喉痛为首发等。既有里的火热症状，又有发热恶寒、流清鼻涕、鼻塞、头痛、腰背痛等表寒证的九味羌活汤证。临床依据具体情况做加减法：若湿邪较轻，肢体酸楚不甚者，可去苍术、细辛以减温燥之性；如肢体关节痛剧者，加独活、威灵仙、姜黄等以加强宣痹止痛之力；湿重胸满者，去滋腻之生地黄，加枳壳行气化湿宽胸；无口苦微渴者，生地、黄芩又当酌情裁减；里热甚而烦渴者，可配加石膏、知母清热除烦止渴。这是临床时需要鉴别的。

大青龙汤

【经典方药】麻黄（六两，去节），桂枝（二两，去皮），甘草（二两，炙），杏仁（四十枚，去皮尖），生姜（三两，切），大枣（十枚，擘），石膏（如鸡子大，碎）。

上七味，以水九升，先煮麻黄，减二升，去上沫，内诸药，煮取三升，去滓，温服一升，取微似汗。汗出多者，温粉扑之。一服汗者，停后服；若复服，汗多亡阳，遂（一作逆）虚，恶风烦躁，不得眠也。

【参考方证】1.麻黄汤证见口干、烦躁、热甚、脉浮紧者；2.咳喘患者口渴欲饮，上冲，烦躁或身疼痛、恶风寒重、脉浮紧者；3.肌肤灼手，鼻燥口干，不汗出发热者。

39 伤寒，脉浮缓，身不痛，但重，乍有轻时，无少阴证者，大青龙汤主之。

【释义】这一条一开始有些难理解，伤寒，我们理解为太阳伤寒，是个表实证：无汗，恶寒重，身痛，脉浮紧。而这里是"脉浮缓，身不痛，但重，乍有轻时"，说明不是真正的伤寒，而是类似"太阳伤寒"的表现。"身不痛，但重"，这是体表有水气，是水气病的表现，同时也无汗，所以类似太阳伤寒。体表肌肉组织因水停而沉重，但不疼痛，脉管里的津液（气血）充盈度也不重（津液分散到组织里去了），所以脉不浮紧，而是浮缓，说的是水气病。而这个时候水气病还不是很严重，"乍有轻时"，若是整个很严重，那一句就会是"沉重浮肿无轻时"。水气有属少阴病和风邪两端，这要从《金匮要略》水气病篇理解"浮者为风"，脉浮为风，就是前文说的越婢汤了。"水之为病，脉沉小者，属少阴"，少阴病，脉微细，沉小、沉细脉，那是麻黄附子甘草汤。而这条是脉浮缓，不沉小，故"无少阴证者，大青龙汤主之。"结合《金匮要略》中关于大青龙汤治溢饮的篇章来理解就会更加明白。所以理解张仲景的意思，不能以后世的"风伤卫、寒伤营"来理解"伤寒、中风"。

张仲景用石膏一斤以上的方有木防己汤，见于《金匮要略》痰饮咳病篇："膈间支饮，其人喘满，心下痞坚，面色黧黑，其脉沉紧，得之数十日，医吐下之不愈，木防己汤主之。"石膏（十二枚，如鸡子大）是最大量的，绝非为大热而设。用半斤的方有麻杏石甘汤、越婢汤，均无大热，如第63条："发汗后，不可更行桂枝汤，汗出而喘，无大热者，可与麻黄杏仁甘草石膏汤。"《金匮要略》水气病篇："风水恶风，一身悉肿，脉浮不渴，续自汗出，无大热，越婢汤主之。"用半斤以下的方有大青龙汤、小青龙加石膏汤（因烦躁而用）、续命汤、风引汤等。所以张锡纯在《医学衷中参西录》中说："石膏当生用，若煅之，则将宣散之性变收敛。""盖石膏生用以治外感寒热，断无伤人之理，且放胆用之，亦断无不退热之理，惟热实脉虚者，其人必实热兼有虚热，仿白虎加人参汤之义，以人参佐石膏，而石膏得人参，能使寒温之后，真阴顿复而余热自清。"

40 伤寒表不解，心下有水气，干呕发热而咳，或渴，或利，或噎，或小便不利，少腹满，或喘者，小青龙汤主之。

【释义】这又是关于水气病的条文，对比第28条："服桂枝汤，或下之，仍头项强痛，翕翕发热，无汗，心下满，微痛，小便不利者，桂枝去桂加茯苓白术汤主之。"本条说的发病时是伤寒无汗，因"心下有水气"，用麻黄汤发汗后表证不解"伤寒表不解"，皆因"心下有水气"，用发汗药后激引里水而见变证出，表不解而邪遏于内，可外发而热，里饮引动上迫于肺而咳喘，逆于上而干呕，没有烦躁，里饮也未化热，所以咳的痰应是清稀白痰。临床更多的是白泡沫痰和清稀的鼻涕，为小青龙汤的主要方证。如黄煌教授说的"水样的的鼻涕，水样的痰"。若有烦躁，临证可用小青龙汤加石膏。至于这后面的或然证，临证时可以不必过于关注，临床也真的没有这么用的。

痰饮临证常见五种证：心下有水气——小青龙汤；喉中水鸣声——射干麻黄汤；吐涎沫——苓甘五味姜辛半夏杏仁汤；肺痿——皂荚丸；眩目——泽泻丸。

小青龙汤

【经典方药】麻黄（去节），芍药（三两），细辛（三两），干姜（三两），甘草（三两，炙），桂枝（三两，去皮），五味子（半升），半夏（半升，洗）。

上八味，以水一斗，先煮麻黄，减二升，去上沫，内诸药，煮取三升，去滓，温服一升。若渴，去半夏，加栝楼根三两；若微利，去麻黄，加荛花，如一鸡子，熬令赤色；若噎者，去麻黄，加附子一枚，炮；若小便不利、少腹满者，去麻黄，加茯苓四两；若喘，去麻黄，加杏仁半升，去皮尖。且荛花不治利。麻黄主喘，今此语反之，疑非仲景意。

【参考方证】1.咳喘、鼻鸣伴呼吸道分泌物（痰液、涕）多而清稀如水；2.恶寒、发热、无汗、头项身痛；3.舌苔白水滑或腻脉浮或弦者。

小青龙汤证这五个或然见证，即或渴、或利、或噎、或小便不利，少腹满、或喘，有五个加减方法。这里值得提出的是，其中有四个加减法皆去麻黄。麻黄本主治咳喘，是方中主药，岂可不用？咳喘因肺气不利而致，或宣发不能，或肃降不行，或宣发与肃降并失。现咳喘，源于"心下"（心下有水气），其水寒之邪，激动上逆阻于肺而致，治疗当避免辛散向上、宣发太过，故去麻黄以避其宣散，加杏仁以利肺气肃降，止咳平喘；且寒饮内停，阳气多虚损，麻黄发越阳气，阳气更伤。

临证注意干姜、五味子的用量比例。新喘宜温散，干姜重用；久喘宜敛肺，五味子重用。

41 伤寒，心下有水气，咳而微喘，发热不渴，服汤已渴者，此寒去欲解也，小青龙汤主之。

【释义】"伤寒"就是太阳伤寒，无汗恶寒，身体疼痛等。心下有水气，第40条已出现过，水即水气，水肿，也叫水气病。张仲景把津液叫作阳气，水能化气，所以津液也叫阳气。伤寒，外有表不解，内有里饮，外邪引动里饮上迫于肺而见"咳而微喘"，外邪郁遏发热，里有水饮而不渴，而"服汤已渴者，此寒去欲解也"，

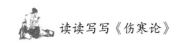

应是在"小青龙汤主之"之后,这样"小青龙汤主之,服汤矣,渴者,此寒去欲解也"会更加合理。

服小青龙汤,表寒解了,里饮去了,"此寒去欲解也"中的"寒",是寒饮水气。而纵观小青龙汤的用药多是温热之品,饮去了,患者觉渴了,是临证用药有效的表现。

临证小青龙汤证服用本汤剂后,可能有些变证,结合《金匮要略》痰饮咳嗽病篇常常可见以下几种情况。

桂苓五味甘草汤证。第36条:"青龙汤下已,多唾口燥,寸脉沉,尺脉微,手足厥逆,气从小腹上冲胸咽,手足痹,其面翕热如醉状,因复下流阴股,小便难,时复冒者,与桂苓五味甘草汤,治其气冲。"即有多唾口燥,气从小腹上冲胸咽,手足痹,其面翕热如醉状(面红发热如饮酒状),可见舌淡苔薄白,寒饮仍郁结于里,阻遏阳气,怫郁于上,用小青龙汤去白芍、干姜、麻黄、半夏、细辛,加茯苓(桂苓五味甘草汤)治之,从寒以温化。

苓甘五味姜辛汤证。第37条:"冲气即低,而反更咳,胸满者,用桂苓五味甘草汤去桂加干姜、细辛,以治其咳满。即苓甘五味姜辛汤。"即复有更咳而胸满,寒饮仍郁结于肺,肺气上逆,治以苓甘五味姜辛汤散寒敛肺。

苓甘五味姜辛半夏汤证。第38条:"咳满即止,而更复渴,冲气复发者,以细辛、干姜为热药也。服之当遂渴,而渴反止者,为支饮也。支饮者,法当冒,冒者必呕,呕者复内半夏,以去其水。即桂苓五味甘草去桂加干姜细辛半夏汤。"即有呕渴而冒,寒饮郁结,气化不能,治以苓甘五味姜辛半夏汤温寒化饮。

苓甘五味姜辛半夏杏仁汤证。第39条:"水去呕止,其人形肿者,加杏仁主之。其证应内麻黄,以其人遂痹,故不内之;若逆而内之者,必厥。所以然者,以其人血虚,麻黄发其阳故也。即苓甘五味加姜辛半夏杏仁汤。"即呕止而形肿,寒饮浸淫,肺气不降,治以从寒温肺降肺,因有血虚(津液不足),避麻黄,用杏仁宣降肺气消肿。

苓甘五味姜辛半夏杏仁大黄汤证。第40条:"若面热如醉,此为胃热上冲,熏其面,加大黄以利之。即苓甘五味加姜辛半杏大黄汤。"即面热如醉,寒饮郁热上冲,或有大便结,舌红苔黄。

42 太阳病，外证未解，脉浮弱者，当以汗解，宜桂枝汤。

【释义】张仲景《伤寒论》中关于外证与表证的含义。表证说的是病邪经过或未经治疗，不得汗出，邪仍在体表，通常说的是麻黄汤证的表不解（如第 46 条表证）；而外证，指邪气在人体外，体表（体外）亦含肌肉层，通常指的是桂枝汤证。

桂枝本为解肌的意思。桂枝汤证通常叫作外证，与表证不同，所以这段说的是：太阳病（应是太阳表实证）服用麻黄汤后，此时出现了外证（桂枝汤证，或仍有发热、汗出恶风）未解，且脉是浮弱的（浮于外而弱于内），津液已有所丧失，这是桂枝汤的方证。临证或应根据具体脉证来决定方证的加减。

43 太阳病，下之微喘者，表未解故也，桂枝加厚朴杏子汤主之。

【释义】太阳病，本不应该用下法治疗，下法是逆治，致使人微喘，是表未解，邪热伴着上冲，因此有气上冲的表现。如第 15 条："太阳病，下之后，其气上冲者，可与桂枝汤，方用前法。"临证有桂枝汤的方证，且喘或咳，亦严重于一般的气上冲，故加用厚朴、杏子消胀平喘，所以在桂枝汤证并见微喘者用，若是无汗而喘，则考虑用麻黄汤。

桂枝加厚朴杏子汤

【经典方药】桂枝（三两，去皮），甘草（二两，炙），生姜（三两，切），芍药（三两），大枣（十二枚，擘），厚朴（二两，炙，去皮），杏仁（五十枚，去皮尖）。

上七味，以水七升，微火煮取三升，去滓，温服一升，覆取微似汗。

【参考方证】桂枝汤证加咳嗽痰白稀，胸满微喘，舌苔白滑。

44 太阳病，外证未解，不可下也，下之为逆，欲解外者，宜桂枝汤。

【释义】本条进一步确定了第 42 条的外证就是桂枝汤证。太阳病，桂枝汤证

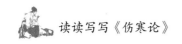

仍在，这叫"外证未解"，这时用下法是错误的，是逆治，宜用桂枝汤。也对应了第 34 条"太阳病，桂枝证，医反下之，利遂不止"，在本条做了一个小结。

45 太阳病，先发汗不解，而复下之，脉浮者不愈。浮为在外，而反下之，故令不愈。今脉浮，故在外，当须解外则愈，宜桂枝汤。

【释义】本条说的是太阳病（当是表实的麻黄汤证），用麻黄汤发汗，这个是正确的，而发汗后，脉还浮，外不解，这时候是绝不能用下法的，用下法是误治。此时宜用桂枝汤解外，则愈，所以临床上应用桂枝汤证与麻黄汤证时，应当明确：发汗后，或下之后，表未解，不能再用麻黄汤，应是用桂枝汤；用了桂枝汤后表还未解，也还是用桂枝汤，不能用麻黄汤。其实这都是反复强调辨具体方证的重要性，定法是规则，还得看具体方证来处方。

46 太阳病，脉浮紧，无汗，发热，身疼痛，八九日不解，表证仍在，此当发其汗。服药已微除，其人发烦目瞑，剧者必衄，衄乃解。所以然者，阳气重故也，麻黄汤主之。

【释义】原来的麻黄汤证过了八九日仍不解，此时"没有恶寒"了，但是余证（脉浮紧，无汗，发热，身疼痛）还在，故"表证仍在"，毫无疑问，还是用麻黄汤汗之。患者服用麻黄汤后，症状一时好转，患者感觉舒服了。但毕竟病程已有八九天，时间长，病已较重，或有经过误治后，患者体虚，此时服用麻黄汤后出现了瞑眩状态反应。《尚书》："若药不瞑眩，厥疾弗瘳。"发烦热，烦躁不安而闭眼睛。古人认为若是服药后，没有瞑眩反应，怕是治不好的，而有瞑眩反应，是药后病向好转的一种反应。"剧者必衄"，瞑眩的这种情况，严重者可见鼻子出血，若鼻子出血，则邪有出路，病也要好了。临床上与服用小柴胡汤后的战汗，是一样的道理。

阳气，指的是精气，就是血液、津液（脉外的是津液，脉内的是血液）。麻黄汤证八九日，脉管内充斥的精气已过重，用麻黄汤后出现瞑眩，邪气有出路，而出现衄血，即"阳气重故也"。

47 太阳病，脉浮紧，发热，身无汗，自衄者愈。

【释义】 这是上一条的延伸，说明不一定是用麻黄汤后瞑眩而衄血，自衄病愈亦然，强调的是邪有出路，邪因衄而解。

48.1 二阳并病，太阳初得病时，发其汗，汗先出不彻，因转属阳明，续自微汗出，不恶寒。若太阳病证不罢者，不可下，下之为逆，如此可小发汗。

【释义】《伤寒论》中关于的疾病发展，不是《黄帝内经》中"一日太阳，二日少阳，三日阳明"，《伤寒论》讲的是表里相传，由表传里，或传半表半里。二阳并病，是太阳传阳明，由表传里，此时表证未罢，里证已出现，这就是并病。它解释了始得太阳表证，发汗是正确的，可发汗不彻，病即未除。"彻"可作"除"理解，转属阳明。这在临床是会有的，如病重药轻，疾病发展迅速，这治法是没问题的，可病由表传里，转属阳明；"续自微汗出"，不间断地微微出汗，转属阳明。这时候，若太阳病（身疼痛，恶寒等）症状还在，是不能用下法的，下法为逆治，说的是这个意思。如此可小发汗，用什么方呢？"续自微汗出"，已有津液损伤的表证，当然是用桂枝汤来解肌小发汗。

48.2 设面色缘缘正赤者，阳气怫郁在表，当解之熏之。

【释义】 本条应该和二阳并病没有太多关系，与第23条"面色反有热色者，未欲解也，以其不能得小汗出，身必痒，宜桂枝麻黄各半汤"应是一个意思。"面色缘缘正赤"是表不解的表现，是"阳气怫郁在表"，还是不得汗出的问题，所以这和二阳并病不搭界，当以解之熏之，小发其汗，以解其怫郁在表的外邪即可。

48.3 若发汗不彻，不足言，阳气拂郁不得越，当汗不汗，其人烦躁，不知痛处，乍在腹中，乍在四肢，按之不可得，其人短气但坐，以汗出不彻故也，更发汗则愈。何以知汗出不彻？以脉涩故知也。

【释义】本条再次强调发汗不彻底的危害，出现了烦躁、全身疼痛。因邪气不得越，表不解，不得汗，邪气上逆犯肺而见短气，所以这个时候身疼痛，无汗而喘、烦躁。这里的脉涩综合来看，脉应是浮、浮紧更准确些。平时我们理解的涩脉，都是血少（虚）的表现，故认为涩是错别字，此时用方应选用大青龙汤，更发汗则愈。

49 脉浮数者，法当汗出而愈，若下之，身重心悸者，不可发汗，当自汗出乃解。所以然者，尺中脉微，此里虚，须表里实，津液自和，便自汗出愈。

【释义】浮在表，数为热，这是表证，表证有热，是太阳病，当发汗，这是正治，发汗后大多会好的。太阳表热证用下法，当然是逆治，误下后可带来的多种变证，如前面的"下之后，气上冲者"等。该患者本来的表证有热，身上还夹湿，下之后因津液更虚，里虚血液更不足，导致心神失养而心悸，身上的湿气亦不去，而身体更加沉重，郁于表之湿，这时更不能再发汗，此时正气仍未损伤，只有待津液渐复，正能与邪交争，自然汗出而病愈。

进一步解释：下之后，"尺中脉微"，微者不足也，即血气不足。缘于下之后，或复发汗致里虚，所以"须表里实，津液自和，便自汗出愈"。一个"须"，一个"便"，就是告诉我们只有当表里具实，正气恢复了疾病才可愈。当然这种情况，视具体临床表现，也是可以用药的，如第102条"伤寒二三日，心中悸而烦者，小建中汤主之"和第62条"发汗后，身疼痛，脉沉迟者，桂枝加芍药生姜各一两人参三两新加汤主之"。通过补虚扶正，"实里"即经治疗使里虚的血液津液得到恢复。

50 脉浮紧者，法当身疼痛，宜以汗解之。假令尺中迟者，不可发汗。何以知然？以荣气不足，血少故也。

【释义】脉浮紧，说的太阳伤寒的脉象，表实者，身疼痛且痛较甚，这时用发汗法治疗是正确的。用一个"宜"字，提醒我们还要斟酌，方证一定要相合再处方。"假令尺中迟"，张仲景指的脉象，浮沉脉以候表里，关之前后亦是候表里，《金匮要略》："脉浮在前，其病在表；脉浮在后，其病在里。"（提示我们切脉时，先定关，关之前是寸，关之后是尺）关以上候表，关以下候里，"尺中脉迟"说的是"此里虚，以荣气不足，血少故也"。津液虚血少了，再发汗，那会亡汗亡血，则"夺汗者亡血，夺血者亡汗"。

51 脉浮者，病在表，可发汗，宜麻黄汤。

【释义】脉浮者，病在表，这是肯定的。可一定用麻黄汤的发汗吗？不一定。临床必须仔细辨方证，无汗与有汗，浮紧有力与否或浮缓等。

52 脉浮而数者，可发汗，宜麻黄汤。

【释义】本条和第51条类似，脉浮数，麻黄汤和桂枝汤均可用，也需仔细辨证具体方证，相合之后才能处方。

53 病常自汗出者，此为荣气和，荣气和者，外不谐，以卫气不共荣气谐和故也。以荣行脉中，卫行脉外。复发其汗，荣卫和则愈。宜桂枝汤。

【释义】要想理解本条，当从卫（气）营（血）去认识，饮食入胃，游溢精气，化生精微，脉内为营，脉外为卫。营得卫能守，卫得营方固，这叫营卫谐和，营卫调和。若卫自行于脉外，营自行于脉中，则不调和。卫得有营，才能固于外；而营由于卫外坚固，才能守于内。不然两者不谐和，则自汗出。而因已有汗出，

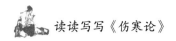

阴弱于内，唯用桂枝汤再发汗，营卫方可恢复协调。这也是卫气不和，桂枝汤能调和营卫之意。

54 病人脏无他病，时发热，自汗出而不愈者，此卫气不和也。先其时发汗则愈，宜桂枝汤。

【释义】"时"指的是定时，定时发热自汗出而经久不愈。患者"脏无他病"，可以不用过多纠缠，可能是无器质性病变，多是一些功能性疾病。所以我们学习了桂枝汤，对于太阳中风（太阳病），以发热、汗出、恶风、脉缓为主证时可用。营卫不调即卫不和时，桂枝汤可以调和营卫。

回顾前文的麻黄桂枝各半汤、桂枝二麻黄一汤，其主证就有"形如疟，日再发"，就是定时发寒热，不汗出。所以用药时不全用桂枝汤（时发热，自汗出）。若全用桂枝汤，就应包括上述的定时发热而汗出。

55 伤寒脉浮紧，不发汗，因致衄者，麻黄汤主之。

【释义】这条与第 47 条是一个意思。只是强调有时自衄者愈，有时则因脉管里充血越来越重，里面阳气越积越重，因不发汗，要自衄愈的自然好了。要自衄了还不愈呢？那就用麻黄汤发汗治疗。

56 伤寒，不大便六七日，头痛有热者，当与承气汤。其小便清者，知不在里，仍在表也，当须发汗，若头痛者，必衄，宜桂枝汤。

【释义】"伤寒"指的是"太阳伤寒"表实（麻黄汤证）。发病已六七日，但大便未解，这时候患者并见"头痛发热"。临床上出现头痛发热的情况常有二：一是太阳病，二是阳明病。张仲景的鉴别的方法：当问小便的颜色。病在里（阳明）者当黄赤；病仍在表者小便清色不变，即"知不在里，仍在表也"。这时候的治疗：在里（阳明）者，"不大便六七日，头痛有热"则与承气汤。张仲景用的是"与"或"宜"，是要我们斟酌，要视具体方证来选择承气汤（是大、小承气汤或是调胃承气汤）；病仍在表的，"当须发汗"，故表实的用麻黄汤。

"若头痛者，必衄"，说的是上面的表实证用了麻黄汤发汗后，虽已汗出，但因病邪较重，邪热仍上冲引起衄血，用桂枝汤是定法。可以参阅第46条，因久不得汗出，阳气重故，虽经发汗但邪气仍上冲引起头痛。

57 伤寒，发汗已解，半日许复烦，脉浮数者，可更发汗，宜桂枝汤。

【释义】太阳伤寒表实证用了麻黄汤发汗后，似乎病已解。可是"半日许复烦"，若是热已解肯定是不烦了，这时候"复烦"说明仍有邪热不除，再切脉是"浮数"，还是有表热，用桂枝汤是定法。

张仲景不厌其烦地告诫我们：一是有确定的麻黄汤方证用了麻黄汤后表仍不解，不能再用麻黄汤，用的是桂枝汤；二是确定的桂枝汤方证用桂枝汤后表不解，不能用麻黄汤，还是用桂枝汤解表。这就是定法。

58 凡病，若发汗，若吐，若下，若亡血、亡津液，阴阳自和者，必自愈。

【释义】这条泛指的是我们临床治疗疾病，若是在未能辨明具体方证的情况下，妄用汗、吐、下等攻实祛病的方法，会导致亡失津液、血液的诸多变证，甚至阴阳离决的严重后果。阴阳这里说的是表里，表里自和，机体尚能自我修复代偿，能自愈；若表里不和，则需果断采取合理的治疗措施。

阴阳自和亦可理解为疾病严重了，经过恰当治疗后，机体的阴阳趋于平衡，阴平阳秘，气血调和，则机体的疾病得到治愈。但这种是以医经医学的理论来理解，以供参考。

59 大下之后，复发汗，小便不利者，亡津液故也，勿治之，得小便利，必自愈。

【释义】本条说的是若是表里是实证时，治疗通常是先解表再治里病。表解了

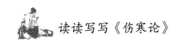
再治里，而不是先治里病再来解表。"大下之后，复发汗"，这是汗下治法颠倒了。这种情况极易导致亡失津液、血液，从而引起"小便不利"（小便不利是由多种原因引起的，此处是津液丧失）。这时候需要观察具体情况，不要看到小便不利就利小便。若是"得小便利"说明津液得以恢复，表里未见他证，"阴阳自和者"必自愈。当然若是久久小便不利，那还得"观其脉证，知犯何逆，随证治之"。

临证时比如有腹水甚至是大量腹水的患者，尿少或者无尿，舌脉表现是舌红少苔或者无苔，镜面舌，脉沉细或者细数。我们说的这种有效血容量不足导致重要脏器的灌注不足的情况，可不敢再轻言去利尿消肿了！

60 下之后，复发汗，必振寒，脉微细，所以然者，以内外俱虚故也。

【释义】张仲景《伤寒论》中论述的发汗，通常指的是太阳伤寒表实证的麻黄汤证，本当用汗法，可误用了下法之后伤其里（津液），又"复发汗"，复伤其里，虚其表，表虚不固或者说津液损伤，甚则卫阳不固引起"脉微细"，此时必"振寒"不可，所以说内外俱虚，此时治疗当然是先温里后治表。

61 下之后，复发汗，昼日烦躁不得眠，夜而安静，不呕、不渴、无表证，脉沉微，身无大热者，干姜附子汤主之。

【释义】这是顺接上一条的。太阳表实误用下法、汗后，"必振寒，脉微细"；这一条没提"振寒"，真正的临床表现应是有"振寒"的。这里脉是"沉微"。我们知道但凡三阳病都是有烦躁表现的，三阴病也是有烦躁表现的。那临床得明确具体是哪一种情况。首先"不呕"，若是因误用下法、汗后，病邪由表转半表半里，会有呕的表现，所以不是少阳病；其次不渴，若是因误下汗后，病邪由表传入阳明，会有渴，所以不是阳明病；再次，太阳表实证经误用下法、汗后，但已无表证，所以也不是因表不解引起的烦躁。三阳病中烦躁症状表现最明显的要数栀子豉汤证，昼夜都是一样，而不是"昼日烦躁不得眠，夜而安静"。再说"身无大热"：我们知道表证的发热是"淅淅发热"，弥漫周身表面的感觉；阳明病发热是蒸蒸发热，不恶寒而恶热；而少阳病是寒热往来。结合此时的"脉沉微"为里虚寒、虚衰的情况，所以"身无大热"说的是即便有热也是一种虚阳浮散于外的发热。所以"烦躁"亦是误用下法、发汗后，津液（血液）衰竭于内，精气欲虚脱的表现。即我们常说的阴损及阳，有可能是阴阳离决的表现。出现"夜而安静"，说明还不算急迫，用干姜附子汤就好，作用峻猛而短暂。若是再加重，则加上甘草，有缓急的作用，变成四逆汤，回阳救逆作用缓和持久。

干姜附子汤

【经典方药】干姜（一两），附子（一枚，生用，去皮，切八片）。

上二味，以水三升，煮取一升，去滓，顿服。

【参考方证】昼日烦躁不得眠，夜而安静，四肢逆冷，吐逆涎沫，脉沉微。

四逆汤是再服本汤顿服（还去了甘草的甘缓），所以干姜附子汤的温阳力更强。正如《黄帝内经》所言：间者并行，甚者独行。

62 发汗后，身疼痛，脉沉迟者，桂枝加芍药生姜各一两人参三两新加汤主之。

【释义】平常的太阳表证，经发汗治疗后多能表解，身疼痛也就消失了。可这条身疼痛还在。说明表还未解。回头看一下第50条："脉浮紧者，法当身疼痛，宜以汗解之。假令尺中迟者，不可发汗。何以知然？以荣气不足，血少故也。"所以仍可以用汗法。定法乃用桂枝汤没错，可是是否用原方呢？此时"脉沉迟，"经过汗法发汗后已丧失了津液，血液也不足。沉迟也表现出了有些里虚有寒。虽条文中不提，但从加大生姜用量可测出，并且可能有呕吐、恶心的表现等；另外津液不足，所以加人参，在桂枝汤安中养液的基础上加大养胃补液的力量。

张仲景用人参的情况通常有三：一是气液明显不足的疾病，如白虎加人参汤竹叶石膏汤证等；二是痞证如半夏泻心汤证、生姜泻心汤证、甘草泻心汤证、旋覆代赭汤证等；三是虚弱虚衰性疾病如理中汤证、炙甘草汤证、薯蓣丸汤证等。

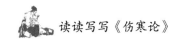

新加汤

【经典方药】桂枝（三两，去皮），芍药（四两），甘草（二两，炙），人参（三两），大枣（十二枚，擘），生姜（四两）。

上六味，以水一斗二升，煮取三升，去滓，温服一升。

【参考方证】桂枝汤方证的基础上有身体疼痛明显，心下痞硬，纳食不振，恶心呕吐，脉沉迟者。

63 发汗后，不可更行桂枝汤，汗出而喘，无大热者，可与麻黄杏仁甘草石膏汤。

【释义】前述强调发汗后，若是表证还在，定法用桂枝汤。可这里是"不可更行桂枝汤"。这种情况在临床上肯定要仔细辨证。首先"无大热者"在第61条也分析了。其次这里的汗出肯定不是服用桂枝汤的那种汗出，这时汗出肯定更多，且因发热蒸发后汗比较黏稠，有很重的味道，但因仍有表证（麻黄汤），又没有到阳明病那种蒸蒸发热汗出的情况。这时因热重迫肺而出现喘的情况，且较第43条的微喘严重很多，不是用杏仁、厚朴能解决的。所以加大了麻黄的用量，里也有热上壅，有石膏证。因此麻黄汤去桂枝，加大麻黄用量，再加石膏来治疗。临床上这种患者多素有内热，当注意问诊患者平时的情况。

这些条文都写着"发汗后"，甚至后面还有"吐下后"等，临床可不能拘泥于此，主要是辨具体方证，关键是"有是证，用是方"。不用过度拘泥于病程长短，是因何因引起的，关键是刻下的方证。要辨六经辨方证来处方。

麻黄杏仁甘草石膏汤

【经典方药】麻黄（四两，去节），杏仁（五十枚，去皮尖），甘草（二两，炙），石膏（半斤，碎，绵裹）。

上四味，以水七升，煮麻黄，减二升，去上沫，内诸药，煮取二升，去滓，温服一升。

【**参考方证**】1.喘咳急迫而烦渴，发热汗出，舌红唇燥者；2.发热甚，而口鼻干燥，痰唾黏稠，欲饮水者。

64 发汗过多，其人叉手自冒心，心下悸，欲得按者，桂枝甘草汤主之。

【**释义**】这条是再次强调临床用汗法时需注意：即使辨证正确，方证相应，用桂枝汤后亦是以微似汗出为主，用麻黄汤是不能出现药后大汗淋漓的。这样势必造成津亏血少（后世说的阴损及阳，心阳不振），心脉失养而出现的心下悸，甚叉手自冒心，按之方觉舒服。这个方中桂枝的用量较大，四两，更进一步说明桂枝有平冲降逆，治疗气上冲、心动悸的作用。而甘草量亦较大，有甘缓急迫的作用。桂枝汤治"气上冲"；苓桂术甘汤治"心下逆满，气上冲胸，起则头眩"；苓桂甘枣汤治"欲作奔豚"；苓桂五味甘草汤治"气从少腹上冲胸咽"；茯苓甘草汤治"伤寒厥而心下悸"；五苓散治"脐下有悸"；均以桂枝甘草汤为基础治"悸"，到炙甘草汤更是治心律失常的千古名方。按着张仲景的思路，用他的办法治病方是提高中医临床疗效的有效途径。

桂枝甘草汤

【**经典方药**】桂枝（四两，去皮），甘草（二两，炙）。

上二味，以水三升，煮取一升，去滓，顿服。

【**参考方证**】汗多而心下悸，喜按，其人叉手自冒心，胸满，耳聋或耳鸣，心下悸动欲得按者。

65 发汗后，其人脐下悸者，欲作奔豚，茯苓桂枝甘草大枣汤主之。

【**释义**】《金匮要略》奔豚气病篇："奔豚病，气从少腹起，上冲咽喉，发作欲死，复还止，皆从惊恐得之。"就是气从少腹上冲胸咽，发作欲死的一种疾病，可以夹杂他邪上冲。前文已多次强调，对于并见小便不利的太阳病，通常是有水气（水湿）

内停的情况，治疗时单用发汗是不能解决问题的。得利小便，小便利了，表亦解了（如猪苓汤证）。若是用了汗法这一错误的治法，则会引动激起内饮（水气），而出现脐下（大概是膀胱位置）悸，欲作奔豚，甚或奔豚。豚是小猪，奔豚原意为横冲直撞的小猪。既有桂枝甘草汤的证，也有小便不利，脐下悸的方证，故加用茯苓利水定悸。大枣亦能利水，唯一有利水作用的甘药。这里的第64、第65条，结合《金匮要略》痰饮咳嗽病篇中第30条："卒呕吐，心下痞，膈间有水，眩悸者，小半夏加茯苓汤主之。"第31条："假令瘦人脐下有悸，吐涎沫而癫眩，此水也，五苓散主之。"这样能较好地理解水气内停引起的眩悸。

"甘澜水"出自《伤寒论》和《金匮要略》的茯苓桂枝甘草大枣汤方，曰："以勺扬之，水上有珠子五六千颗相逐，取用之。"即叫甘澜水。后代医家成无己谓此水是"扬之无力"取不助肾气也"。甘澜水是古代中医对于煎药水的一种要求，甘澜水也称为劳水，它的制作方法是将水放入盆中用瓢将水扬起来再倒下去，反复上千次不等，直到能看到水面上有无数的泡沫滚来滚去，这种水就叫甘澜水。现在已不用此种方法。

茯苓桂枝甘草大枣汤

【经典方药】茯苓（半斤），桂枝（四两，去皮），甘草（二两，炙），大枣（十五枚，擘）。

上四味，以甘澜水一斗，先煮茯苓，减二升，内诸药，煮取三升，去滓，温服一升，日三服。作甘澜水法：取水二斗，置大盆内，以勺扬之，水上有珠子五六千颗相逐，取用之。

【参考方证】1.脐下悸动或胸中窒闷不畅、心悸或腹中痛呈阵发性者；2.眩晕、呕吐或小便不利、胃内有振水声；3.少腹部拘急而无物可及，舌淡胖苔白滑。

66 发汗后，腹胀满者，厚朴生姜半夏甘草人参汤主之。

【释义】此证临床上常见，前文阐述了不一定是发汗后引起的。以虚胀满为主，无太多确定的体征，非腹腔中积水如腹水引起，多以腹胀满、恶心、食欲不振表现，心下痞不明显，人参的量少。厚朴、生姜用量大，均是半斤。记住：这种腹胀是以虚气滞于内为主，而非有水于内的膨胀病。

厚朴生姜半夏甘草人参汤

【经典方药】厚朴（半斤，炙，去皮），生姜（半斤，切），半夏（半升，洗），甘草（一两），人参（一两）。

上五味，以水一斗，煮取三升，去滓，温服一升，日三服。

【参考方证】腹胀满，心下痞满而软，饮食不佳，口淡不渴，精神疲惫，肢软无力。舌淡、苔薄白，脉沉弱。

67 伤寒，若吐，若下后，心下逆满，气上冲胸，起则头眩，脉沉紧，发汗则动经，身为振振摇者，茯苓桂枝白术甘草汤主之。

【释义】《伤寒论》中的伤寒一般指的是太阳伤寒表实证。当用汗法，用"吐下"是错误的，是误治。吐下之后非但表不解，若是里有水气，非得引激动水气上犯不可，出现心下（胃脘处）满闷胀，上冲胸（咽）。因心下有水停，故起则眩晕。

"脉沉紧"，《金匮要略》水气病篇第10条"脉得诸沉，当责有水，身体肿重。水病脉出者死。"所以此处的沉脉是心下有水饮。紧是寒象，脉就是里有寒饮。

这个时候虽经吐下出现"心下逆满，气上冲胸，起则头眩，脉沉紧"的症状，仍有表寒证，但因里内有水气（水饮），所以亦不能用汗法发汗。因发汗津液虚损，机体身上和里头有水气（水饮），我们知道这种情况没用汗法前，机体的营卫是暂时调和的，一发汗，里一虚（津液虚），则这些水气（水饮）便乘虚入脉管经脉，出现"动经，身为振振摇"的症状。

"经"说的是经脉络脉。而不是从"经证"或"府证"来理解。所以治疗是在桂枝甘草汤治气上冲的基础上加茯苓白术健脾利水。注意茯苓、白术的药证。可以合用泽泻汤（泽泻、白术）。因贫血引起的还可以与当归芍药散合用，都会取得

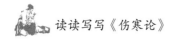

较好的效果。茯苓可治烦、悸、眩。

苓桂术甘汤证是桂枝证伴水饮证：眩晕，心悸伴气上冲胸，心下逆满，势急，常因精神刺激诱发（头晕目眩，短气，小便不利，气上冲者）。

《金匮要略》："夫短气有微饮，当从小便去之，苓桂术甘汤主之，肾气丸亦主之。"故两方是"病痰饮者，当以温药和之"的代表方。

茯苓桂枝白术甘草汤

【经典方药】茯苓（四两），桂枝（三两，去皮），白术（二两），甘草（二两，炙）。

上四味，以水六升，煮取三升，去滓，分温三服。

【参考方证】1.心下动悸、或气上冲胸、或眩晕；2.腹部软弱而胸胁部胀满、胃内有振水声；3.小便不利、浮肿倾向；4.舌淡，舌体胖大、苔白滑，脉沉紧或弦或沉滑。

68 发汗，病不解，反恶寒者，虚故也，芍药甘草附子汤主之。

【释义】此条说的是太阳病。一般汗后太阳病的恶寒是消失了的，因发汗不当或汗后防护不当，表证除，可这时恶寒更甚，病越来越重。大汗后，津液大量丧失，会由阳病转阴病（阴损及阳），这在第29条芍药甘草汤证分析了，所以在芍药甘草汤的基础上加附子治疗。

芍药甘草附子汤

【经典方药】芍药（三两），甘草（三两，炙），附子（一枚，炮，去皮，切八片）。

上三味，以水五升，煮取一升五合，去滓，分温三服。

【参考方证】四肢骨骼肌表现为"抽筋感"的拘急、痉挛；或内脏平滑肌紧张导致的阵发性、痉挛性疼痛，并见汗多恶寒，乏力，四肢厥冷，脉沉细或沉微。

69 发汗若下之，病仍不解，烦躁者，茯苓四逆汤主之。

【释义】此条临床表现造成的原因和第68条无异。先来看一下茯苓四逆汤：附子、甘草、干姜、人参、茯苓。这是四逆汤加人参加茯苓。意即是四逆汤证伴有心下痞硬烦悸的症状。发汗吐下后，津液丧失，阴津虚损及阳（阴损及阳），由原来的阳病（三阳病）转为阴病（三阴病），所以此时的烦躁是阴证的烦躁。我们再从第385条"恶寒，脉微而复利，利止，亡血也，四逆加人参汤主之"理解。说的是霍乱上吐下泻本来就损伤津液较甚，所以此时虽"利止"，可此处出现了"脉微"。微者亡阳（津液）也，阴损及阳，故恶寒甚了。所以这不是真正的"利止"，而是津液虚损至极，无可利下之物了，所以利止其真实情况便是亡血。

需明确四逆汤的一般方证中是没有烦躁的，这就是和本条茯苓四逆汤的区别。

茯苓四逆汤

【经典方药】茯苓（四两），人参（一两），附子（一枚，生用，去皮，切八片），甘草（二两，炙），干姜（一两半）。

上五味，以水五升，煮取三升，去滓，温服七合，日二服。

【参考方证】恶寒，身体痛，四肢冷，下利，腹中拘急，并见心下悸，烦躁，小便不利。

70 发汗后，恶寒者，虚故也；不恶寒，但热者，实也。当和胃气，与调胃承气汤。

【释义】这是一条总结性条文。太阳病表实证因用了不恰当的汗吐下法后，临床通常会出现两种情况：一是亡津液（血液），阴损及阳，因阳证转入阴寒虚证，有恶寒甚至烦躁如第68、第69条的情况。二是若是患者素体身体强壮，于里有热，因津液丧失过多后会引起胃中干，转属阳明里实。就是"不恶寒，但热者，实也"，

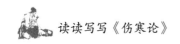

胃家实了，这些到阳明病篇更加清晰。

"不恶寒，但热者，实也"。这里也要根据临床具体情况、具体方证来处方：若是白虎汤方证则用白虎汤；若是阳明里实证，则当明辨几个承气类方的具体方证。所以用的是调胃承气汤调和胃气。同时这里用的是"和胃气"，和法的提法出现是在这里，而不是在"小柴胡汤"处。

71.1 太阳病，发汗后，大汗出，胃中干，烦躁不得眠，欲得饮水者，少少与饮之，令胃气和则愈。

【释义】这一节说的是太阳病发汗治疗是正确的，但过度发汗或发汗后护理不当引起"大汗出"，导致机体津液丧失太多，出现"胃中干"，胃气不和了，但并没有大便干结，而出现"胃不和则卧不安"，潮热甚至烦乱谵妄等阳明腑实的症状，但仅仅是"烦躁不得眠""胃中干"，缺少水，故"少少与饮之"，不可大饮牛饮，那非得胃中水饮（多）上迫，出现喘不可，"少少与饮之"，胃气和了病则愈。

71.2 若脉浮，小便不利，微热消渴者，五苓散主之。

【释义】本条的表现前文已多次提及，如第 28 条的桂枝去桂加茯苓白术汤（实际是去白芍）。太阳病若里有水饮，病在起时即有小便不利的表现，如果用汗法发汗后表不解，仍见"脉浮""小便不利""微热"，且这时又出现了"消渴"（消渴就是喝多少都不解渴，随饮随渴）。因小便不利同时有热，所以用五苓散利水解表通利小便。

五苓散

【经典方药】猪苓（十八铢，去皮），泽泻（一两六铢），白术（十八铢），茯苓（十八铢），桂枝（半两，去皮）。

上五味，捣为散，以白饮和服方寸匕，日三服，多饮暖水，汗出愈，如法将息。

【**参考方证**】1. 小便不利，烦渴多饮，微发热有浮肿倾向；2. 水入即吐或吐涎沫，动悸泄泻，头晕眩，头痛；3. 舌淡润胖大白滑有齿印苔薄白或滑脉浮或弦。

五苓散出现 9 处：《伤寒论》第 71 ～ 74、第 141、第 156、第 244、第 386 条和《金匮要略》痰饮咳嗽病篇第 31 条，是临证治疗蓄水证的主方。水（水气）可以蓄于身体的各处：蓄之于下部——小便不利；蓄之于中部——心下痞满；蓄之于上部——吐涎沫而癫眩；蓄之于表——汗出；蓄之于里——下利；蓄之于肌肤——水肿。可引起诸如现在之眼压增高，迷路水肿，脑积水，肝腹水，胸腔积液，心包积液等症。以"口渴，小便不利，舌体胖大，边有齿痕"为主要特征方证。口渴甚——加石膏、滑石；黄疸——加茵陈；吐泻甚——干姜。服用五苓散后"多饮暖水汗出愈"，用汤剂不用此要求。注意蓄水证与蓄血证的临证鉴别。

蓄水证——邪与水结，气化失职，病在膀胱气分。证见：发热恶寒，汗出烦渴，或渴欲饮水，水入即吐，小便不利，苦里急，少腹满，脉浮数。

蓄血证——血与热互结，病在下焦血分。证见：兼有表证或无表证，如狂发狂，小便自利，少腹急结，小腹硬满，脉沉涩或沉结。

《伤寒论》中提及"小便不利"的条文。

水邪内蓄：五苓散（第 71、第 72、第 74、第 127 条）。

水热互结：猪苓汤（第 223、第 319 条）。

枢机不利：小柴胡汤去黄芩加茯苓（第 96 条）；柴胡加龙骨牡蛎汤（第 107 条）；四逆散加茯苓（第 318 条）。

乏津脱液：桂枝加附子汤证（第 20 条）；阴虚小便难及少阴病火邪强责其汗，津液内竭（第 111 条）；大承气汤证（第 242 条）。

阳虚水停：桂枝去桂加茯苓白术汤证（第 28 条）；苓桂桂枝白术甘草汤证（第 67 条）。

湿热蕴结：茵陈蒿汤证（第 200、第 206、第 236、第 260 条）。

寒湿郁阻：甘草附子汤（第 175 条）。

阳衰阴盛：真武汤证（第 316 条）；桃花汤证（第 307 条）。

脾肾阳虚水谷不分——理中、真武汤类。

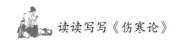

72 发汗已，脉浮数，烦渴者，五苓散主之。

【释义】此条是第71条的延续，发汗后仍有"浮数"，表不解，还有热，又有烦渴。"小便不利"应该是存在的，可能是简略文或漏掉了。但这个情况临床应注意与有口干舌燥、烦渴、脉洪（浮滑）数的白虎加人参汤证相鉴别。白虎加人参汤证是没有小便不利的。

73 伤寒，汗出而渴者，五苓散主之。不渴者，茯苓甘草汤主之。

【释义】"伤寒，汗出而渴者，五苓散主之。"太阳伤寒当然是表实证的麻黄汤证，经发汗后，汗出表不解，仍有烦渴、脉浮、心下悸、小便不利这些症状的，用五苓散。

"不渴者，茯苓甘草汤主之。"若是汗后表证还是不解，脉浮，小便不利，心下悸，不渴的用茯苓甘草汤。结合厥阴病篇第356条："伤寒厥而心下悸，宜先治水，当服茯苓甘草汤，却治其厥，不尔，水渍入胃，必作利也。"说明此时必有水气渍于心下（胃中），冲逆于上而作心下悸（胃脘部悸动不安或振水音），或呕逆气上冲。所以这一条说的是太阳伤寒表实证发汗后，表不解，因患者素有水气蓄于里仍见小便不利、脉浮（或浮数）、烦躁或心下悸、呕逆、气上冲这些症状。有渴的是五苓散的方证；不渴的是茯苓甘草汤的方证。临床当注意鉴别。

茯苓甘草汤

【经典方药】茯苓（二两），桂枝（二两，去皮），甘草（一两，炙），生姜（三两，切）。

上四味，以水四升，煮取二升，去滓，分温三服。

【参考方证】在五苓散方证的基础上无口渴者。

74 中风发热，六七日不解而烦，有表里证，渴欲饮水，水入则吐者，名曰水逆，五苓散主之。

【释义】"中风发热，六七日不解而烦。"病起于太阳中风（发热、汗出、恶风、脉缓等），已过了六七日（这都是大概的时间），这过程也已经用过桂枝汤治疗，可中风发热这些症状不解，还出现烦。这一开始应也有小便不利、微热（发热不甚）、消渴，若能及时用五苓散，这病会好很快，可没能及时用上，加上消渴，故一直渴，一直喝水，又不利小便，发展为一喝水即吐，这就是水逆证。总的来说，是五苓散方证没能及时治疗而进展来的，治疗还是用的五苓散，这就是里证。所以这一段这样讲更贴切：中风发热，六七日不解而烦。渴欲饮水，水入即吐，名曰水逆。有表里证，五苓散主之。本条文用了倒装句形式。

75.1 未持脉时，病人手叉自冒心，师因教试令咳而不咳者，此必两耳聋无闻也，所以然者，以重发汗，虚故如此。

【释义】这一节是非常精彩的中医望闻问切的描述场景。太阳病发汗太过，导致了亡血亡津液的表现：望而见病人手叉自冒心（未持脉时），这是第64条桂枝甘草汤的方证；因气上冲较甚，似有欲咳嗽之势，故"师因教试令咳"——问；闻——病人因两耳聋而未闻师之问，师亦未能闻及病人咳嗽；未持脉乃切诊也。所以所有的这些气上冲、心悸、耳聋情况的出现皆因于发汗太过，亡津液亡血液造成的。

75.2 发汗后，饮水多，必喘；以水灌之，亦喘。

【释义】回看第71条："太阳病，发汗后，大汗出，胃中干，烦躁不得眠，欲得饮水者，少少与饮之，令胃气和则愈。"此条是沿革第71条的内容说的汗后消渴多饮，牛饮，水渍于胃，必上迫胸膈，迫肺必喘不可。"以水灌之"即古代一种用水浇身的治疗方法。此时表证未解，仍发热，水浇身迫使表热无法外散，热邪壅上迫于肺，同样出现喘。简单小结，临床有表证时，又有小便不利，这时以利

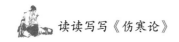

小便治疗就好，五苓散主之。

76.1 发汗后，水药不得入口为逆，若更发汗，必吐下不止。

【释义】本条再次强调针对心下（里）有水停的表证患者，因误用发汗治疗后，出现小便不利，微热消渴，甚至"水药不得入口为逆"的"水逆证"。已经明确这时只能用五苓散治疗。这时若"更发汗"再激动里水，会出现上吐下泻（必吐下不止）。这在临床常见，如秋季泻用五苓散效果好。这一节实际总结了五苓散。

76.2 发汗吐下后，虚烦不得眠，若剧者，必反复颠倒，心中懊憹，栀子豉汤主之；若少气者，栀子甘草豉汤主之；若呕者，栀子生姜豉汤主之。

【释义】本条说的是这个发病后经过发汗治疗，又用吐下法治疗后，仍有"虚烦不得眠"，真的是因虚致烦不得眠吗？我们从治疗的主方栀子豉汤来看。山栀子是个苦寒药，豆豉亦是味苦寒，所以以方测证可以肯定的是，不是因虚致的烦躁不得眠。说的是汗吐下后机体内仍有余热未除，因内有热而致的烦躁不得眠。严重时可以出现辗转反侧不能安卧，且有不可名状的烦躁，即"反复颠倒，心中懊憹"，栀子豉汤祛热除烦。因机体内有热，则有出现《黄帝内经》说的"壮火食气"的可能。从用药的情况分析不是真正的气虚。可以理解为因体内有热上迫胸膈，患者出现的呼吸急促（若少气者）的表现，甘草有缓急迫的作用，还有补益脾胃的作用，而甘草在《神农本草经》中有长肌肉倍力的作用，所以"若少气者，栀子甘草汤主之"。

若是栀子豉汤证有呕吐的表现，加生姜治疗呕吐这好理解。而栀子豉汤的煎服法后有"得吐者，止后服"，从上述用药分析不可能用药后出现呕吐，在临床实践中这三个处方使用后，常见大便溏烂是真的，不会有呕吐的现象。所以认为这句是错误的。不然的话"若呕者"还用"栀子生姜豉汤"更说不过去了。

栀子豉汤可见于第76、第77、第78、第221、第228、第375条条文。

栀子豉汤

【经典方药】栀子（十四枚，擘），香豉（四合，绵裹）。

上二味，以水四升，先煮栀子，得二升半，内豉，煮取一升半，去滓，分为二服，温进一服，得吐者，止后服。

【参考方证】1.虚烦不得眠，心中懊憹，难以名状的烦闷（自觉症状）；2.胸中窒塞，心下濡；3.心中结痛，饥不欲食；4.身热、手足温但头汗出；5.反复颠倒，舌苔黄腻。

栀子甘草豉汤

【经典方药】栀子（十四枚，擘），甘草（二两，炙），香豉（四合，绵裹）。

上三味，以水四升，先煮栀子、甘草，取二升半，内豉，煮取一升半，去滓，分二服，温进一服，得吐者，止后服。

【参考方证】在栀子豉汤方证的基础上见神疲乏力、短气少气者。

栀子生姜豉汤

【经典方药】栀子（十四枚，擘），生姜（五两），香豉（四合，绵裹）。

上三味，以水四升，先煮栀子、生姜，取二升半，内豉，煮取一升半，去滓，分二服，温进一服，得吐者，止后服。

【参考方证】在栀子豉汤方证的基础上见恶心呕吐者。

77 发汗若下之，而烦热胸中窒者，栀子豉汤主之。

【释义】这条说太阳病经发汗及下法后，机体内有郁热不解，胸中窒闷不畅，是可用栀子豉汤的。当然临床凡是有"烦热胸中窒者"均可用栀子豉汤，有是证，用是方。

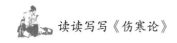

78 伤寒五六日，大下之后，身热不去，心中结痛者，未欲解也，栀子豉汤主之。

【释义】反复强调《伤寒论》中说的伤寒指的是太阳伤寒。用汗法才是正确的治法。这里是"下法"还用"大下"则大错特错，大号的逆治，导致邪热内陷"身热不去"。"心中"而不是心下，心下多指胃（脘）部，这里是"心中"，大致是真的心脏的位置出现郁结疼痛的感觉，还是邪热内陷未解也，所以还是用栀子豉汤。

79 伤寒下后，心烦腹满，卧起不安者，栀子厚朴汤主之。

【释义】这一条是继前文关于栀子豉汤这几条条文的拓展。太阳伤寒因误用下法后出现邪热内陷的状态，也并非是真的"虚烦不得眠"，邪热内陷后引起懊恼不已，卧起不安；且邪热内陷，心下（胃）不和，失降而腹胀满。所以卧起不安源于两方面，一是邪热内陷而烦，二是胃气失和降而腹胀。从用药来看，栀子除烦热、烦躁；厚朴、枳实清消胀满亦可印证。

栀子厚朴汤

【经典方药】栀子（十四枚，擘），厚朴（四两，炙，去皮），枳实（四枚，水浸，炙令黄）。

上三味，以水三升半，煮取一升半，去滓，分二服，温进一服，得吐者，止后服。

【参考方证】心中烦热，腹部胀满，卧起不安，纳呆呕吐，舌红苔腻者。

80 伤寒，医以丸药大下之，身热不去，微烦者，栀子干姜汤主之。

【释义】太阳伤寒当用汗法治疗，用下法是错误的，用"大下之"更是大错特错。古代所用的"大下"的药一般指的是巴豆剂，是热性大下药，是下寒积的。本来用的治疗方法就是错的，再用"热性药大下"，当然是"身热不去"的，邪热更不能除，且已陷入内，出现了"烦"。上面的几条我们已明确知道这种情况的烦躁是很严重的，可以"虚烦不得眠"或"反复颠倒"或"卧起不安"等。而这里是"微烦"，因为大下后伤及胃的（津液）元气，同时于内虚寒产生，可能出现了大便溏（利）、呕逆的症状。何以知之，从栀子干姜汤的组成来看必然出现了栀子证和干姜证。寒热并用当然是有寒热错杂证，这条是这么理解的。

栀子干姜汤

【经典方药】栀子（十四枚，擘），干姜（二两）。

上二味，以水三升半，煮取一升半，去滓，分二服，温进一服，得吐者，止后服。

【参考方证】身热微烦，呕逆下利者。

81 凡用栀子汤，病人旧微溏者，不可与服之。

【释义】栀子是苦寒药，去烦热，同时也能退黄，但苦寒易伤脾胃，伤中。本条意为凡是素有脾胃虚寒的患者，平素就有大便溏烂、腹泻的情况，不可与服之。

82 太阳病发汗，汗出不解，其人仍发热，心下悸，头眩，身𬌗动，振振欲擗地者，真武汤主之。

【释义】回顾第 67 条："伤寒，若吐，若下后，心下逆满，气上冲胸，起则头眩，脉沉紧，发汗则动经，身为振振摇者，茯苓桂枝白术甘草汤主之。"针对内有水停的表证（太阳病伤寒证），用的汗、吐、下的治法都是错误的，这点已很明确，这种情况，治疗非利水（小便）不可，小便一利，表亦自然解也。

这一条文当然是内有水停，小便不利的太阳伤寒病，因误用发汗法，虽已有汗出，自然表不解，所以"仍发热"，同时激引动了里饮，水气逆满于上，至心下出现心下悸，水气上冲而头眩。"𬌗"即是跳，身上肌肉或筋脉跳动，筋惕肉𬌗。所以由"身为振振摇者""动经"发展到了"身𬌗动，振振欲擗地"。由站立不稳

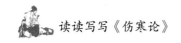

到欲扑地，倒下了，阴寒证已出现。汗出过多，不但表不解，引动内饮，还因阴损及阳，津液丧失过多损及阳气，出现虚寒于里的虚寒证。因气上冲不甚，故不用桂枝，阳虚阴盛，用附子，虚寒内生，并有腹痛，故用芍药，水气上逆有恶心或呕吐，用生姜，白术、茯苓是利水、利小便的，这就是真武汤。反复强调，表证有小便不利时，不能用汗吐下法，只能利小便。这就是由脾阳不足，水湿内停的茯苓桂枝白术甘草汤到脾肾阳虚的真武汤的发展变化真实经历。

真武汤证是附子证伴水饮证：眩晕，心悸伴恶寒，精神萎靡，脉沉微等，腹满腹痛或下利，四肢沉重疼痛（头晕心悸，下肢浮肿或痛，脉沉弱）。

真武汤

【经典方药】茯苓（三两），芍药（三两），生姜（三两，切），白术（二两），附子（一枚，炮，切八片）。

上五味，以水八升，煮取三升，去滓，温服七合，日三服。

【**参考方证**】1.头晕目眩，心悸，震颤，畏寒以胸背为甚，下肢浮肿或疼痛、麻痹，舌淡胖，苔白润，脉沉伏或微细无力者；2.腹痛，小便不利，四肢沉冷重，喜暖恶寒，下肢冷痛，下利，或咳或呕吐，脉沉者；3.肢体痛痹失仁或痿跛不用，舌淡、苔白或苔黑而润，脉细小，精神倦怠者。

83 咽喉干燥者，不可发汗。

【**释义**】"干"是缺乏津液滋养，津液不足、亏虚；"燥"随火旁，有热。一定要记住，只有表热才能用汗法治疗，而里热（胃热），内（湿）热是绝对不能用汗法的。所以综合本条，有津液虚，又有热的咽喉部病变，是不能用汗法的，特别是以咽喉部的症状为主证的情况下。但对于临床上，经由感冒、咳嗽到有咽部不适的这种情形，并且咽部症状不是很严重，是可以在桂枝汤证上加桔梗，或葛根汤证加桔梗治疗的。

84 淋家，不可发汗，汗出必便血。

【释义】淋家，是指患前阴病变的人。是指一种久伤阴血于下，亡阴血于下的疾病。若再发汗，再耗伤津液（血），气随血耗不固，必出现便血不可。这里的便血，指小便出血。而此条的"淋家"，是指前阴常排出脓状物，或素有便血的疾病的人。

85 疮家，虽身疼痛，不可发汗，汗出则痉。

【释义】疮家，是指常有泌脓血的这些瘘、疮等疾病，平时津（精）血亏耗就严重。此时"虽身疼痛"，指的是有表证，也是不能发汗的，一发汗则更夺精津，阴血津液更虚，则肌肉失和，血亏津损出现抽搐（痉），甚至角弓反张等。

86 衄家，不可发汗，汗出，必额上陷，脉急紧，直视不能眴，不得眠。

【释义】此条的"衄家"，与前文的"淋家""疮家"，都指的是平时经常发生这种情况的人。"衄家"指的是经常有鼻子出血的人，那平时津液（血）必耗亏于上，前文的淋家是阴血（津）亏于下。此时若再发汗，则夺阴（津血），上部的阴（津血）更亏虚，会出现额上陷，甚津液失于润养眼窍，而出现眼球不能动的表现。津血不能养心脉而见"不得眠"，脉管呢，同样失于津血的润养充盈，出现急紧，不柔韧了。

87 亡血家，不可发汗，发汗则寒栗而振。

【释义】亡血家，就是大失血、大出血的人，阴津（血）本已亏耗，再发汗，则更夺血，阴血亏虚，阴损及阳，虚极了，而见阳虚损的阴寒证。出现寒战（寒栗而振）了。《黄帝内经·素问》营卫生会"夺血者无汗，夺汗者无血"，"血汗同源"，《黄帝内经·灵枢》决气说："营气者，泌其津液，注之于脉，化以为血。"汗与血存在的形式不同，其化生过程亦不相同，但都化源于津液，津液在体内有滋养濡润的作用，同时又是血液的组成成分，属阴精之范畴。若由皮肤排出则谓汗。《黄

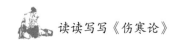

帝内经·灵枢》决气说:"中焦受气取汁,变化而赤,是谓血,"这就是血与津液
的关系。

88 汗家重发汗,必恍惚心乱,小便已阴疼,与禹余粮丸。

【释义】汗家,说的是有卫气虚不固或阳气虚不摄,有体虚而自汗、盗汗的症
状,且病程较长的人。再发汗则可能出现夺汗者亡血的情况。阴血不足以养心,
可现恍惚心乱;津血亏耗,经筋失濡养,出现"小便已阴疼"。禹余粮丸没有具体
药物(或说轶失)。

第83~88条说的是临床发汗的禁忌证,均没有指出明确的治疗方剂,这要求
我们具体地辨方证施治。津液(血)虚、组织枯燥、里热、淋家、疮家、亡血家
均是不可发汗的。

89 病人有寒,复发汗,胃中冷,必吐蛔。

【释义】此条的"寒",不是前文所指的"伤寒""太阳伤寒",而是指患者平
素有内寒、里寒、里虚寒这样的情况,平时就有津液(血)亏虚,阳气不足的表
现,这种情况治疗当然只能温中。发汗当然是错误的治疗方法,更耗损津液,导
致里阳更虚,胃气更不和,必呕吐不可,应该还有下利清谷,畏寒,吐清涎不止,
胃脘部隐冷痛这些症状,不一定有吐蛔。

90 本发汗而复下之,此为逆也;若先发汗,治不为逆。本先下之,
而反汗之,为逆;若先下之,治不为逆。

【释义】"本发汗而复下之,此为逆也;若先发汗,治为不逆"指的是一个可
以用发汗法治疗的疾病而用下法治疗是错误的治法,是逆治;若是先用发汗法治
疗是"不逆"的治法;用发汗法治疗后,还有可下的证候而用下法,亦是"不逆"
之治。"本先下之,而反汗之,为逆;若先下之,治不为逆"指该下的发汗,该发
汗的用下法,均为逆治,难以理解,不合常理,读后文第91条就好理解了。

91 伤寒，医下之，续得下利，清谷不止，身疼痛者，急当救里；后身疼痛，清便自调者，急当救表。救里宜四逆汤；救表宜桂枝汤。

【释义】本条的伤寒为"太阳伤寒"，应是用汗法（麻黄剂），而误用了下法（医下之）是错误的。用了下法后，可能的情况是，一是平素体质好，无里虚的情况，则是不一定出现下利清谷或清谷不止的情况；二是若平素都有里虚情况的患者，外感表寒后，再误用下法，则可能有下利清谷或清谷不止的表现。"清"，古代的如厕叫"清"，大便的完谷不化就是"清谷"。此条的"清"应该是个动词，指排便的动作。"身疼痛"当然是下之后，表不解，仍有表证。里虚寒有表证，治疗的法则是舍表救里，是基本的法则。这是一种情况。

另外一种情况：下之后，"清便自调"，是指没出现"续得下利，清谷不止"的情况，且有身疼痛，表亦未解，还得解表。此条还有一种情况是出现上述的"续得下利，清谷不止"，经温里治疗后，仍有"后身疼痛"的情况。

救里宜四逆汤，救表宜桂枝汤。前面已反复强调，经汗、吐、下等治法导致体液丧失（亡血、亡津液）后，表仍不解的，用的是桂枝汤，而不是麻黄汤，这也是定法。表里同病的治疗，缓急选择，《伤寒论》中的第34、第91、第164、第372条都是表里同病，相互参阅理解。

92 病发热头痛，脉反沉，若不差，身体疼痛，当救其里，四逆汤方。

【释义】这一条需要通读《伤寒论》的全文，前后综合对比来理解。先看第7条："病有发热恶寒者，发于阳也；无热恶寒者，发于阴也。"这条的阳通常说的是发于太阳病，可以有"发热头痛"，但脉是浮脉；发于阴，通常说的是少阴病，病起时患者可不觉发热（虽测体温时可有体温升高或不高），只恶寒，脉象起初通常不沉。再读第301条"少阴病，始得之，反发热，脉沉者，麻黄细辛附子汤主之。"少阴病起病时以不发热为常态，只恶寒甚，"反发热"不是常态。脉沉呢，《金匮要略》中"脉得诸沉，责之有水"，说的是少阴病发作时，里亦有水饮，故脉沉。

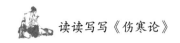

所以"病发热头痛，脉反沉"，应该是第301条之意。这时当然用的是麻黄细辛附子汤。可服用了后病未见好转，即"若不差"，表证仍在，仍"身体疼痛"，这种情况，若是太阳病，用桂枝汤。但这是少阴病，若失治误治，直中太阴，则阴阳俱损，有阴阳离决的可能。因里有阴寒太盛，当舍表救里，宜四逆汤。所以"四逆汤方"前应有一个"宜"字更贴切。

93 太阳病，先下而不愈，因复发汗，以此表里俱虚，其人因致冒，冒家汗出自愈。所以然者，汗出表和故也。里未和，然后复下之。

【释义】太阳病发汗，多是指太阳表实之麻黄汤证，用发汗的方剂，亦是麻黄汤。而太阳病误用汗、吐、下法后，表不解，此前已反复强调，只能用桂枝汤，桂枝本为解肌。所以本条太阳病误下后未愈（表证尚存此时可应用桂枝汤），而复发汗（再用麻黄汤）又错上加错。究其原因是先下使里之津液（血液）丧失（里已虚），再发汗，使表之津液（血液）亦虚，即"以此表里俱虚"。此时津血亏虚，清窍失于濡养而见"眩冒"，若机体津液能自然恢复，营卫调和，汗出表和，疾病就自然自愈了，即"冒家汗出自愈"，不可理解为再用发汗法使汗出，那将是大错特错。然后津液渐复，眩冒向愈，因津液丧失里未和（有大便干等），再用"复下之"以和其胃。具体论述可见调胃承气汤方证部分。

94 太阳病未解，脉阴阳俱停，必先振栗汗出而解。但阳脉微者，先汗出而解；但阴脉微者，下之而解。若欲下之，宜调胃承气汤。

【释义】"太阳病未解"是上接第93条"太阳病，先下而不愈，因复发汗"处。"脉阴阳俱停"，诚如张仲景所论脉学，第12条"阳浮而阴弱"，说的是浮取以候其阳，沉取以候其阴。所以阴阳是外以候阳，里以候阴。脉阴阳，是指浮沉脉。停不是停止、停顿的意思，更不是里有"水停"的意思，应该是浮沉取脉都是平和宁静之意，就如第58条所述"阴阳自和"，所以此条的停可以理解为"宁静平和"的意思。

接上条"冒"，这时候津液渐恢复，"阴阳自和"了，因体虚会有瞑眩反应，故"必先振栗汗出而解"，便是如此。"但阳脉微者"，此为浮取脉弱，是桂枝汤证，用桂枝汤，先汗出而解。"但阴脉微者，下之而解"，经下而复发汗，津液丧失，胃中干，可有大便干结，沉取脉有弱（津液虚），所以用"调胃承气汤"和之（下之）。

95 太阳病，发热汗出者，此为荣弱卫强，故使汗出，欲救邪风者，宜桂枝汤。

【释义】此条再次强调太阳中风证的治法及脉法。阳即是卫，阴即是荣，阳浮阴弱，即"阳浮者，热自发，阴弱者，汗自出"。因汗出，汗出于营，所以营弱；卫气向外，卫不共营协调而往外出，故卫强，脉亦浮。和第 94 条中脉之阴阳同理。外以候卫，内以候营，即脉之阴阳。针对太阳中风，治以桂枝汤，参阅桂枝汤方证。

96 伤寒五六日，中风，往来寒热，胸胁苦满，嘿嘿不欲饮食，心烦喜呕，或胸中烦而不呕，或渴，或腹中痛，或胁下痞硬，或心下悸、小便不利，或不渴、身有微热，或咳者，小柴胡汤主之。

【释义】"伤寒五六日，中风"不是太阳伤寒五六日后，复患太阳中风的意思。而是不管太阳伤寒还是太阳中风，到患病五六日这样的阶段，大概都要由表传入半表半里。

太阳病是发热恶寒，阳明病是发热而不恶寒。这个"往来寒热"，是寒热交替出现，寒往热来，热往寒来，邪热结于胸腹腔间，而出现了"胸胁苦满，嘿嘿不欲饮食，心烦喜呕"。这就是经典的小柴胡汤的四大方证，至于后面的七个或然证，可以了解。

中医最具特色的贡献，是确定的具有临床指导意义的理论应该是正邪相争，即正邪交争。机体机能功能的恢复，取决于本身与生带来的自我修复，自我促愈的功能。医生只是在这一过程中起到促进或适当地修正作用罢了。决定这一斗争

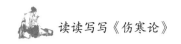

胜负的是正气邪气的相对矛盾对立斗争的结果。

邪之出路，我们知道"开鬼门洁净府"。具体来说太阳病的邪气自表而出，通过汗法，经正邪相争致邪出于表。（复习《黄帝内经》：人所以汗出者，皆生于谷，谷生于精，今邪气交争于骨肉而得汗者，是邪却而精胜也。精胜则当能食而不复热。复热者邪气也，汗者精气也，今汗出而辄复热者，是邪胜也。不能食者，精无俾也。病而留者，其寿可立而倾也。）

若是下一层面（即半表半里的少阳地界）的正气不足，邪气传入而到半表半里的界面，经过第一界面（太阳地界）的斗争，正气已弱，需补足正气方能与邪争斗，故有了小柴胡汤里人参、大枣、甘草的应用，特别是人参的应用，有健胃、补中益气的功效。徐灵胎有过精彩的论述：小柴胡汤之妙在人参。用药如用兵，邪气侵犯人体，人体必然会进行反击，正气与邪气不断地消长变化，决定着疾病的进退。人体的第一道防线是皮肤，风寒之邪伤人，机体会调动正气进行反抗。如果正气充沛，也就是体表有充分的津液，足以在第一时间和疾病抗争，这就是麻黄汤证。如果体表的津液不足，这就是桂枝汤证（有大枣、甘草），同时要喝热粥来补充谷气，充养津液。这都是在第一道防线。病邪在这道防线不解，势必往里走，一般是要到半表半里。缘于"血弱气尽，腠理开，邪气因入，与正气相搏，结于胁下"，病邪进入人体的第二道防线，那就得充实后方力量，增加后天之本脾胃的功能，脾胃是津液化生的源泉。这时人参的应用是关键。

"往来寒热"还可理解为对光、电、温度、气压、声响、气候、环境变化等的过敏反应，针对这些过敏现象可酌加赤芍、防风。对于过敏性疾病，柴胡、黄芩、防风、赤芍、乌梅、五味子等可用。

自第37条出现小柴胡汤至此已是第2次出现，全书共有17处。其中和发热有关的条文多达8条，分别为往来寒热（第96条）、身热恶风（第99条）、热入血室（第144条）、阳明发潮热（第229条）、黄疸发潮热（第231条）、头痛发热（第265条）、呕而发热（第379条）、瘥后发热（第394条），可以确定小柴胡汤是很经典的退热剂。

小柴胡汤

【经典方药】柴胡（半斤），黄芩（三两），人参（三两），甘草（三两），生姜（三两，切），大枣（十二枚，擘），半夏（半升，洗）。

上七味，以水一斗二升，煮取六升，去滓，再煎取三升，温服一升，日三服。若胸中烦而不呕者，去半夏、人参，加栝楼实一枚；若渴，去半夏，加人参，合前成四两半，栝楼根四两；若腹中痛者，去黄芩，加芍药三两；若胁下痞硬，去大枣，加牡蛎四两；若心下悸、小便不利者，去黄芩，加茯苓四两；若不渴，外有微热者，去人参，加桂枝三两，温覆微汗愈；若咳者，去人参、大枣、生姜，加五味子半升，干姜二两。

【参考方证】1.寒热往来（发热或持续低热），胸胁苦满（上腹或左或右疼痛、压痛），心烦喜呕，默默不欲饮食；2.口苦，咽干，目眩，易怒；3.苔薄白或黄或黄白相兼，脉弦或弦细或弦滑或沉紧。

小柴胡汤还出现在以下条文。

第96条：伤寒五六日，中风，往来寒热，胸胁苦满，默默不欲饮食，心烦喜呕，或胸中烦而不呕，或渴，或腹中痛，或胁下痞硬，或心下悸、小便不利，或不渴、身有微热，或咳者，小柴胡汤主之。

第97条：血弱气尽，腠里开，邪气因入，与正气相搏，结于胁下，正邪相争，往来寒热，休作有时，默默不欲饮食，藏府相连，其痛必下，邪高痛下，故使呕也，小柴胡汤主之。服柴胡汤已，渴者属阳明，以法治之。

第99条：伤寒四五日，身热恶风，颈项强，胁下满，手足温而渴者，小柴胡汤主之。

第100条：伤寒，阳脉涩，阴脉弦，法当腹中急痛，先与小建中汤，不差者，小柴胡汤主之。

第103条：太阳病，过经十余日，反二三下之，后四五日，柴胡证仍在者，先与小柴胡汤。呕不止，心下急，郁郁微烦者，为未解也，与大柴胡汤，下之则愈。

第104条：伤寒十三日不解，胸胁满而呕，日晡所发潮热，已而微利。此本

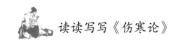

柴胡证，下之以不得利；今反利者，知医以丸药下之，此非其治也，潮热者，实也。先宜服小柴胡汤以解外，后以柴胡加芒硝汤主之。

第 144 条：妇人中风，七八日，续得寒热，发作有时，经水适断者，此为热入血室，其血必结，故使如疟状，发作有时，小柴胡汤主之。

第 148 条：伤寒五六日，头汗出，微恶寒，手足冷，心下满，口不欲食，大便硬，脉细者，此为阳微结，必有表，复有里也，脉沉亦在里也。汗出为阳微，假令纯阴结，不得复有外证，悉入在里，此为半在里半在外也。脉虽沉紧，不得为少阴病。所以然者，阴不得有汗，今头汗出，故知非少阴也，可与小柴胡汤。设不了了者，得屎而解。

第 229 条：阳明病，发潮热，大便溏，小便自可，胸胁满不去者，与小柴胡汤。（康平本作"柴胡汤主之"）

第 230 条：阳明病，胁下硬满，不大便而呕，舌上白胎者，可与小柴胡汤。上焦得通，津液得下，胃气因和，身濈然汗出而解。

第 231 条：阳明中风，脉弦浮大而短气，腹都满，胁下及心痛，久按之气不通，鼻干不得汗，嗜卧，一身及目悉黄，小便难，有潮热，时时哕，耳前后肿，刺之小差，外不解，病过十日，脉续浮者，与小柴胡汤。

第 266 条：本太阳病不解，转入少阳者，胁下硬满，干呕不能食，往来寒热，尚未吐下，脉沉紧者，与小柴胡汤。

第 379 条：呕而发热者，小柴胡汤主之。

第 394 条：伤寒瘥以后，更发热，小柴胡汤主之。脉浮者，以汗解之。脉沉实（一作紧）者，以下解之。

《金匮要略》中有以下条文提及小柴胡汤。

黄疸篇第 21 条：诸黄，腹痛而呕者，宜柴胡汤。必小柴胡汤。

呕吐哕下利篇第 15 条：呕而发热者，小柴胡汤主之。

妇人产后病篇第 2 条：产妇郁冒，其脉微弱，呕不能食，大便反坚，但头汗出。所以然者，血虚而厥，厥而必冒，冒家欲解，必大汗出。以血虚下厥，孤阳上出，故头汗出。所以产妇喜汗出者，亡阴血虚，阳气独盛，故当汗出，阴阳乃复。大便坚，呕不能食，小柴胡汤主之。

附方《千金》三物黄芩汤：治妇人在草蓐，自发露得风。四肢苦烦热，头痛者，与小柴胡汤。头不痛但烦者，此汤主之。

妇人杂病篇第1条：妇人中风七八日，续来寒热，发作有时，经水适断，此为热入血室，其血必结，故使如疟状，发作有时，小柴胡汤主之。

97血弱气尽，腠里开，邪气因入，与正气相搏，结于胁下，正邪相争，往来寒热，休作有时，默默不欲饮食，藏府相连，其痛必下，邪高痛下，故使呕也，小柴胡汤主之。服柴胡汤已，渴者属阳明，以法治之。

【释义】"邪之所凑，其气必虚"。这条是明确小柴胡汤四大方证的。病邪传到半表半里的少阳地界，通常情况下原因有二：一是太阳病，病情较急的情况，虽经正确的汗法治疗，病邪重，正气无以抗争，经由汗法后，在体表已血弱气尽，腠理开而邪气因入到半表半里；二是平素在表已血弱气尽了，在里亦正气不足，病邪外袭时，由太阳表邪直中半表半里。这种情况，证候在太阳病出现的时间短暂，虽患病时间短，可就诊时已是少阳病的主要症候为主了。

所以邪气与正气相搏于胁下，正邪相争，进退各自有无，邪气出（出自太阳地界时），则寒（恶寒）；入里则热（发热），正邪相持时，则有时休作。邪气入里犯胃肠，胃失因和，则可出现默默不欲饮、呕吐；津液耗失，脾失之为胃行津液，则可出现不大便（不一定是大便干结）；邪结于胁肋（肝气之分野），肝气不舒，则可有胸胁苦满；邪热入里，上扰心神而见心烦。这时若诊断准确及时，处方得法，会及时地治好。

但临证是很复杂的过程，有时也不一定的，特别是病邪较重的时候，虽在表，或半表半里时亦已减轻，但仍有传里的可能性，所以"服柴胡汤已，渴者属阳明，以法治之。"这时伤寒已向里传阳明，"渴者属阳明，以法治之"用白虎汤治疗，说的就是这个意思。渴，说明胃有热伤津。临证有许多小柴胡汤加石膏的治疗机会，需要注意鉴别。

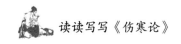

98 得病六七日，脉迟浮弱，恶风寒，手足温，医二三下之，不能食，而胁下满痛，面目及身黄，颈项强，小便难者，与柴胡汤，后必下重。本渴，饮水而呕者，柴胡汤不中与也，食谷者哕。

【释义】"得病六七日"，是按上一条的。太阳病到六七日时，大多传入到少阳的地界。这时"血弱气尽"，机体表的气血不足，"脉迟浮弱"。迟脉弱脉均见浮，邪自表传入少阳时的表现。而因表证还在，故仍见"恶风寒"。

"手足温"从第187、第278条"伤寒，脉浮而缓，手足自温者，系在太阴"理解。手足温的对立面是四肢厥冷，是里虚有寒而四肢逆冷。所以手足温是里有热。里有热的理解，阳明里热，可见身蒸蒸而发热，手足汗出，这个是阳明病里热的特点。而从第187、第278条的"系在太阴"只是手足温，不是身热，里不但没有热，且有水（湿），这个时候貌似阳明病，其实病在太阴。

回到本条，因有貌似阳明病的里热而用下法，且二三下之后，表证仍在，有半表半里的少阳证，有"系在太阴"的水湿证，这三者均不能用下法治疗。下之后更伤胃气，"不能食"；且邪更陷于里，郁结于胁下，出现"满痛"；陷入的邪热与在里的水（湿）交蒸而发，出现"面目及身黄"。脖子两侧为颈，属少阳；后面为项，属太阳。太阳病未罢，少阳病已然发生，故"颈项强"。湿热下注出现小便不利，"小便难者"。这时可以"与柴胡汤"。这是这一节的理解。

下面是本条的后一节："后必下重。本渴，饮水而呕者，柴胡汤不中与也，食谷者哕。"因里有水饮（湿），与入里的热邪交蒸出现的黄疸，这时治疗本应予茵陈五苓散也。虽然《金匮要略》中有"诸黄，腹痛而呕者，宜柴胡汤"，但此时"本渴，饮水而呕"里水较甚，渴饮水，水入即吐，就是前文第74条所说的水逆证。水逆冲上，水逆证之黄疸，只能用茵陈五苓散，不能用柴胡汤。"食谷"则加重在里之湿热蕴滞，胃气不能上逆则哕；湿热下注黏重滞，而后必下重也。所以"后必下重"应置于段末，为倒装句。

我们临证时这种情况非常常见，用小柴胡汤合五苓散加茵陈，或小柴胡汤合茵陈五苓散治疗效果是很好的。

99 伤寒四五日，身热恶风，颈项强，胁下满，手足温而渴者，小柴胡汤主之。

【释义】本条是第98条话题的延续。太阳病发展到第四、第五日的时候，太阳伤寒也好，太阳中风也罢，多传入少阳地界（半表半里），出现少阳病的表现。表证未去，故恶风仍在，里热已有。颈项强，颈属两侧，属少阳病，后面是项，属太阳病，太阳少阳合病，出现颈项俱强。胸胁苦满（胁下满）为少阳病柴胡证。"手足温而渴"里热渐盛。阳明病病势尚轻，尚未发展成完全的阳明病，所以这时有太阳、少阳、阳明三阳并病的态势：由表邪传入半表半里，又系传入里，里亦有热（渴了）。

治疗：表证可用汗法；半表半里的少阳病不能用汗法，更不能用下法；阳明里实热，可用下法。三阳并病，少阳病存在，不能用汗法，也不能用下法，唯有从少阳病而论治，这是临床的基本法则。所以"小柴胡汤主之"；临床我们用小柴胡汤加石膏，就解决问题了。

注意第98条里"本渴，饮水而呕"是不能用或不能单用小柴胡汤的，而这条文里是"渴"，无饮水而呕的情况，临证当注意鉴别。

100 伤寒，阳脉涩，阴脉弦，法当腹中急痛，先与小建中汤，不差者，小柴胡汤主之。

【释义】这里的"伤寒"也应延续上面第98、第99条才能理解本条的含义。无论太阳伤寒，太阳中风，到了四五日、六七日时间，都有"血弱气尽"的情况，邪传入半表半里，少阳病证出现。阳脉涩，指浮取的脉涩，涩是津液气血不足；阴脉弦，指沉按取脉弦，弦脉是里有寒（或瘀或痛），从用小建中汤方测证这当是寒，同时少阳病脉亦是弦。所以此时"血弱气尽"于外，营卫不足于外，里虚寒于内的态势，不荣不温则痛，"法当腹中急痛"就是这个意思。

治疗：里有虚寒而外有营卫不足，但此时又有少阳病的弦脉同时存在。里急，当然是先救里，这是定法。小柴胡汤证有腹痛时亦是这样的弦脉。所以当"先与

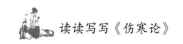

小建中汤"。"与"字就是要告诉我们要分清楚这两种情况的缓急。用了小建中汤腹中疼痛尚未完全消除的，这时候就可以用小柴胡汤治疗。

小建中汤在《伤寒论》中有 2 处出现。

第 100 条：伤寒，阳脉涩，阴脉弦，法当腹中急痛，先与小建中汤，不差者，小柴胡汤主之。

第 102 条：伤寒二三日，心中悸而烦者，小建中汤主之。

小建中汤在《金匮要略》中有 3 处出现。

血痹虚劳篇第 13 条：虚劳里急，悸衄，腹中痛，梦失精，四肢酸疼，手足烦热，咽干口燥，小建中汤主之。

黄疸篇第 22 条：男子黄，小便自利，当与虚劳小建中汤。

妇人杂病篇第 18 条：妇人腹中痛，小建中汤主之。

该方病证因中焦虚寒，肝脾失和，化源不足所致。中焦虚寒，肝木乘土，故腹中拘急疼痛、喜温喜按。脾胃为气血生化之源，中焦虚寒，化源匮乏，气血俱虚，故见心悸、面色无华；津液亏虚，血燥化热，不能润养机体，里面的肌肉不得润养会紧张疼痛，即腹中拘急疼痛，血脉瘀滞痹阻也会出现疼痛；衄，鼻子干燥容易出血；梦失精，津血亏虚，血不藏神，心神不安而悸烦；精也是津液的一种，津亏有热灼动不安而滑遗；四肢酸痛，手足烦热，咽干口燥一派津亏有热之象。

小建中汤

【经典方药】桂枝（三两，去皮），甘草（二两，炙），大枣（十二枚，擘），芍药（六两），生姜（三两，切），胶饴（一升）。

上六味，以水七升，煮取三升，去滓，内饴，更上微火消解，温服一升，日三服。呕家不可用建中汤，以甜故也。

胶饴（麦芽糖），若是缺，可用蜂蜜替代，蜂蜜味甘平。《神农本草经》：主心腹邪气，诸惊痫痉，安五脏，诸不足，益气补中，止痛解毒，除众病，和百药。久服，强志轻身，不饥不老。

【参考方证】1. 素体虚弱，腹中拘急疼痛，喜温喜按，神疲乏力，虚怯少气；

2.心中悸动，虚烦不宁，面色无华，小便自利；3.伴四肢酸楚，失眠多梦，失精，手足心烦热，咽干口燥；4.腹部扁平而肌紧张；5.舌淡、苔白，脉细或弦数。

101 伤寒中风，有柴胡证，但见一证便是，不必悉具。凡柴胡汤病证而下之，若柴胡证不罢者，复与柴胡汤，必蒸蒸而振，却复发热汗出而解。

【释义】这是一条总结性条文，第一节："伤寒中风，有柴胡证，但见一证便是，不必悉具。"临证时，不论病起是伤寒还是中风，到一定阶段（或已治疗或未治疗），只要有柴胡证（即小柴胡汤证），即往来寒热，胸胁苦满，默默不欲饮食，心烦喜呕经典四大证，"但见一证便是，不必悉具"。说的不是只要见这四大证之一就可以应用小柴胡汤，而是临证时有四大证之一，结合其他脉证，符合小柴胡汤方证辨证就可以用，而不是四证必备或包括七个或然证，说的是这个意思。

第二节：少阳病是不可以用下法的，误用或用下法后，变证不严重，原有的柴胡证仍然存在，是还可以用小柴胡汤治疗的，"若柴胡证不罢者，复与柴胡汤"。"必蒸蒸而振，却复发热汗出而解。"这句话不是说用小柴胡汤后可引起发汗，而且这是必须明确的，小柴胡汤不是发汗剂。少阳病柴胡证是不能用汗、吐、下法治疗的。在这里要明确的是，少阳病已"血弱气尽"，邪已入少阳（半表半里）的地界，正虚邪盛，经服用含有扶助正气的小柴胡汤后，正气与邪气抗争（正邪相争），机体先有热蒸蒸的感觉，继而寒战，发热汗出，邪得以出，病愈。这种"蒸蒸而振，发热汗出"的现象，正是《尚书》说的"若药不瞑眩，厥疾弗瘳"，是机体相对较虚弱之人，有柴胡证，用小柴胡汤后，正气渐复与邪气相争出现的特殊反应，叫瞑眩反应（状态）。通常会有一个振寒过程，体温可能较前上升，然后发热汗出而后解。这不能误认为小柴胡汤是发汗剂。

所以结合第148、第230条，我们明确服用小柴胡汤后，邪之出路有二：（1）可以出现蒸蒸而振，却发热汗出而解；（2）设不了了者，得屎而解。

从第96条到第101条论述的内容都与小柴胡汤有关。

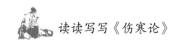

102 伤寒二三日，心中悸而烦者，小建中汤主之。

【释义】第100条，小建中汤治疗外有营卫不足，里有虚寒之腹痛（腹中急痛）。从小建中汤的组成，桂枝汤倍芍药加饴糖（麦芽糖）而成，方中大枣、甘草能安中养液，养精津血液。心血不足，心无所养，故心中悸；气上冲，有表未解的烦。是桂枝汤证表不解，中虚有寒，心中悸烦，用小建中汤。

103 太阳病，过经十余日，反二三下之，后四五日，柴胡证仍在者，先与小柴胡汤。呕不止，心下急，郁郁微烦者，为未解也，与大柴胡汤，下之则愈。

【释义】太阳病经四到七日，甚至"十余日"就告诉我们，此时病邪或已传入少阳地界，有柴胡证了。可能有热，烦，甚至不大便（不一定是干结或便秘），医生误认为有阳明里实热证，而用了下法，还"二三下之"。"后四五日，柴胡证仍在者"，"仍在者"意思是用下法前已存在柴胡证。可柴胡证没因下而罢，仍然存在，故"先与小柴胡"这个治法是对的，但用一个"与"字，则提醒我们得斟酌斟酌，因用了下法，虽还有柴胡证，但下之后，在半表半里之邪已陷入里。若是用了小柴胡汤病差，那好；若是不差，那得视具体情况、具体方证用药。

"呕不止，心下急，郁郁微烦者，为未解也，与大柴胡汤，下之则愈。"小柴胡汤有呕吐，但不甚，是因邪热入里，引动在里水饮激动所致，故用半夏、生姜治之即可。而此时"呕不止"，不是小柴胡汤的喜呕，呕吐更严重了，用了小柴胡后呕更甚了，且"心下急"，"心下"说的是胃脘部的位置，痞闷塞感急迫感，按之可见紧张、硬痛，但并没有大承气汤证的硬痛甚。所以只是"郁郁微烦"，不是大承气汤的烦躁不安、谵妄等。是里热刚陷入里，结实还不太严重。但气不下行，大便下不去，邪气上攻，而心下急，呕不止。这就是少阳阳明合病，呕吐严重，故加大了生姜的用量，里急热结，加用大黄、枳实、芍药导热下滞（小柴胡汤的作用仍在，但大便不通，气不下行而上攻）。里实已成，不能留人参，否则非闭门留寇不可。大柴胡汤证还见于如下条文。

第 136 条：伤寒十余日，热结在里，复往来寒热者，与大柴胡汤。但结胸，无大热者，此为水结在胸胁也；但头微汗出者，大陷胸汤主之。

第 165 条：伤寒发热，汗出不解，心中痞硬，呕吐而下利者，大柴胡汤主之。

《金匮要略》腹满寒疝宿食篇第 12 条：按之心下满痛者，此为实也，当下之，宜大柴胡汤。

大柴胡汤

【经典方药】柴胡（半斤），黄芩（三两），芍药（三两），半夏（半升，洗），枳实（四枚，炙），大黄（二两），大枣（十二枚），生姜（五两）。

上八味，以水一斗二升，煮取六升，去滓，再煎。温服一升，日三服。

【参考方证】胸胁苦满，呕吐重，心下拘急痞满痛甚，口苦咽干，心下按之痞硬满痛。

104 伤寒十三日不解，胸胁满而呕，日晡所发潮热，已而微利。此本柴胡证，下之以不得利；今反利者，知医以丸药下之，此非其治也，潮热者，实也。先宜服小柴胡汤以解外，后以柴胡加芒硝汤主之。

【释义】伤寒，指的是太阳伤寒，到了十三日还不解，病邪已传入半表半里之少阳地界，且已传系入里（阳明地界），胸胁满而呕是少阳柴胡证；"日晡所发潮热"是阳明病。日晡处于申酉时辰，阳明旺时，此时热势旺盛，故称"日晡所发潮热"。所以是少阳阳明并病。"此本柴胡证"，这个"柴胡证"应指的是大柴胡汤证，而不是小柴胡汤证，故用大柴胡汤下之亦（或者而）不得利。这个"以"用"亦"或"而"更贴切。而前文说"已而微利"，这个"已而"不是用大柴胡汤引起的。

"今反利者，知医以丸药下之"。"丸药"即前文说了古代多指巴豆这类的温热性泻药，所以这个微利是用热性泻药误治引起的，是热利，不是这个病本该有的，

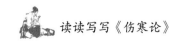

是错误的治法引起的，即曰"此非其治也"。

因已泻下，（里）津液已虚。虽是少阳阳明并病，本应用大柴胡汤，可此时里已虚，所以先宜服用小柴胡汤，先解"胸胁满而呕"这个少阳病。相对而言，少阳在外，阳明属在里，故曰"以解外"。而后潮热未去者，则用小柴胡汤加芒硝，通其里实（大便），解潮热。

柴胡加芒硝汤

【经典方药】柴胡（二两十六铢），黄芩（一两），人参（一两），甘草（一两，炙），生姜（一两，切），半夏［二十铢（本云五枚，洗）］，大枣（四枚，擘），芒硝（二两）。

上八味，以水四升，煮取二升，去滓，内芒硝，更煮微沸，分温再服；不解更作。

【参考方证】小柴胡汤证重者已成实而尚未全实：胸胁满而呕，腹满，腹痛不甚，便秘或干结，潮热或微利潮热。

105 伤寒十三日，过经，谵语者，以有热也，当以汤下之。若小便利者，大便当硬，而反下利，脉调和者，知医以丸药下之，非其治也。若自下利者，脉当微厥，今反和者，此为内实也，调胃承气汤主之。

【释义】前文说了太阳伤寒经历十三日，"十三日"，我们就理解为是个大致的时日，不是确数。病邪已经传入里，出现热结于胃，胃不和，有谵语，是有热结于里，即"以有热也"，这种情况应当用承气类方下之，"当以汤下之"是正确的治法。

阳明里热证初起时，热势还不盛，津液尚足，所以小便是利的（小便还是多的），这种情况未能及时正确诊治，发展下去，热渐盛，汗出多，津液耗失多，大便肯定是当硬的。自下利，是机体自身因素导致的下利；"反下利"，是外因（服药后或其他因素）引起的下利。自下利，多由中虚有寒引起，脉当微细或沉微，四肢厥冷等。所以"而反下利"，知道是因医误用下法造成的（非中虚寒引起），故脉里调和的，里有实邪。我们在前文也反复说了，古人的丸药指的是巴豆类的温下药。不管是胃家实还是少阳阳明并病用了，均为错误的治法，所以是"非其治也"。

而现在患者只表现里热，胃不和，谵语，当然以调胃承气汤和之就好，故"调胃承气汤主之"。

第29、第70条均明确给我们确定的法则"若为胃气不和，谵语者，当和胃气，与调胃承气汤"。没有大实、大胀、大满、大痛的承气汤类的方证。同时结合阳明病篇第186条"伤寒三日，阳明脉大"，说的是病邪传入阳明地界时，脉是大且有力的。所以"反下利，脉调和者"，是因用了温热的泻药（丸药下之）后引起邪气减弱，若是不用这温热泻药，脉是不会调和的。

106 太阳病不解，热结膀胱，其人如狂，血自下，下者愈。其外不解者，尚未可攻，当先解其外。外解已，但少腹急结者，乃可攻之，宜桃核承气汤。

【释义】"太阳病未解"，病在太阳地界阶段，不管经治或延治、误治，总之是不解，还未愈。病邪已由表传入半表半里，由半表半里传到里，到里就无所再传了。里阳当然是阳明病（里阴即是太阴病），同时也会出现邪热结于膀胱的症候。

这里的膀胱，不是现在解剖学位置的膀胱，指的是下（少）腹部的位置。可包括肠道、膀胱、子宫及附件等。"热结膀胱"，指的是瘀血结于下（少）腹部位。瘀血于下，邪热引动挟瘀血上扰清窍，心神不宁，故"其人如狂"。若是邪热瘀血有出路，"血自下"，当然病情轻者会愈；若病情较重者，自下尚不能愈，当然得用下法才能治愈，即"下者愈"，因势利导。

此时"其外不解者，尚未可攻"，虽邪已入阳明（里证），有邪与热结，致瘀血于下（少）腹，但尚有表证（太阳病），当先解表，有桂枝汤证用桂枝汤，有麻黄汤证用麻黄汤。表解了，如若还有"少腹急结，其人如狂"，可用桃核承气汤治

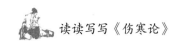

疗。就是有调胃承气汤证，伴气上冲，其人如狂，少腹急结。

自古至今，很多医家说的"太阳随经，瘀热在里"，太阳腑证，即是热结膀胱（膀胱病），这不敢认同，得积累更多证据。

蓄血证可见：桃核承气汤证——少腹急结，轻证；抵当汤证——少腹硬满，变证；抵当丸证——少腹满不硬，缓证。

临床当注意蓄血证与蓄水证相鉴别：

蓄水证——邪与水结，气化失职，病在膀胱气分。证见：发热恶寒汗出，烦渴或渴欲饮水，水入即吐，小便不利，必苦里急，少腹满，脉浮数。

蓄血证——血热互结，病在下焦血分。证见：兼有表证或无表证，如狂，发狂，小便自利，少腹急结，小腹硬满，脉沉涩或沉结。

《伤寒论》中非常重视腹诊：总398条原文中，论及腹诊的有一百多条，如蓄血证——少腹硬满，少腹急结；大结胸证——心下痛，按之硬，从心下至少腹硬满而痛，不可近者；小结胸证——正在心下，按之则痛；痞证——按之自濡，但气痞耳；栀子豉汤证——按之心下濡，为虚烦也；等等。

吴鞠通的《温病条辨》中对夜热昼凉的瘀血发热的蓄血证用桃仁承气汤。张仲景《伤寒论》这个蓄血证的瘀血发热，症状少腹急结，其人如狂，小便自利，没提夜热昼凉，用的是桃核承气汤。吴鞠通的桃仁承气汤和张仲景的桃核承气汤有一点区别：桃核承气汤是桃仁、桂枝再合调胃承气汤；桃仁承气汤没有用桂枝，而是用归尾、赤芍、桃仁再加调胃承气汤。两方都是针对瘀血发热，若脉象是沉细的，则以桃核承气汤为主。

桃核承气汤

【经典方药】桃仁（五十个，去皮尖），大黄（四两），桂枝（二两，去皮），甘草（二两，炙），芒硝（二两）。

上五味，以水七升，煮取二升半，去滓，内芒硝，更上火，微沸下火。先食温服五合，日三服，当微利。

【参考方证】1. 大黄证；2. 少腹部固定性拘急疼痛，按之更甚，左侧多见；3. 出血则紫黑易凝固结块；4. 精神亢奋，烦躁不安如狂；5. 面红、唇暗红、舌质暗红或紫，舌面干燥，脉沉涩。

107 伤寒八九日，下之，胸满烦惊，小便不利，谵语，一身尽重，不可转侧者，柴胡加龙骨牡蛎汤主之。

【释义】 "伤寒八九日"，我们在前文反复提到五六日时，大概是邪气传入半表半里的少阳地界，出现柴胡证的阶段。结合第 264 条 "少阳中风，两耳无所闻，目赤，胸中满而烦者，不可吐下，吐下则悸而惊"，明确少阳病治疗的原则是禁汗、吐、下的。

少阳病本就 "血弱气尽"，里已虚，有水气，再用下法，里更虚，邪热入里，引动水饮，上扰胸膈间及心神，故胸满烦惊悸。水饮随邪热上行而不下趋，而小便不利，一身尽重，不可转侧；邪热上扰犯胃，胃燥不和而谵语。

此方临时用途广泛，铅丹有毒，可用磁石代替。临证确定方证是关键。现代医学所说的思维和精神障碍，以心理抑郁，肌肉的僵硬痉挛为特征，如抑郁症、精神分裂症、痴呆、脑萎缩、帕金森、性功能低下等，均可参考辨证。本方有改善睡眠，消除疲劳感，提高肌肉协调能力的作用。

有人证，中医人不读《伤寒论》是一辈子的遗憾，读了《伤寒论》不会用柴龙汤是两辈子的遗憾！

张仲景的书中大柴胡汤、小柴胡汤、柴胡桂枝干姜汤、柴胡去半夏加栝楼根汤、半夏泻心汤、甘草泻心汤、生姜泻心汤、旋覆代赭汤、甘遂半夏汤共有 9 个方的煎法是 "去滓再煎"。一直以来，大多数医家和注家认为 "去滓再煎" 是和合寒温，协调升降，燮理阴阳，互济柔刚。如陈修园在《伤寒真方歌诀》中说：小柴胡汤乃和解之剂，再煎则药合，能使经气相融，不复往来出入。但同样是柴胡类方，柴胡桂枝汤、柴胡加龙骨牡蛎汤、柴胡加芒硝汤并没有 "去滓再煎"，主要还是柴胡用量的问题。这三个方中前两方（柴桂、柴龙）柴胡只用四两，后一方只用二两十六铢。而前面说的 "去滓再煎" 的柴胡类四方中柴胡用量半斤（一斤十六两，半斤即八两），煎法是用一升二斗水煎取六升，去滓再煎成三升（浓缩），方便服用。而后 5 个非柴胡类的是半夏类方，是因为半夏有毒，也不用它刺激黏

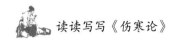

膜的作用，去滓再煎是减轻半夏毒性。张仲景用的是生半夏，保留了半夏的作用，也不因没炮制而中毒。而不是现在用的姜半夏、法半夏（几如药渣）。

柴胡加龙骨牡蛎汤

【经典方药】柴胡（四两），龙骨（一两半），黄芩（一两半），生姜（一两半，切），铅丹（一两半），人参（一两半），桂枝（一两半，去皮），茯苓（一两半），半夏（二合半，洗），大黄（二两），牡蛎（一两半，熬），大枣（六枚，擘）。

上十二味，以水八升，煮取四升，内大黄，切如棋子，更煮一两沸，去滓，温服一升。本云柴胡汤，今加龙骨等。

【参考方证】1. 柴胡证主要是胸胁苦满腹满；2. 精神神经症状尤其是脐腹动悸，易惊谵语，一身尽重不可转侧；3. 二便不利，舌质红，苔薄黄少津或厚黄腻，脉弦数或沉紧。

108 伤寒，腹满谵语，寸口脉浮而紧，此肝乘脾也，名曰纵，刺期门。

【释义】伤寒，即太阳伤寒，脉浮紧，这没问题；可是"腹满谵语"，腹满是里实了。谵语也是胃中燥，胃不和，有阳明病的表现，所以应该是太阳阳明并病阶段。而脉停留在太阳伤寒的脉上，即"寸口脉浮而紧"。说是"此肝乘脾也"，前言不接后语，说不明了，所以吴谦的《医宗金鉴》认为此条是错的，但认同理论。当然，临证刺期门，是去胸膈邪热的方法。

109 伤寒发热，啬啬恶寒，大渴欲饮水，其腹必满，自汗出，小便利，其病欲解，此肝乘肺也，名曰横，刺期门。

【释义】太阳伤寒出现发热恶寒，这是表证，太阳病。"大渴欲饮水，其腹必满"，说的是邪热入里伤津液，饮水自救，饮水多，气化不及，出现腹满，这些都是常理。所以说是太阳阳明并病。这时若是正能胜邪，正邪相争的结果出现汗自出，且饮入的水有出路，"小便利"，自然病解。后面这"肝乘肺也，名曰横，刺期门"说不通。108、109 这两条差不多是一个意思，可以参阅《医宗金鉴》。

110.1 太阳病，二日反躁，凡熨其背而大汗出。大热入胃，胃中水竭，躁烦，必发谵语，十余日，振栗自下利者，此为欲解也。

【释义】前文第4条，"伤寒一日，太阳受之，脉若静者，为不传，颇欲吐，若躁烦，脉数急者，为传也。"太阳病发病早期，一二日时病邪多不传。表邪热重时，可迅速传里，伤耗津液，胃不和，则出现了烦躁，所以"二日反躁"。这时邪热已入里，是不能用"火热攻法"治疗的。误用"火热攻法"治疗后，势必迫津外泄，津液耗伤严重，故"大汗出，大热入胃"。胃中干，胃气更不和，必发谵语不可。

那么这种情况，十余天后情况如何呢？"十余日"是个大概时间。机体自我调节或经治疗后，这个病要欲解的情况怎样呢？由于火攻后，津液丧失过多，胃中干，里虚较甚。随津液恢复，要发生瞑眩状态了：寒战（振栗）；胃中干，脾不能为其输布，津液下注，而"自下利"。

古代治疗邪气基于表皮肌腠的方法，有通过温热水泡浴，或烧地蒸熨以开腠理取汗解表的方法。如《外台秘要·崔氏方一十五首》"又疗伤寒，阮河南蒸法。薪火烧地良久，扫除去火，可以水小洒，取蚕砂、若桃叶、桑柏叶、诸禾糠及麦皆可取用，易得者，牛马粪亦可用，但臭耳。桃叶欲落时，益收取干之，以此等物着火处，令厚二三寸，布席卧上温覆，用此发汗，汗皆出。若过热，当审细消息，大热者可重席，汗出周身辄使止，当以温粉粉身，勿令遇风。"

110.2 故其汗从腰以下不得汗，欲小便不得，反呕，欲失溲，足下恶风，大便硬，小便当数，而反不数，及不多。大便已，头卓然而痛，其人足心必热，谷气下流故矣。

【释义】由于表热传里入胃耗伤阴津，致胃中干，津液耗竭，汗只能在腰以上得出，而腰以下不得汗，欲小便不得。这里的反呕：一是指邪热入胃上涌，胃气上逆；二是指热邪引动原有水饮上逆犯胃。

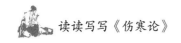

津液耗竭，谷气不输布于下而"欲失溲"；津液不布于下，"足下恶风"；津液不足，大便硬，这是常理。

水谷不别时的情况：因肠道有水液过多，大便当溏烂、小便不利；或大便干而小便频数（多），这是水谷不别的表现，而此时小便当数而不数且量还不多，为什么呢？是因为"谷气不得，下流也"。

所以"大便已，头卓然而痛，其人足心必热"，是应和上面的"十余日，振栗自下利者"，这种情况（大便已），头卓然而痛，谷气向下输布了，足下也不恶风了，而是足心发热，津液恢复了，这就是"谷气下流故矣"。

所以第 110 条说的是表证（太阳表证），邪气较快传里（有热邪），不能误用火攻治法，助热而表不解。热迫津外泄，胃津枯竭，胃气不和。"大汗出，烦躁，谵语"，津液亏耗，汗只能见于上半身，腰以下无汗。脾为胃行津液，脾无津液可行，津液不输布于下，欲失溲，足下生寒。看似很严重，若津液能及时恢复，胃气和，谷气也能向下输布了，病亦好转向愈。可是有虚证时，用药或治疗对的，病欲愈时临证会有瞑眩反应。振栗，自下利，头卓然而痛，说的就是这个意思。

111 太阳病中风，以火劫发汗，邪风被火热，血气流溢，失其常度。两阳相熏灼，其身发黄，阳盛则欲衄，阴虚小便难，阴阳俱虚竭，身体则枯燥，但头汗出，剂颈而还，腹满微喘，口干咽烂，或不大便。久则谵语，甚则至哕，手足躁扰，捻衣摸床；小便利者，其人可治。

【释义】太阳病，有太阳伤寒，无汗者麻黄汤证，太阳中风，有汗者桂枝汤证。桂枝汤证，有发热，汗出，恶风，脉缓无力等证，津液已有虚（不足）而有发热，此时用误治方法，火攻法，更迫津外泄发汗，本来已有邪热（即邪风），再用火攻，等于火上浇油。出现"血气流溢"，血流散，气溢出，正常情况下，血液营运行于脉内，即血流散于脉内；而气卫于脉外，气不固当然是汗（汗血同源）溢出。因火攻助邪热，迫津外泄，耗伤津液，故使"血气流溢"，使血气失其正常运行的法度，"失其常度"。

两阳：外邪（邪风），即邪热，属阳；火攻亦是阳。两阳相得相熏灼。于肌肉筋骨，如熏发黄。其身发黄（不是黄疸，没有水气、水湿内蕴滞，导致湿热交蒸），用火攻之，其身如熏黄，如火熏的发黄。

阳热邪气上亢，迫血妄行，阴津（液）亏竭于下，故"阳盛则欲衄，阴虚小便难"。阴阳指的是气血，这种情况下血管内外的气血虚竭，则"阴阳俱虚竭，身体则枯燥"，结合前面第 86 条"衄家，不可发汗，汗出，必额上陷"理解，津液（血液）丧失，人变干枯是一个意思，即"身体则枯燥"。

热邪上攻，津液内虚，出现"但头汗出，剂颈而还"。胃津干枯，邪热上迫，而腹满而喘；邪热太甚，上扰而口干咽烂；津液内伤无水行舟，可见不大便，或大便干结；胃中燥结，胃气失和，可见谵语，甚则哕了，津液迫虚竭，心神失常，筋脉失和可见手足躁扰，捻衣摸床的危候。这时经正确地治疗，津液渐恢复，或可有生机，"小便利者，其人可治"，否则无转寰的可能。

112 伤寒脉浮，医以火迫劫之，亡阳必惊狂，卧起不安者，桂枝去芍药加蜀漆牡蛎龙骨救逆汤主之。

【释义】伤寒，说的是太阳伤寒表实证（麻黄类方证）。无汗的太阳病应正确使用汗法。可误用了火攻法，所以用"劫"字，劫汗，劫迫使大汗出，大汗出必然会亡失津液，也就是亡阳（津液）。第 64 条："发汗过多，其人叉手自冒心，心下悸，欲得按者。"大汗出必大失津液，亡失血液，心失所养，出现心悸、惊悸。加之原本有太阳伤寒，有邪热在表，再以火攻，火攻助邪热，火上加火；加之汗后气上冲，热火邪气引动内饮（水）上攻脑窍，而发惊狂，甚则卧起不安。从用药来看，"蜀漆"即常山苗，能祛水饮化痰。所以此时从平时症状、舌脉表现分析，里应有（水）痰饮的证据。

还有处方选用桂枝去芍药汤加味，是这样理解：太阳伤寒，应该是用麻黄汤，可用火攻后大汗出伤津液，这时表未解，而已到亡阳阶段，虽有表不解，但绝对不能再用麻黄汤，只能也必须用桂枝汤，这是定法。气上冲较严重（胸满）而下虚，所以去芍药，用桂枝去芍药治疗胸满而表不解，因内有水饮，且有惊狂不安等神

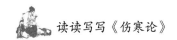

经症状，加用蜀漆化痰饮，龙骨、牡蛎镇静安神。临证时蜀漆（常山苗）可以用半夏替代。

桂枝去芍药加蜀漆牡蛎龙骨救逆汤

【经典方药】桂枝（三两，去皮），甘草（二两，炙），生姜（三两，切），大枣（十二枚，擘），牡蛎（五两，熬），蜀漆（三两，洗去腥），龙骨（四两）。

上七味，以水一斗二升，先煮蜀漆，减二升，内诸药，煮取三升，去滓，温服一升。本云桂枝汤今去芍药加蜀漆牡蛎龙骨。

【参考方证】胸腹动悸（腹无拘急），胸满，喜按或欲得按则舒，失眠多梦或惊狂不安，舌淡或嫩红润，苔白厚或腻，脉浮滑。

113 形作伤寒，其脉不弦紧而弱，弱者必渴，被火者必谵语。弱者，发热，脉浮，解之，当汗出愈。

【释义】"形作伤寒"发病时像是太阳伤寒无汗，发热恶寒身痛等。太阳伤寒，是表寒实证，脉当浮而弦紧有力。而"其脉不弦紧而弱"，当然是津液已虚不足，脉管无法充盈，所以不是真正的伤寒，只是"形作伤寒"。这时是绝对不能火攻的，发汗呢，可不可以？我们看它这脉是弱的。第27条："太阳病，发热恶寒，热多寒少，脉微弱者，此无阳也，不可发汗，桂枝二越婢一汤主之。"津液已虚，不能发汗。无阳就是无津迫。津液已虚，再被火攻，胃中津液更耗竭，火邪入里，必渴，谵语。和第27、第113两条文联系起来就好理解了。津液已虚，有表热，脉弱或微弱的，注意当不能再发汗，更不能用火攻。"弱者，发热，脉浮，解之，当汗出愈"，这时只能用桂枝汤类方。

114 太阳病，以火熏之，不得汗，其人必躁，到经不解，必清血，名为火邪。

【释义】太阳病，说的是无汗的太阳伤寒表实证，和有汗的太阳中风表虚证。

法当用汗法治之。"火熏法"是古代的一种治病方法，经用此法，只要津液尚未亏虚，当有汗出，会得汗。而"以火熏之，不得汗"，说明患者得病前，素已有津液虚亏，故火熏而不得汗。不得汗而表不解，复加火热邪气入里，津液更亏耗，邪热更盛内攻上扰而见烦躁（乱者谓之躁，烦者谓之热，热烦躁扰，躁比烦严重）。"到经不解"的理解，这个还是要回到第7条："病有发热恶寒者，发于阳也；无热恶寒者，发于阴也。发于阳，七日愈；发于阴，六日愈。"意思是太阳表证病要愈大约在病后六七日。若是不解，外有邪热，内有火热旺盛，耗伤津液（血），迫血妄行，血溢脉外下行，故"必清血"，即便血。所以这种便血是火热内盛迫血妄行而导致的，故名曰火邪。

115 脉浮热甚，而反灸之，此为实，实以虚治，因火而动，必咽燥吐血。

【释义】太阳病有伤寒、中风，都有脉浮，发热。我们知道太阳中风有汗出，所以虽有发热，但有汗出热势不会太重。这里说的"脉浮热甚"，应是太阳伤寒表实证，所以说"此为实"。而灸法是用以治疗虚寒性疾病的，所以是误治，即"而反灸之"。实证，实热证当以清凉解表之法，反误用温补、温助的方法，肯定是错的，所以是"实以虚治"，实热表证误用治虚寒的方法治疗。表热已盛，误用灸法反助其热。热灼津耗血，迫血妄行，"必咽燥吐血"。这就是中医的辨证施治，阴阳寒热虚实，必须辨明，确定方证，以施法处方。

116.1 微数之脉，慎不可灸，因火为邪，则为烦逆。追虚逐实，血散脉中，火气虽微，内攻有力，焦骨伤筋，血难复也。

【释义】微，就是衰弱，不足的意思。说的是血液（津液）不足。数则有热，第122条会详细说明，所以《伤寒论》应熟读，前后联系再来理解的。那么此条是虚热，津（血）液虚有热的意思。灸能助热（火），灸为火邪，所以火更助其热。本已津液虚，更用火灸，助热更伤津（血）液，使津（血）液更虚，而邪热更加重，所以是"追虚逐实"。这种情况，津（血）液虚极，热（火）邪内渐炽盛，必热逆

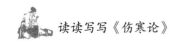

于上，"诸逆冲上，皆属于火"，势必出现"烦逆"，如咳逆，呕逆，甚则出血。所以津（血）液虚有热时，津血本就减少，行于脉中。用灸法"火气虽微"，灸火之气虽不大（不盛），但对于内有虚热之助攻是相当有力的，更伤阴血，会"焦骨伤筋，血难复也"。

正如《金匮要略》痉湿暍病篇第10条："痉病有灸疮，难治。"

116.2 脉浮，宜以汗解之，用火灸之，邪无从出，因火而盛，病从腰以下必重而痹，名火逆也。

【释义】太阳伤寒，太阳中风，均为脉浮，邪在表，用汗法解之，有汗用桂枝汤，无汗用麻黄汤。这样在表之邪方有出路而解。"用火灸之"，灸法是使邪不得自汗解，灸不能发汗，而灸就更助热邪，"因火而盛"。若是桂枝汤证，因已有汗出，则使津液更伤，邪热更盛之弊；若是麻黄汤证，因无汗，体表的肌肤血管充斥大量的津液不得汗出，邪热不得解，津液（代谢的废物）也无法排出。邪热上亢，而与废物（津液）胶着，或可成湿邪下注下半身，湿性下趋下行，而引起腰以下的沉重而不仁。重是沉重；痹，因湿阻滞而不仁。因火而成痹，"名火逆也"。

116.3 欲自解者，必当先烦，烦乃有汗而解。何以知之？脉浮，故知汗出解。

【释义】这种误治后，若病情轻者，津液渐恢复，会渐自愈的。第58条："凡病，若发汗，若吐，若下，若亡血、亡津液，阴阳自和者，必自愈。"就是这个道理。但因这个病已里虚明显，它要自愈，会有瞑眩状态，前文已反复说到。所以"必当先烦，烦乃有汗而解"。烦躁后，身子出汗就解。何以知之？"脉浮，故知汗出解"，脉浮，病仍在表，当然有汗出，邪有出路而解。当然，要是用处方的话，是桂枝汤。另外，表解后，若前文的"腰以下沉重"可能就是我们说的"肾着"了，或者是如第395条："大病差后，从腰以下有水气者，牡蛎泽泻散主之。"辨明具体方证而施治。

117 烧针令其汗，针处被寒，核起而赤者，必发奔豚。气从少腹上冲心者，灸其核上各一壮，与桂枝加桂汤，更加桂二两也。

【释义】太阳表证要用汗法治疗。可是误用了"烧针令其汗"，这是因汗不得法，大汗过汗，伤耗津液（血），阴损及阳，心阳不振，心失所养，可以出现气上冲，又手自冒心，心腹动悸等这些症状，如第 64 条"发汗过多，其人叉手自冒心，心下悸，欲得按""针处被寒，核起而赤者"，说的不是针刺处被风寒侵袭，而是针刺处起了红肿。表有热，烧针使表皮受损，更助热，热盛肉腐而致针处腐肿。就是我们现在说的针处红肿感染。

误用汗法已亡阳，复加针处积热邪蕴毒，更伤津血，阳虚更甚了，气从少腹上冲心，发奔豚了。

所以是误汗亡阳，而复加针处病变更亡阳，而发奔豚。所以理解奔豚不是因惊恐而得之。治疗用桂枝加桂汤，"其气上冲者，可与桂枝汤，无气上冲者，不可与之。"更加确定桂枝是可以治疗气上冲的，桂枝由三两加至五两。当然这时候肯定是在有桂枝汤方证的基础上，出现奔豚病。有是证才能用是方。

脐腹悸动，通常是桂枝、甘草、龙骨、牡蛎的经典药证，所以桂枝加龙骨牡蛎汤、柴胡加龙骨牡蛎汤、柴胡桂枝干姜汤、桂枝加桂汤均有此腹证。但临证亦不尽然，脐腹悸动，有寒热虚实之别，当细辨，如泻心汤证也有。

桂枝加桂汤

【经典方药】桂枝（五两，去皮），芍药（三两），生姜（三两，切），甘草（二两，炙），大枣（十二枚，擘）。

上五味，以水七升，煮取三升，去滓，温服一升。本云桂枝汤，今加桂满五两，所以加桂者，以能泄奔豚气也。

【参考方证】发作性气从少腹上冲心胸咽，心悸急迫严重，起卧不安，汗出恶风，头晕头痛，舌淡苔白滑，脉沉迟。

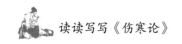

118 火逆，下之，因烧针烦躁者，桂枝甘草龙骨牡蛎汤主之。

【释义】从第116.2条已确定，"火逆"是因火造成的身体沉重的痹症，病仍在表，治疗当然不能用下法，更不能再用烧针，不然就是错上加错了。实际上这个就是第64条桂枝甘草汤的方证，加之有烦躁不安的表现。

临证中医经方治失眠可参考：

（1）酸枣仁汤：《金匮要略》虚劳不眠。

要点：虚烦不眠，心悸盗汗，头目眩晕，咽干口燥，脉细数。

（2）黄连阿胶汤：阴虚失眠，虚烦不寐。

要点：心中烦躁，辗转不眠，手足心热，口干盗汗，小便短赤，舌质红，脉弦。

（3）桂枝甘草龙骨牡蛎汤：心阳虚，不寐。

要点：心悸不寐，四肢不温，胸痛气急，怔忡不适，烦躁不安，脉细或迟。

（4）半夏秫米汤：《黄帝内经·灵枢》邪客。

要点：不寐伴心悸，胸闷，纳差，苔腻，脉沉或濡。

（5）半夏泻心汤：胃虚痞满不寐。

要点：胃脘部胀闷，肠鸣，夜间不寐，情绪不宁，嗳气，纳差。

（6）柴胡加龙骨牡蛎汤：久病，胸满烦惊之不寐。

要点：胸满烦惊，至夜兴奋不寐，精神惊悸不宁，谵语，小便不利，一身尽重，不能转侧，苔黄腻，脉滑。

（7）小柴胡汤：邪在半表半里之失眠。

（8）猪苓汤：水热互结之不寐。

要点：阴虚水热互结于下，发热口渴，心烦不寐，小便不利，渴欲饮水，舌质红，脉细数。

（9）炙甘草汤：心血不足，脉结代之不寐。

要点：阴血不足，血不养心，虚羸少气，心悸失眠，虚烦不寐，大便干结，舌红，少苔，脉细或结代。

（10）竹叶石膏汤：邪去正未复之不寐。

要点：伤寒病后邪已去，正气未复，气血精液不足。低热心烦，睡眠差，口干唇燥，纳少乏力，舌红，少苔，脉细数。

（11）干姜附子汤：下后，复汗昼日烦躁不得眠。

要点：太阳伤寒，下后复汗，昼日烦躁不得眠，夜而安静，不呕不渴，脉沉，无表证。

桂枝甘草龙骨牡蛎汤

【经典方药】桂枝（一两，去皮），甘草（二两，炙），牡蛎（二两，熬），龙骨（二两）。

上四味，以水五升，煮取二升半，去滓，温服八合，日三服。

【参考方证】心悸烦躁，胸腹动悸，得按则舒，汗出气短，舌淡或嫩红湿润，苔薄白，脉虚弱。

119 太阳伤寒者，加温针必惊也。

【释义】此条说的是太阳病，伤寒也好，中风也罢。若以火迫之，烧针、温针等这些火攻法，非太阳病之正治。太阳病实证不可火攻，虚证更不能火攻。这样会亡阳亡津（血液），会发惊狂等变证、危证。

120 太阳病，当恶寒发热，今自汗出，反不恶寒发热，关上脉细数者，以医吐之过也。一二日吐之者，腹中饥，口不能食。三四日吐之者，不喜糜粥，欲食冷食，朝食暮吐，以医吐之所致也。此为小逆。

【释义】太阳病，恶寒发热是常态，正确的治法是汗法，不能用吐下之法。而太阳病吐之后，出现在里之津液损伤，邪热内陷，出现了不恶寒而发热，有汗出，有似阳明病的表现。第182条阳明病外证"身热，汗自出，不恶寒，反恶热也"，但阳明病，脉是大的，而此时"关上脉细数"，张仲景的关上脉候心下，即胃（脘）；细脉说明津（血）液虚，数即有热也。太阳病吐之后，在表之热邪未解而入传于胃；

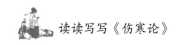

胃又因吐损伤津液而虚。都皆因误用吐法之后果。这是类似阳明病，而非真正的阳明病也。

病之初（一二日），邪入胃，胃气上逆加之刚吐之后，出现腹中饥而不能食，食之欲吐的现象。时间长一点（三四日），因胃中有热，故只喜冷（饮）食，不喜糜粥（热的粥），欲食冷食，热食还是要吐的。胃气仍上逆，未能恢复，朝食暮吐，都是误用吐法造成的。这种情况若是病情不重，只是胃气略不和，内有虚热，待胃气恢复会愈的，故只是小逆。前面有条文说，也可用调胃承气汤微和之。

121 太阳病吐之，但太阳病当恶寒，今反不恶寒，不欲近衣，此为吐之内烦也。

【释义】太阳病当恶寒发热，太阳病邪在表，宜汗而不应吐之。"今反不恶寒，不欲近衣"，说明此时，太阳表邪已罢，故不恶寒。去哪了？用吐法是不能祛表邪的，说明邪气已完全内陷于里（胃），变成真正的阳明病，故出现内烦。本来只是太阳病，因误用吐法，耗伤胃中津液，在表的邪热乘虚内陷，变成阳明病。这就不是小逆，这病情严重得多，太阳转属阳明了。

122 病人脉数，数为热，当消谷引食，而反吐者，此以发汗，令阳气微，膈气虚脉，乃数也。数为客热，不能消谷，以胃中虚冷，故吐也。

【释义】张仲景的脉数，主热，热能消谷，故能食。里热盛能食，而这时患者脉数反而不能食反吐者，是什么原因呢？缘由发汗太过，津液丧失太多，造成在外的阳气随津液损耗而虚，而在里的膈气（胃气）亦随津液丧失而虚。"乃数也"，这里的数应是因虚而数（就是因津血液虚而心脉代偿性动数）。"数为客热"，胃中虚弱，在外的邪气、邪热、水饮乘虚入胃，这个脉数，是胃中虚，邪热客之而造成的。这时胃中是虚弱的，这种邪热也不是真的热，所以是"不能消谷"的。

"以胃中虚冷，故吐也""邪之所凑，其气必虚"，胃中虚弱，水饮内犯。胃气失和，故吐也。"冷"作水饮、水湿理解会妥些。这胃中虚，邪热，水饮均可入侵，发展下来就是我们后文所说的半夏泻心汤的方证（寒热错杂）。这样结合起来就比较好理解了。

123 太阳病，过经十余日，心下温温欲吐，而胸中痛，大便反溏，腹微满，郁郁微烦。先此时自极吐下者，与调胃承气汤。若不尔者，不可与。但欲呕，胸中痛，微溏者，此非柴胡汤证，以呕，故知极吐下也。宜调胃承气汤。

【释义】这太阳病，过了十几天了，按情况看，多是传入半表半里，有邪陷入里的情势，病已不是在太阳地界，是什么造成现在"心下温温欲吐，而胸中痛，大便反溏，腹微满，郁郁微烦"呢？原来在出现这些症状之前，"先此时自极吐下者"，自行或他因都是的。极者，最大的意思。古代用药能引起大吐大下的峻烈的药物，那是巴豆了。服用巴豆后，胃脘烦闷不适，老是想吐，胸痛，即"心下温温欲吐，而胸中痛。"因极下后，出现"大便反溏，腹微满，郁郁微烦"了。前文也多次提到吐下后引起的胃气不和的，予以调胃承气汤和之。所以"宜调胃承气汤。"

"心下温温欲吐，而胸中痛，大便反溏，腹微满，郁郁微烦"，非常类似柴胡汤证。而柴胡汤证是心烦喜呕，而不是这种烦恼到老想吐，也不是因老是吐引起的胸中痛，而是胁胸苦满。喜呕也即呕得多。这些都是因极吐下引起的，非柴胡汤证。

124 太阳病六七日，表证仍在，脉微而沉，反不结胸，其人发狂者，以热在下焦，少腹当硬满，小便自利者，下血乃愈。所以然者，以太阳随经，瘀热在里故也，抵当汤主之。

【释义】太阳病到了六七日，大概率是内传到半表半里或传入里（阳明地界）。可"表证仍在"，这里的表证，多是指发热，表仍有热（外有热）。若是表证在，脉当浮才是。可出现的是"脉微而沉"，"微"在这里不是指弱、衰、不足的意思（结合下面的症状描述分析），应是血流有障碍，有阻滞的意思；沉脉为在里的脉象，

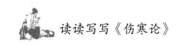

所以脉沉微，是里有所结（瘀血），且结得深的意思。"反不结胸"，结胸脉是关上（即寸脉）促，关脉沉，是里实严重的脉，这种情况应该结胸，而不结胸，说明里之邪结的地方不在上（大、小结胸的位置在上）。

"其人发狂者"，前文的桃核承气汤，说的是"其人如狂"，这里是真发狂了，桃核承气汤的"如狂"，是"热结膀胱"，这个发狂比热结更严重，是以"热在下焦"，热与血结于下焦，这个时候"少腹当硬满"的。

少腹硬满：一是水热蕴结于膀胱，小便不利引起；二是小便自利，与水没关系，是血结、血瘀引起。所以小便自利者，下血乃愈，瘀热结于下也，即"瘀热在里故也。"这种患者，平素多有瘀血停滞于内、下焦的情况。

李中梓《伤寒括要》云："气不行者易散，血不行者难通，血蓄在下，非大毒峻剂，不能抵挡其邪，故名抵当汤。"

第106条"太阳病不解，热结膀胱，其人如狂，血自下，下者愈。其外不解者，尚未可攻，当先解其外。外解已，但少腹急结者，乃可攻之，宜桃核承气汤"的"少腹急结者"，是结而未硬也，而本条"少腹当硬满"是已触及硬块，有轻重之别。

抵当汤

【经典方药】水蛭（三十个，翅足，熬），虻虫（三十个，翅足，熬），桃仁（二十个，去皮尖），大黄（三两，酒洗）。

上四味，以水五升，煮取三升，去滓，温服一升，不下，更服。

【参考方证】1.精神异常达到"发狂"的程度，狂躁不安、善忘；2.下腹部急满坚硬痛，可及硬块；3.大便秘结或下黑便，或身有黄疸，小便自利，月经不调；4.舌质紫绛，脉沉结或沉涩。

125 太阳病，身黄，脉沉结，少腹硬。小便不利者，为无血也。小便自利，其人如狂者，血证谛也，抵当汤主之。

【释义】"太阳病，身黄"，说的是黄疸，"脉沉结"，沉主里，结主结滞（水湿或瘀血）。"少腹硬"与第124条"少腹当硬满"是一个意思，腹诊下腹部硬满。这种情况当鉴别少腹硬满的性质及造成的原因。鉴别：小便不利——膀胱蓄水引起。"小便不利者，为无血也"，是蓄水引起；小便自利，轻者少腹急结，其人如狂；重则少腹硬满，其人发狂。乃瘀血留滞下焦是也。这里确定为血证也，即"血证谛也"，所以"抵当汤主之"。瘀血黄疸，正气尚盛时可用祛瘀退黄治疗。关幼波先生治疗黄疸有训："治黄求本，对因解毒，毒解黄易去；治黄宜治血，血调黄易退；治黄宜化痰，痰消黄易除。"可用作参考。

126 伤寒有热，少腹满，应小便不利，今反利者，为有血也，当下之，不可余药，宜抵当丸。

【释义】"伤寒有热"，说的是太阳伤寒，外有发热的症状，且有少腹满。从第124、第125条，我们明确"少腹满"可以是小便不利的蓄水证，和小便自利的瘀血证（蓄血证），当明辨清楚。

外有表证，里有水饮，当然得利水气，表方得解，前面如五苓散证；同理，外有表热，里有血结（蓄血），非下蓄血不可，这样表热才能解。回到本条，症候没有"如狂、发狂"严重，故以抵当丸就可。

"不可余药"，说的是针对这邪外有表热，内有血结（蓄血）时，只能下瘀血治疗，不能用其他方法或其他药物治疗。同样的，外有表热，内有水气（水饮），只能用利水经典方药治疗。

127 太阳病，小便利者，以饮水多，必心下悸；小便少者，必苦里急也。

【释义】这条的小便利当与瘀血无关，因没有少腹硬满、如狂、发狂这些表现，而是蓄水证的表现。心下（胃）有水气（停饮、停水），即使小便利，若饮水多，也会出现心下悸；小便少会出现少腹里急的表现。正如《金匮要略》痰饮咳嗽第12条"夫病人饮水多，必暴喘满。凡食少饮多，水停心下，甚者则悸，微者短气"，说的是这个意思。膀胱气化不利，气化不及，水入太多出现的临证表现。

辨太阳病脉证并治（下）

128 问曰：病有结胸，有脏结，其状何如？答曰：按之痛，寸脉浮，关脉沉，名曰结胸也。

【释义】结胸者，邪结于心下（胃，胃脘），可逆犯上满及胸部的病变。

什么邪结——水与热结；症候——心下按之痛，甚者不按亦痛；脉象——寸脉浮关脉沉：邪结于胃（心下），胸阳阻格于上，不得交于下，不能行于下。所以寸脉浮，关以下沉。

结合第140条："太阳病，下之，其脉促，不结胸者，此为欲解也。脉浮者，必结胸。"这个"促"脉就是寸脉浮，关以下沉之意。

129 何谓脏结？答曰：如结胸状，饮食如故，时时下利，寸脉浮，关脉小细沉紧，名曰脏结。舌上白苔滑者，难治。

【释义】脏结，与结胸的临床症状类似，也仅仅是类似而已。也拒按，也疼痛，但"时时下利"，即出现二关不固失禁，（阴寒）下利的情况。

寸脉浮，即中焦部位有所结，阴寒凝血结（或痰湿瘀结）；关脉小细沉紧：紧为寒，沉为里，细小说的是虚，关脉候胃（或心下中焦）部位，是中焦虚衰有寒（凝血）结了。这就是脏结。

"舌上白胎滑"，说的是中焦虚衰，多夹寒（湿），或痰湿瘀的情况，难治。临证大多是肝胆或消化道肿瘤到了中晚期常有的情况，治疗上已不能用攻法。

130 藏结无阳证，不往来寒热，其人反静，舌上胎滑者，不可攻也。

【释义】从第 129 条分析，知道脏结，是中有气虚寒，痰湿（或）寒血凝结引起，全是阴证，故说"藏结无阳证。""不往来寒热"，说的是这种患者，不会出现往来寒热，也不会发热恶寒，只会出现寒而不热，也是阴证。"其人反静"，动静是对矛盾，动者为阳，静者为阴，亦是阴证。"舌上胎滑者"，胎滑，说明是湿（水）、寒为主。所以脏结，虽然说是一个实证（或者说可以明确查到真实存在的实体），但是针对这种情况，正气已虚极，但邪实痼积。攻伐治疗，更伤正气，肯定无生还可能，所以"不可攻也。"这个脏结，大概是临证所说的硬块、痞块这种实质的器质性肿块，不是"心下痞""按之濡"的情况。

131 病发于阳，而反下之，热入因作结胸；病发于阴，而反下之，因作痞也。所以成结胸者，以下之太早故也。结胸者，项亦强，如柔痉状，下之则和，宜大陷胸丸。

【释义】"病发于阳"说的是太阳病，太阳病正确的治法是汗法，用下法肯定是误治，所以是"而反下之。"下之后，引起在里的津液更虚，在外的则是表阳（热）未罢，邪热乘虚入里，引起水热互结于里成结胸。

"病发于阴"，阴证的治疗以温以补为主，阴证无下法。下之后可能引起痞，这个痞，在这里有必要说清楚些，这个阴证下之后的这个痞，更多的是指痞块、硬块。结合太阴病的提纲条文"太阴之为病，腹满而吐，食不下，自利益甚，时腹自痛，若下之，必胸下结硬"，所以更多地认为这里的这个痞是指痞块、硬块。而以后我们学到的"心下痞"是心下按之痞，无痛或轻微疼痛，是中已有虚（气液不足），邪热入里与水湿（寒）互结，寒热交错于里引起，如几个泻心汤证。

"所以成结胸者，以下之太早故也。"病在太阳地界，而用了病到阳明地界里实的治疗方法，下法，当然是下太早了，误治造成的。言下之意：阴证无下法，当然也没有下之早晚的问题了。

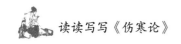

"结胸者，项亦强，如柔痉状"说的主要是结胸的临床表现，同时可出现伴见柔痉的表现。

痉病：可分刚痉、柔痉。痉者：痉挛，肌肉骨骼抽搐，发僵发硬，甚则角弓反张。无汗者是刚痉，如葛根汤证；有汗者是柔痉，如桂枝加葛根汤证、栝楼桂枝汤证。这时以结胸为主，故以下法治疗，"下之则和"，宜用大陷胸丸。这个没有大陷胸证那么严重，以"丸"剂缓图之。

大陷胸丸

【经典方药】大黄（半斤），葶苈子（半升，熬），芒硝（半升），杏仁（半升，去皮尖，熬黑）。

上四味，捣筛二味，内杏仁芒硝，合研如脂，和散，取如弹丸一枚，别捣甘遂末一钱匕、白蜜二合、水二升，煮取一升，温顿服之，一宿乃下，如不下，更服，取下为效，禁如药法。

【参考方证】大陷胸汤证（见第134条）程度较轻，病势较缓，位置较高，见胸膈胀痛拒按，喘息不得卧。

132 结胸证，其脉浮大者，不可下，下之则死。

【释义】结胸证的治疗用下法。可"脉浮"说明有表证、外证，是万万不能用下法，下之则更虚其里。"脉大"，我们说结胸证是脉沉，里邪实结，即有水湿痰热瘀结于里。"脉的诸沉，当责有水。"脉大是里已结而未实的表现，所以"脉浮大"是不能用下法的。结胸证，里实未结成的时候，是不能过早用下法的，"下之则死"。

133 结胸证悉具，烦躁者亦死。

【释义】烦躁说明水热互结于内已很深重，即邪热很重，应该说的是结胸证一旦证备时，应及时予以大陷胸汤下之，不然很快出现变证、死证。

134 太阳病，脉浮而动数，浮则为风，数则为热，动则为痛，数则为虚。头痛发热，微盗汗出，而反恶寒者，表未解也。医反下之，动数变迟，膈内拒痛，胃中空虚，客气动膈，短气躁烦，心中懊憹，阳气内陷，心下因硬，则为结胸，大陷胸汤主之。若不结胸，但头汗出，余处无汗，剂颈而还，小便不利，身必发黄。

【释义】第131条"病发于阳，而反下之，热入因作结胸"，说的"阳"，即太阳病，所以这段"太阳病，脉浮而动数"，浮是病在表，也表示里可能也有虚，"病人脉浮者在前，其病在表；浮者在后，其病在里。"数为有热，动是阳，"动则为痛"，主痛（这里不好理解）。数是主热，有实热，有虚热。

而"头痛发热，微盗汗出，而反恶寒者"，有恶寒，说明表未解。治法当以汗解。而"医反下之"是误治。伤到在里之津液，正邪交争出现"动数变迟""膈内拒痛"了。胃中津液亏虚，邪热内犯于胃，胃燥不和，故"短气躁烦，心中懊憹。"

"阳气内陷"，阳气，反复说太阳病中说的阳气是津液，水气（饮）陷于内，与陷内的邪热交结于心下及胸部，而出现"心下因硬"，成为结胸。所以大陷胸汤下之，主之。

若陷内邪热与阳气（水饮）互结，不成结胸，邪热迫津上行外散出而非全身出，只见头汗出，余处无汗，剂项而还。邪热不得外越，瘀热在里，与水饮交蒸，湿热蕴结而又小便不利，热湿均瘀在里头，发黄疸也。治当"观其脉症，知犯何逆，随证治之"，如第236、260条条文所述。

大陷胸汤还可见如下条文：第135、第136、第137、第149条。

大陷胸汤

【经典方药】大黄（六两，去皮），芒硝（一升），甘遂（一钱匕）。

上三味，以水六升，先煮大黄，取二升，去滓；内芒硝，煮一两沸，内甘遂末，温服一升，得快利止后服。

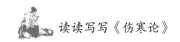

【参考方证】胸胁心下急迫结硬，及少腹满痛拒按，烦躁，大便秘结，苔黄腻，脉沉紧或沉滑。

135 伤寒六七日，结胸热实，脉沉而紧，心下痛，按之石硬者，大陷胸汤主之。

【释义】前面造成结胸证的原因，说的是太阳病误下，外之邪热内陷，与在里的水饮（气）互结造成的。

这里"伤寒六七日"，是到了外邪由表传入到半表半里及传里的阶段，若人素有水饮（气）在心下（胃），则内传的邪热与水饮互结，亦可成结胸证。"结胸热实"，结胸而热实结于里（心下），沉脉主里，紧主实，有力，有余的意思。当然只能是脉沉紧，才能这样理解。脉浮紧，当然还是表实之脉。

"心下痛，按之石硬"，真正的水热互结于里的危急重候。即热实的具体临床表现，用"大陷胸汤主之。"

136 伤寒十余日，热结在里，复往来寒热者，与大柴胡汤。但结胸，无大热者，此为水结在胸胁也；但头微汗出者，大陷胸汤主之。

【释义】"伤寒十余日"，绝大多数情况下外邪都已传入里，所以"热结在里"，是在阳明的地界，可患者还有"往来寒热"的表现，还有少阳病存在，就是病传入阳明，有"热结在里"了，但还有半表半里的少阳病的往来寒热，这就是少阳阳明并病，无疑是予大柴胡汤。

"但结胸，无大热者"，患者出现结胸的临床表现，热结于里。但"无大热"，表现在外无发热（无表热）。亦无往来寒热这样的发热表现及类型，意即在外的发热表现是不明显的。下面解释："此为水结在胸胁也"，因为有水（饮）结于胸胁部位，胸胁气不得舒畅通达出外（不能旁达），入里的邪热只能自里上冲，不能旁达，故只见"但头微汗出"，而外未现大热的表现，而这个也是水热互结于里，是结胸证，用"大陷胸汤主之"。

这是鉴别大柴胡汤证和结胸证（大陷胸汤证）的条文。大柴胡汤证：有柴胡证，胸胁苦满，病重在胸胁，往来寒热，心下急。大陷胸汤证：病在心下（中间）硬满痛，及于腹，无往来寒热。

大柴胡汤出现的条文有第103、136、165条及《金匮要略》的腹满寒疝宿食第10条，结合分析方证就更清楚了。

137 太阳病，重发汗而复下之，不大便五六日，舌上燥而渴，日晡所小有潮热，从心下至少腹硬满而痛，不可近者，大陷胸汤主之。

【释义】太阳病用汗法，无汗用麻黄汤，有汗用桂枝汤，微微汗出才能表解病愈。若是重（声调念阳平、去声均可）发汗，至大汗淋漓，则病必不解，表不解还可引发诸多变证。

太阳病若是汗后表不解，当用桂枝汤。而"复下之"，用下法显然是错误的。又"重发汗"，已有丧失津液，甚则津液亡失，而再下之，胃津液再被夺失，无水行舟，即"不大便五六日。"

"舌上燥而渴"，胃中津液亏虚，饮水自救以解渴，这时邪已陷入阳明，舌燥而渴。阳明外证当发热，蒸蒸发热，或发潮热明显的。可只见"日晡所小有潮热"，为什么？这个时候要联系第136条"无大热者，此为水结在胸胁也"。若燥实结于里，肯定是大发潮热的（即胃家实），此处皆因只是水热结于胸胁，只是结胸证，所以只是日晡小有潮热罢了，但这个临证绝对也是危重证，用"大陷胸汤主之"。

138 小结胸病，正在心下，按之则痛，脉浮滑者，小陷汤主之。

【释义】大结胸证：从心下至少腹硬满或按之石硬，痛不可近，病变的范围大，病情重，水热互结于里较深较重。而小结胸病：病的范围只是在心下（胃），按之才痛，不按则可能不痛或较轻。脉浮滑：浮是病尚在浅也，滑属热属湿（痰），所以只用"小陷胸汤主之"。水热互结，临证可见湿热蕴结或痰热内蕴的舌脉表现。

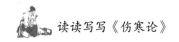

> **小陷胸汤**
>
> 【经典方药】黄连（一两），半夏（半升，洗），栝蒌实（大者一枚）。
>
> 上三味，以水六升，先煮栝蒌实，取三升，去滓，内诸药，煮取二升，去滓，分温三服。

【参考方证】1.上腹部、胸胁部痞胀满，按之疼痛而不硬；2.心烦、失眠或咳嗽痰黄黏稠或便秘；3.舌质红、舌苔黄腻，脉浮滑。

139 太阳病，二三日，不能卧，但欲起，心下必结，脉微弱者，此本有寒分也。反下之，若利止，必作结胸；未止者，四日复下之，此作协热利也。

【释义】已明确临证上不能因下之后病不解而用下法，所以"四日复下之"应是错误（或转抄出错）的，宜"四日复下利"更妥。太阳病二三日时，病邪多半仍在太阳地界，很少已经传里的，但此时"不能卧，但欲起"这种情形可能引起的原因：一是心下（胃）有水饮，上犯了，如小青龙汤证等；二是里结，阳明里结实，不下而上迫胸膈，如承气汤证、大柴胡汤证等。

所以说"心下必结"，那上面两种结，是什么结呢？

"脉微弱"，若是里结实重者，脉必沉紧、沉大、沉滑，而现在是微弱，说明虽有结，但不是很大，不是很实，所以应是水饮所结于心下，"此本有寒分也"，理解的寒分应该是水气（水饮）。

心下有水饮，是不能用下法（用泻药）的。"反下之"是误治。若下之后不出现下利，说明原有的心下水饮，与陷入的邪热交结于里，作结胸证，即"若利止，必作结胸"。上面已多次分析。

若是用泻药后，还出现下利的表现，"四日复下利"，这种情况就是协热利。协热利：指在外的热邪，协同下利而下，也即是夹热利。去热利，参考第34条葛根黄芩黄连汤，这是实证。虚证的协热利参阅第163条桂枝人参汤证。

140 太阳病，下之，其脉促，不结胸者，此为欲解也。脉浮者，必结胸。脉紧者，必咽痛。脉弦者，必两胁拘急。脉细数者，头痛未止。脉沉紧者，必欲呕。脉沉滑者，协热利。脉浮滑者，必下血。

【释义】太阳病治疗当然是用汗法而不宜用下法，用下法是误治。下之后可能有许多变证，这时出现促脉。张仲景《伤寒论》中出现有"促"脉的条文有第21、34、140、349条。促脉是寸浮关以下沉。《金匮要略》"脉浮在前，其病在表，关前是寸。"而促脉是结胸证的脉，现在出现促脉，但不结胸，说明下之后，只是表不解而已，并没有出现坏证，病情并没有恶化，是要"欲解的"。后半段均是以脉来定证，临床上是不可靠的。还有一脉主几个证的，所以这些不具临床指导意义。必须以刻下的症舌脉表现来定方证。

141 病在阳，应以汗解之，反以冷水潠之，若灌之，其热被劫不得去，弥更益烦，肉上粟起，意欲饮水，反不渴者，服文蛤散；若不差者，与五苓散；寒实结胸，无热证者，与三物小陷胸汤，白散亦可服。

【释义】"病在阳，应以汗解之"，病在太阳表证，依法以汗法解之。潠，是以冷水喷脸；灌，是以冷水浇身，均是古代治疗热性疾病的方法，用冷水激身使邪热除。这两种治法，冷水喷脸或浇身，使在表的热邪被冷水所劫而不得外出，不能因得汗而除。热不能因汗出而内扰心神，故"弥更益烦"；水与热相激，汗不得出而出现"肉上粟起。"第38条"发热恶寒，身疼痛，不汗出而烦躁者，大青龙汤主之"，是因外有表寒实，内有里热，引起烦躁。注意这种差异。

"意欲饮水，反不渴者"，因是表热不除，因用冷水潠灌后不汗出而烦躁。里（胃）并无热，津液未伤，所以不渴，即"反不渴者"。如若里热已结，津液耗伤，那肯定是渴的，如白虎汤证。

"服文蛤散"，文蛤散就是文蛤一味，药性咸寒，有止渴作用，显然是不对证的，我们再结合《金匮要略》呕吐哕下利病篇第 19 条"吐后，渴欲饮水而贪饮者，文蛤汤主之，兼主微风，脉紧，头痛。"所以文蛤汤是主治表证，脉紧，头痛的。从文蛤汤的组成：文蛤、麻黄、甘草、生姜、石膏、杏仁、大枣，可以看出，大青龙汤去桂枝，加文蛤止渴，并且麻黄、石膏的用量都减了，正合上面我们分析的方证。所以这里应是"服文蛤汤"，而《金匮要略》这一段"文蛤汤主之"，应是"文蛤散主之"更合适。

"若不差者，与五苓散"，服用文蛤汤后，表已解，还"意欲饮水"，还有渴，小便不利，大多是胃有停水不解，用"与"字，说明要斟酌可能有用五苓散的机会。

"寒实结胸，无热证者"，我们前面说结胸是水热互结，这里纯粹是寒痰凝结，无热证，纯寒实之证。小陷胸汤是由黄连、半夏、栝蒌实组成，是治水（痰）热互结的，不能用于治疗寒实证。三物白散是由桔梗、巴豆、贝母组成，治疗的是寒实，而不治热。所以这一段"寒实结胸，无热证者，与三物小陷胸汤，白散亦可服"应改为"寒实结胸，无热证者，与三物白散"，我认为才是正确的。这书经由转抄出现错误也是有的。

文蛤散

【经典方药】文蛤（五两）。

上一味为散，以沸汤和一方寸匕服，汤用五合。

三物小陷胸汤

【经典方药】白散方：桔梗（三分），巴豆（一分，去皮心，熬黑研如脂），贝母（三分）。

上三味为散，内巴豆，更于臼中杵之，以白饮和服，强人半钱匕，羸者减之。病在膈上必吐，在膈下必利。不利，进热粥一杯，利过不止，进冷粥一杯。身热皮粟不解，欲引衣自覆；若以水潠之洗之，益令热劫不得出，当汗而不汗则烦。假令汗出已，腹中痛，与芍药三两如上法。

【参考方证】白散方证：胸膈硬满痛拒按，呼吸困难，咳唾痰浊腥臭，大便不通，无发热汗出，不渴，舌淡胖，苔白厚腻。

142 太阳与少阳并病，头项强痛，或眩冒，时如结胸，心下痞硬者，当刺大椎第一间、肺俞、肝俞，慎不可发汗；发汗则谵语，脉弦，五日谵语不止，当刺期门。

【释义】"太阳病，脉浮，头项强痛而恶寒"，头项强痛，是有太阳证。"少阳之为病，口苦咽干，目眩也。"所以"眩冒，时如结胸，心下痞硬"是有少阳证。我们知道小柴胡汤中有人参，所以小柴胡汤证也是有心下痞硬的。这里"太阳与少阳并病"，它用了"或"字，是说太阳证肯定是存在的，且已有少阳证，只是少阳证还不太明显、不严重，可能正处于若有若无的阶段，这时可用针刺以泻胸中之热邪。作为一个中医人，药与针，或针与药结合是最佳的治疗手段，孜孜以求。

太阳病要用汗法，少阳病是绝不能用汗法的。太阳少阳并病是"慎不可用发汗"的。误用发汗后，出现脉弦，那可就不是"或"的似有似无，是真正的少阳证了，邪热亦入里犯胃，胃气不和则谵语。真正变成了太阳少阳并病。但出现谵语五日不止，亦还不很严重，这时候亦可用针刺法以泻胸中邪热。当然若已出现明确的少阳证，亦可用小柴胡汤治疗。

143 妇人中风，发热恶寒，经水适来，得之七八日，热除而脉迟身凉，胸胁下满，如结胸状，谵语者，此为热入血室也，当刺期门，随其实而取之。

【释义】这里的中风说的是"太阳中风"，太阳中风证，开始有发热恶寒（风），汗出这些症状，到七八日时，多是到传入半表半里或传里的时间节点，这时"经水适来"，门户敞开，血虚，子户（子宫）虚，"邪之所凑，其气必虚"，在表的邪热乘虚（子宫虚）侵入血室。血室（妇人血室），说的就是子宫。血虚了故脉迟，在外的邪热传入血室，故貌似"热除身凉"，其实是邪热入血室，并非是"热除"，所以此时似乎也"身凉"，这都是表象。

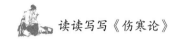

肝主藏血，脾主统血，在外邪热传入里，同样可以引起肝络失和，"胸胁下满，如结胸状"的柴胡证，或可理解为邪热入半表半里地界的柴胡证。

热入血室，邪热挟瘀血上扰神明，可见谵语，与桃核承气汤证是一样的。治疗可以刺期门以祛胸中邪热，"随其实而取之"。当然如果出现往来寒热、胸胁胀满等，处方可以用柴胡汤。

144 妇人中风，七八日，续得寒热，发作有时，经水适断者，此为热入血室，其血必结，故使如疟状，发作有时，小柴胡汤主之。

【释义】妇人患太阳中风七八日时，如第 143 条的发热恶寒症状没有了，症状变成"寒热往来""续得寒热，发作有时"，就是寒热往来了。经水也刚停，而此时血室（子宫）仍是虚的，外邪热乘虚入血室，热与血结而见往来寒热，发作有时，这个也叫作"热入血室"，处方用小柴胡汤。临证上这种情况，出现时若是有桃核承气汤或桂枝茯苓丸的方证，就用小柴胡汤合桂枝茯苓丸（桃核承气汤），或有时表现为大柴胡汤证，就用大柴胡汤证合用这些方剂治疗，原则还是有是证，用是方。

145 妇人伤寒，发热，经水适来，昼日明了，暮则谵语，如见鬼状者，此为热入血室，无犯胃气，及上二焦，必自愈。

【释义】第 143 条是热与血未结，第 144 条是热与血结了，说的是妇人外感太阳中风证时，于经水适来或经水适断之时，可以出现不同的临床表现，可执不同的治法。

而这一条妇人伤寒，当然是太阳伤寒证，发热恶寒，无汗身痛等，这时经水适至，白天无不适及其他的症状，到了夜晚，出现谵语，如见鬼状，可这时候也并没有出现胸胁苦满等这些症状，且经水亦无异常，虽说这种情况也是"热入血室"，但"无犯胃气，及上二焦"，胃气即是阳明，出现胃家实，或上焦的病变（上部有太阳病了），即亦不用到泻法或（和）汗法来治疗，即已入血室的邪热，随经水出来而除，说明这种"热入血室"并不严重，可以自愈，即"必自愈"。

146 伤寒六七日，发热，微恶寒，支节烦疼，微呕，心下支结，外证未去者，柴胡桂枝汤主之。

【释义】"伤寒六七日"，大多到了邪从表传入到半表半里或传到里的阶段。症状上有发热微恶寒，说明表证还在，"支节烦疼"，是太阳病都有的症状（太阳伤寒严重些，太阳中风轻些），所以病这时还有太阳证的表现。

"微呕"，呕说明邪已入半表半里（少阳）地界。"心下"即胃，胃脘部位；"支"，是旁开、旁边的意思。心下的旁边，就是我们说的胸胁处；"结"，郁结、邪结，就是胸胁苦满的意思。所以"微呕，心下支结"就是柴胡证。少阳病不能用汗、吐、下法，太阳病要用汗法。太阳少阳并病，这种既有太阳表证，又有少阳证，合并证，当然是用柴胡汤和桂枝汤了。用量亦是各取一半，当然临证时视各证的轻重而予以处方用量。

柴胡桂枝汤

【经典方药】桂枝（去皮），黄芩（一两半），人参（一两半），甘草（一两，炙），半夏（二合半，洗），芍药（一两半），大枣（六枚，擘），生姜（一两半，切），柴胡（四两）。

上九味，以水七升，煮取三升，去滓，温服一升，本云人参汤，作如桂枝法，加半夏、柴胡、黄芩，复如柴胡法，今用人参作半剂。

【参考方证】1.发热恶风，寒热往来，汗出，头身及关节酸痛；2.胸胁苦满，或腹痛，食欲不振，心烦喜呕；3.舌质暗红或暗淡，苔薄白或薄黄腻。

147 伤寒五六日，已发汗，而复下之，胸胁满微结，小便不利，渴而不呕，但头汗出，往来寒热，心烦者，此为未解也，柴胡桂枝干姜汤主之。

【释义】"伤寒"说的是"太阳伤寒"，到了"五六日"，一般正是邪气传入到

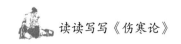

半表半里的时间节点。太阳伤寒证，当然是可以用汗法，即便到了五六日，若是没有少阳证的症候表现，同样也是可以用汗法。

"已发汗，而复下之"，已用了汗法，能确定的是用了汗法后，病未解，可以理解是不当的汗法：一是太过，表邪是不会解的；二是不及，当汗时，发汗的药力或针法等力度不够，同样是表邪不解的，不当的汗法，表邪未解入里有热，但误认为邪热已入胃（阳明实证），又误用下法，这时更伤在里的津液（阳气）了，但这里是因"热结"，所以用的下法，可以认为是苦寒之品，更伤在里的脾胃之阳气。

"胸胁满微结"，少阳所处的地界在胸胁，所以经由"发汗、下"后，邪气已传到半表半里的少阳地界，少阳枢机通利失和，而出现胸胁满。"微结"：轻微的结，程度确实是轻于胸胁满痛或胸胁苦满。一是从后面"小便不利，渴而不呕，但头汗出"，认为津液损伤后引起大便困难的"微结"，不一定是大便硬结；二是从"小便不利，渴，但头汗出"，是因为少阳枢机不利，津液输布障碍，水饮阻内的"微结"；三是里头只是微有所结，不似阳明病的热实里结和结胸病水热互结的严重程度。

张仲景的《伤寒论》中有"小便不利，渴，但头汗出"的条文还有如下：

第111条：太阳病中风，以火劫发汗，邪风被火热，血气流溢，失其常度。两阳相熏灼，其身发黄，阳盛则欲衄，阴虚小便难，阴阳俱虚竭，身体则枯燥，但头汗出，剂颈而还，腹满微喘，口干咽烂，或不大便。久则谵语，甚者至哕，手足躁扰，捻衣摸床；小便利者，其人可治。

第134条：太阳病，脉浮而动数，浮则为风，数则为热，动则为痛，数则为虚。头痛发热，微盗汗出，而反恶寒者，表未解也。医反下之，动数变迟，膈内拒痛，胃中空虚，客气动膈，短气躁烦，心中懊憹，阳气内陷，心下因硬，则为结胸，大陷胸汤主之。若不结胸，但头汗出，余处无汗，剂颈而还，小便不利，身必发黄。

第136条：伤寒十余日，热结在里，复往来寒热者，与大柴胡汤。但结胸，无大热者，此为水结在胸胁也；但头微汗出者，大陷胸汤主之。

第148条：伤寒五六日，头汗出，微恶寒，手足冷，心下满，口不欲食，大便硬，脉细者，此为阳微结，必有表，复有里也，脉沉，亦在里也，汗出，为阳微，假令纯阴结，不得复有外证，悉入在里，此为半在里半在外也。脉虽沉紧，不得为少阴病，所以然者。阴不得有汗，今头汗出，故知非少阴也，可与小柴胡汤。设不了了者，得屎而解。

第228条：阳明病，下之，其外有热，手足温，不结胸（康平本做"小结胸"），心中懊憹，饥不能食，但头汗出者，栀子豉汤主之。

第236条：阳明病，发热汗出者，此为热越，不能发黄也。但头汗出，身无汗，剂颈而还，小便不利，渴引水浆者，此为瘀热在里，身必发黄，茵陈蒿汤主之。

这其中第111条是因火逆变证，津液耗伤而不能全身汗出，只见"但头汗出"；第134、236条是湿热内蕴黄疸；第136条是水热互结的大陷胸汤证；第148条是"阳微结"的小柴胡汤治疗的证；第228条是栀子豉汤证：热扰胸膈；均是湿热阻滞气机失畅，津液输布失常所致。

所以从这分析，第147条"小便不利，渴而不呕，但头汗出"，一不是主要由津液损伤所致，二不是湿热阻滞所致；所以最大的可能是枢机不利，气机不畅，津液输布失职所致。

还有"渴，小便不利"同时出现的条文：

第71条：太阳病，发汗后，大汗出，胃中干，烦躁不得眠，欲得饮水者，少少与饮之，令胃气和则愈。若脉浮，小便不利，微热消渴者，五苓散主之。

第223条：若脉浮发热，渴欲饮水，小便不利者，猪苓汤主之。

第224条：阳明病，汗出多而渴者，不可与猪苓汤，以汗多胃中燥。猪苓汤复利其小便故也。

《金匮要略》消渴小便不利淋病篇第10条：小便不利者，有水气，其人若渴，栝楼瞿麦丸主之。

五苓散证的"渴，小便不利"是气机不畅，津液输布失职。气不化水，则小便不利，津不上承则渴。

猪苓汤证是阴虚水热互结，有阴虚、热、水的因素（二苓利水，滑石清热利水，阿胶养血滋阴）。所以从处方组成分析，仍以利水为主，水液下停，津不上承，

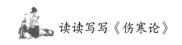

有阴虚。第224条是阳明热盛汗多津伤，"猪苓汤复利其小便也"，说明症中应有"小便不利，口渴"，热盛伤津耗气，当用"白虎加人参汤"，与柴胡桂枝干姜汤不同。

而栝楼瞿麦丸证明确指出"渴，小便不利"与系有"水气"。治疗以利水为主，栝蒌根清热、生津止渴、利水。（佐证：第395条"大病差后，从腰以下有水气者，牡蛎泽泻散主之"，这里无"渴"，亦用了栝楼根利水的作用）。

从柴胡桂枝干姜汤（柴胡、黄芩、甘草、桂枝、干姜、牡蛎、栝楼根）组成看，柴胡、黄芩、甘草是小柴胡汤的减方，也是主要组成部分。所以也是本方主药和主要的治疗。桂枝能解肌，温通心阳，平冲降逆，《神农本草经》中有"补中益气"的作用。桂枝甘草汤治气上冲。干姜，温中散寒，温肺化饮，回阳救逆。从上面分析，最可能的在本条中的作用是针对寒湿，寒饮。牡蛎咸寒，重镇安神，滋阴潜阳。从上面看，与栝楼根同用也有利水作用。

所以柴胡桂枝干姜汤的发病机制，认为可能是少阳病有转太阴（寒湿）水饮的时机。少阳病：往来寒热，胸胁苦满微结，烦是主证的基本表现。枢机不利，津液输布失职：小便不利，渴，但头汗出。或可出现：大便溏（或大便不通）的脾阳不振，寒湿内停。

柴胡桂枝干姜汤

【经典方药】柴胡（半斤），桂枝（三两，去皮），干姜（二两），栝蒌根（四两），黄芩（三两），牡蛎（二两，熬），甘草（二两，炙）。

上七味，以水一斗二升，煮取六升，去滓，再煎取三升，温服一升，日三服。初服微烦，复服汗出便愈。

【参考方证】（1）胸胁满，或咳嗽，或胸骨痛，触之更甚；（2）寒热往来，或恶风、盗汗、自汗、头颈以上多汗；（3）口苦，食欲不振，口渴，但饮水不多，大便溏薄，小便不利；（4）心烦，胸腹动悸，不眠多梦，耳鸣；（5）苔白厚，舌面干。

148 伤寒五六日，头汗出，微恶寒，手足冷，心下满，口不欲食，大便硬，脉细者，此为阳微结，必有表，复有里也，脉沉，亦在里也。汗出，为阳微，假令纯阴结，不得复有外证，悉入在里，此为半在里半在外也。脉虽沉紧，不得为少阴病，所以然者。阴不得有汗，今头汗出，故知非少阴也，可与小柴胡汤。设不了了者，得屎而解。

【释义】 太阳伤寒病到五六日时，大多是传入半表半里的阶段，"头汗出，微恶寒"，说明还有表证，表未解，"手足冷"，少阴厥阴均可有，结合"心下满，口不欲食，大便硬"，不能是阴证，考虑为邪入少阳，枢机不利，气机阻滞于内不布达所致。"心下满，口不欲食"是柴胡证。"大便硬"，可以邪入少阳，枢机不利，津液不布，肠道失润所致；抑或是邪热入里伤津，里有所结，但结不严重；当然也有寒湿内结引起的大便硬不通（但这里似不可能）。这里脉细，说明有津伤，但内结不严重。若是寒湿内结，必然脉现沉实有力。

所以这时，外有表证，邪有入少阳地界，并已入里（阳明），但邪结轻微可以叫作"阳微结"，阳明有邪（里热）微结。

此时是"汗出"，阳明法当汗出，但不是蒸蒸汗出（大汗），今只是"头汗出"，也是上有热，所以阳明里热不严重，"汗出，为阳微"，只是阳明（里热）微结。若是阴寒症的情况，在外不会有汗出。即"假令纯阴结，不得复有外证"。

少阴之脉是微细，此时是脉沉细，显然是微结于里，而不是少阴病，或转太阴的情况。所以"假令有纯阴结，不得复有外证，悉入在里，脉虽沉紧，不得为少阴病，所以然者，阴不得有汗"，阴证无外汗出，"今头汗出，故知非少阴也"。

主要的病变在少阳地界，"可与小柴胡汤"，说的是可以视其具体表现予以加减用药，如有大便干结，是可酌情加大黄或芒硝的。

"设不了了者，得屎而解。"这里说的是用了小柴胡汤或小柴胡汤的加减方后，三焦通利，少阳枢机恢复功能，上述的这些症状，待到大便通畅时自然而解。"血弱气尽，腠理开"时才有上述症状。"三焦膀胱者，腠理毫毛其应"。

所以用小柴胡汤后，邪气可以从两个方面而解：（1）"蒸蒸而振，却发热汗出

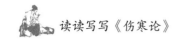

而解"，从汗而解。（2）"得屎而解"，自大便而解。

从这条我们明确，张仲景的辨证，辨六经（六个类型的病），基于八纲，辨表里阴阳，寒热虚实。这条有表，有里，有柴胡证，及少阳证半表半里，少阳证忌汗吐下，所以选用"可"与小柴胡汤。

149 伤寒五六日，呕而发热者，柴胡汤证具，而以他药下之，柴胡证仍在者，复与柴胡汤。此虽已下之，不为逆，必蒸蒸而振，却发热汗出而解。若心下满而硬痛者，此为结胸也，大陷胸汤主之。但满而不痛者，此为痞，柴胡不中与之，宜半夏泻心汤。

【释义】小柴胡汤证"往来寒热，胸胁苦满，心烦喜呕，嘿嘿不欲饮食""伤寒中风，有柴胡证，但见一证便是，不必悉具"，通常有前面四大证之一，结合小柴胡汤证结所在的右肋下（病人自觉右肋弓下疼痛，且右肋弓下有时亦有压痛或条索状，或有结节等），舌脉符合，这才是所谓的"柴胡汤证具。"

"伤寒五六日"，大概到了邪入半表半里的少阳地界。这时有"小柴胡汤证具，呕而发热者。"这条是小柴胡汤证具的情况下，误用下法后可能出现的三种情况，也是张仲景告诉我们如何去鉴别这三种情况的辨证治疗方法：

第一种情况是小柴胡汤证仍在（未因误下有变证），这时予以小柴胡汤是对的。可因此患者已有正虚（或久病后），服用小柴胡汤后可能有瞑眩状态（蒸蒸而振，发热汗出而病解），不用担心，千万不要误认为小柴胡汤是"发汗剂"。

第二种情况是误下后，邪热陷入里，与素有的水（湿）互结于心下，出现心下满而硬痛，痛不可近的结胸证。水热结实于里较严重的情况，用大陷胸汤主之。

第三种情况是本已虚在里，有寒湿（水）于心下，误下后邪热入里，寒热交错于心下，而出现心下满而不痛的痞证（心下按之软，略硬而痛不明显，或轻微痛）。从处方用药看，连芩可以清热除烦，姜夏止呕祛水，人参治痞。可见有呕而心下痞硬，肠鸣下利，心烦（失眠）这些证。如黄煌教授说的"呕、痞、利、烦"就是半夏泻心汤的方证高度概括。栀子、黄连、连翘均治烦，栀子——烦闷而胸中窒，黄连——烦悸而心下痞，连翘——烦汗而咽中痛。

所以出现小柴胡汤证误下后需辨明：仍是胸胁苦满的是小柴胡汤证；心下满硬痛的是大陷胸汤证；心下满而不痛的是半夏泻心汤证。半夏泻心汤证的"呕、痞、利、烦"中"利"可有可无。临证时若无，用之亦有效。半夏泻心汤还见于《金匮要略》呕吐哕下利篇第10条："呕而肠鸣，心下痞者，半夏泻心汤主之。"这里的痞，是心下（上腹部）的不适，按之较柔软，无硬坚满感，不是痞块。

以下是川蜀名医江尔逊临证用小柴胡汤经验。

虚人感冒：虚人感冒之病因病机与"血弱气尽，腠理开，邪气因入，与正气相搏"（少阳病之病因病机）理无二致。体虚之人，卫外不固，外邪直达腠理（腠理者少阳之分也）。虚人感冒，纵有太阳之表，亦为病之标也。纵无少阳正证或变证，却总是腠理变疏，邪与正搏。

从这我们更加坚定，小柴胡汤虽然出于太阳病篇，诸经病证均可用之，而非少阳病之专方专药也。抓关键：方证。

柴胡在《神农本草经》"主寒热邪气"并未提及目前教科书所谓有"发散，升阳，劫阴"之弊，况且复方之作用，绝非等于单味药作用的机械相加。张仲景用本方于不可汗吐下之少阳病者（第263、264、265条），皆因其绝无伤津之流弊也。

治产后郁冒（产后外感）：外邪郁闭，曰"郁"，阳气被郁，从下冲上，独冒于头，而眩晕，而头汗出，曰"冒。""亡血复汗寒多"，用小柴胡汤加减"上焦得通，津液得下，胃气因和，身濈然汗出而解"。

治黄疸：张仲景《金匮要略》"诸黄，腹痛而呕者，宜柴胡汤"。凡有小柴胡汤方证，均有得出之方。盖此类黄疸，其病因虽不离乎湿热，而病机则侧重于木因湿郁而生热。而用小柴胡汤疏达肝胆之郁热，肝胆脾肾同治。

治盗汗：杂病盗汗多阴虚，外感盗汗多邪在少阳。还是辨方证。

治颈项强：在第99条"伤寒四五日，身热恶风，颈项强，胁下满，手足温而渴者，小柴胡汤主之"。

治便秘：张景岳把便秘分阳结、阴结两大类。张仲景方"阳明病，胁下硬满，不大便而呕，舌上白苔者，可与小柴胡汤。上焦得通，津液得下，胃气因和……"

治咳嗽：经言"五脏六腑，皆令人咳非独肺也""聚于胃，关于肺"。小柴胡汤为治久咳，属外感咳嗽迁延不愈。外寒内热，三焦郁火弥漫肺胃之"三焦咳。""久咳不已，则三焦受之，三焦咳状，咳而腹满，不欲食饮"。故从肺胃上求治法，针对三焦咳。"兹有一方，可以统治肺胃者，则莫如小柴胡汤……盖小柴胡能通水津，散郁火，升清降浊，左宜右有，加减合法，则曲尽其妙。"《血证论译解》：柴胡止咳，代有明训。《名医别录》"主痰热结实，胸中邪逆"；《大明本草》"主消痰止嗽，润心肺"；《全国中草药汇编》"有较强的镇咳作用"。

治瘀血发热：唐宗海在《血证论评释》中云："瘀血在腠理，则营卫不和，发热恶寒。腠理在半表半里之间，为气血往来之路。瘀血在此，伤营气则恶寒，伤卫气则恶热，是以寒热如疟之状，小柴胡汤加桃仁、红花、当归、荆芥治之。"柴胡推陈出新。

治痄腮：腮颊为阳明、少阳经脉循行之部位，其为阳明、少阳邪热闭郁之证明矣。仲景云："阳明中风……耳前后肿，刺之小差，外不解，病过十日，脉续浮者，与小柴胡汤。"常加生石膏。(《伤寒论语译》139 页)

临证亦常用小柴胡汤治疗感冒（有方证）：偏寒邪束表，加用羌活、紫苏（恶寒甚，嚏作，清涕，无汗，头身痛甚）；风热偏盛加用桑叶、芦根、葛根（发热重，鼻干，咽痒，汗出，咽痛，头痛，口渴）；肺热内蕴，加前胡、桔梗（咳甚，咽痛声哑，口干，尿赤，舌红苔黄，脉数）。

半夏泻心汤是小柴胡汤去柴胡、生姜，加黄连、干姜而成；旋覆代赭汤是小柴胡汤去柴胡、黄芩，加旋覆花、代赭石而成；麦门冬汤是小柴胡汤去柴胡、黄芩、生姜，加麦冬、粳米而成。张仲景的用药变化之妙可见一斑。

半夏泻心汤

【经典方药】半夏（半升，洗），黄芩（三两），干姜（三两），人参（三两），甘草（三两，炙），黄连（一两），大枣（十二枚，擘）。

上七味，以水一斗，煮取六升，去滓，再煎取三升，温服一升，日三服。

【参考方证】恶心或呕吐，上腹部（心下）胀满闷不适，时有疼痛不甚，肠鸣下利或大便次数增多，纳差，口苦，寐差，苔厚腻或黄腻。

150 太阳少阳并病，而反下之，成结胸，心下硬，下利不止，水浆不下，其人心烦。

【释义】太阳病法当发汗，少阳病不能汗吐下。太阳少阳并病用下法是误治，故"而反下之"。三阳病是阳性的疾病，是热病。这里是用了下法，当然在里的津液（阳气）必虚不可，胃气虚于里。在太阳的表邪和在少阳的外邪（表邪热邪），乘虚陷里，结于心下，成结胸，心下硬满疼痛。而邪热陷下则出现下利不止。邪热结于心下，上逆也见水浆不下，心烦。

结胸证本当用下法，可又有下利不止，病情是相当严重了。张仲景不给出处方，是告诫太阳少阳并病不能用下法，不然后果非常严重。

151 脉浮而紧，而复下之，紧反入里，则作痞，按之自濡，但气痞耳。

【释义】脉浮而紧是太阳伤寒之脉，法当用发汗法治疗，而用下法治之是误治。下之后，造成里虚（津液虚），所以外邪乘虚陷入里。"紧"字说不清，可作误字，抄误了，作"邪"字更贴切。"邪反入里，则作痞。"第131条有病发于阳下之则结胸，病发于阴而下之则成痞。发于阴而下之则成的痞，说的是痞块。而这条是病在太阳（太阳伤寒），下之后的"痞"，是心下痞。这种情况本是成结胸，实际临证轻者也就是为痞，甚者严重的是结胸。这里指的就是这种轻的情况，按触之无抵抗感，即"按之自濡"。

"但气痞耳"，说的是并非里真有气痞塞阻滞于心下，指的是按之无抵抗感的无形的无实质性（器质性）的东西。不作结胸，所以处方的话，这种情况大概是泻心汤类方。

表阳下之后，未成结胸前的这种情况，也称作痞。当注意与表阴下之后的痞（痞块）相鉴别。

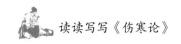

152 太阳中风，下利呕逆，表解者，乃可攻之。其人漐漐汗出，发作有时，头痛，心下痞硬满，引胁下痛，干呕短气，汗出不恶寒者，此表解里未和也，十枣汤主之。

【释义】"太阳中风"当然是表证，桂枝汤证。可出现"下利呕逆"就说不通了，这种情况的出现应是"太阳阳明合病，下利呕逆"，如在第32条"太阳与阳明合病者，必自下利，葛根汤主之"；第33条"太阳与阳明合病，不下利，但呕者，葛根加半夏汤主之"。所以这条可以这样理解：首先是用葛根加半夏汤前，有发热恶寒，无汗头痛，项背强几几，下利呕逆，心下痞硬，引胁下痛等这些表里同病的情况（太阳阳明合病）。"心下痞硬满，引胁下痛"就是说悬饮。《金匮要略》："饮后水流在胁下，咳唾引痛，谓之悬饮。"饮积于胁为悬，胁的一侧。阳证的表里同病，治疗当然是先解表后攻里。其次是（所以）用了葛根加半夏汤后，汗出，发热恶寒解了，项背强不适、下利呕逆也除了，可还有头痛，心下痞硬满，引胁下痛，干呕短气等症候，这时"表已解，里未和"，饮邪积停于胁下，故用十枣汤下其积水。这药非常峻猛，大枣的量大，中病即止。

十枣汤

【经典方药】芫花（熬），甘遂（十枚，先煮），大戟（十枚，先煮），大枣（十枚，先煮）。

上四味，等分，各别捣为散，以水一升半，先煮大枣肥者十枚，取八合，去滓，内药末，强人服一钱匕，羸人服半钱，温服之。平旦服。若下少，病不除者，明日更服，加半钱，得快下利后，糜粥自养。

【参考方证】心下痞硬，胸胁支满，呼吸困难，咳嗽胁下引掣痛，干呕短气，汗出不恶寒，脉沉弦。

153 太阳病，医发汗，遂发热恶寒，因复下之，心下痞，表里俱虚，阴阳气并竭，无阳则阴独，复加烧针，因胸烦，面色青黄，肤瞤瞤者，难治；今色微黄，手足温者，易愈。

【释义】太阳病（有太阳伤寒、太阳中风），法当汗之，是正确的治法，"医发汗"没有错，可如何适当发汗是关键，病重药轻则发汗不及，或有太阳中风用麻黄汤则会过汗伤津液或汗后护理不当等，这些情况都是会汗之表不解，所以即使是"医发汗"后，还是会"遂发热恶寒"，表不解。这时正确的处理方法应是用桂枝汤，有津液正气虚甚可以用新加汤。视具体方证来用药就可以。

可误认为有恶寒发热，邪入里，又误用下法，更虚其里之津液，且使表邪内陷，出现"心下痞"。这时发汗后致卫表之气虚，复下之后又致营（脉）内之津液亦虚，卫为阳，营为阴。所以"表里俱虚，阴阳气并竭"，就是这个意思。

经过了发汗，下之后，脉外卫虚，脉内里营虚，总之人的津液，阳气（正气）已尽虚，唯有邪气盛，所以说"无阳则阴独"。阴独即是邪气独盛。"复加烧针"更是错上加错，本已津液（阳气）耗损严重，独有邪气，再用烧针后，更伤津液，心脉失养，邪热上扰而见胸烦，经筋失润而见肤瞤者，"面色青黄"，木来克土，津液正气已虚损，故难治疗。

若是津液渐渐恢复，手足温的还是可以治疗的，手足温说明尚有津液来复濡养四肢肌肤。

154 心下痞，按之濡，其脉关上浮者，大黄黄连泻心汤主之。

【释义】理解这条必须先读第 151 条。发于阳（太阳病）的"痞"证，是邪热入里而心下（胃）并不虚，若是胃中虚，则必见心下痞硬，而并非"心下痞，按之濡"，这个是纯属实热痞。与三泻心汤证有心下（胃中）虚，寒热互结所致是不同的。

关脉之上候上部（心下），浮脉这里主热，亦主里结不严重，即主上部有热，但不甚。热有迫血妄行之衄血、吐血等。

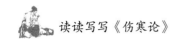

《伤寒论》的大黄黄连泻心汤，有黄连、大黄。而《金匮要略》的泻心汤是黄连、大黄、黄芩。临床以有黄芩的泻心汤常用，以麻沸汤（沸开水）浸渍 5~10 分钟去滓，温服即可。当然多伴有口臭，便秘，舌质红，苔薄黄，脉数等。本方证还可见于第 164 条。

徐玉台《医学举要》云："仲景泻心诸汤，虽曰泻心，实则泻胃，泻其子也，其腑为小肠，位居于下，通腑之法，又不可不讲也。"

大黄黄连泻心汤

【经典方药】大黄（二两），黄连（一两）。

上二味，以麻沸汤二升渍之，须臾绞，去滓，分温再服。

此方的煎服法较特殊，"以麻沸汤二升渍之，须臾绞，去滓"，即以煮沸的开水浸渍 5~10 分钟即可。麻沸汤渍之取其三黄苦寒清轻之气，薄其苦泻之味，主要取其气而不用其味的用法。如《黄帝内经·素问》阴阳应象大论："味厚者为阴，薄为阴之阳。气厚者为阳，薄为阳之阴。味厚则泄，薄则通。气薄则发泄，厚则发热。"大黄、黄连均为味厚气薄之品，味厚属阴性，本可治阳明，但是味厚也有攻泄太过之弊端，味厚则泄加之气薄则泄，常规煎煮可致攻伐太过。若阳明病尚只有热邪胜，还未结成内实时，则不适合应用，而麻沸汤浸渍法可以纠正此弊。

【参考方证】心下痞而按之濡软，烦惊或狂躁，目赤，口苦口臭，便秘，可见上部出血，量多，色鲜红，舌红赤，甚或起刺坚老，苔黄腻，脉滑数、有力。

155 心下痞，而复恶寒汗出者，附子泻心汤主之。

【释义】这条是沿着第 154 条的"心下痞，按之濡"的邪热入里而心下（胃）并不虚的痞证，是心下痞硬，纯属实热痞。这里的恶寒，从用药治疗来看，用的是附子，所以不是表证的"恶寒。"《伤寒论》中出现恶寒的三种情况：

表证的恶寒，必还有其他表证，如发热、头痛、脉浮等。

第 304 条的少阴病，口中和，其背恶寒，附子汤主之。

《金匮要略》痰饮咳嗽篇中：夫心下有留饮，其人背寒，冷如掌大。

显然这里的恶寒是第二种情况，出现"心下痞，按之濡"而有明显的恶寒，但不发热，是阴寒的表现，且再汗出，津液更虚，亦会阴损及阳，阴寒证更甚，是阳虚的外证。所以出现这种泻心汤的方证，又有虚弱的阴寒证时加用附子治疗。

附子泻心汤

【经典方药】大黄（二两），黄连（一两），黄芩（一两），附子一枚（炮，去皮，破，别煮取汁）。

上四味，切三味，以麻沸汤二升渍之。须臾绞，去滓，内附子汁，分温再服。

【参考方证】心下痞而按之濡软，烦惊或狂躁，目赤，口苦口臭，便秘，恶寒汗出或额上冷汗，肢冷，脉沉微弱或洪数无力。

156 本以下之，故心下痞，与泻心汤，痞不解，其人渴而口燥，烦，小便不利者，五苓散主之。

【释义】"本以下之"，同前面的第 151 条这些有太阳病或太阳少阳合病的阳病情况，本不能用下法而用下法后，出现的痞证（我们前面说的未到结胸，未出现结胸前的情况，也不是阴病下之后的痞块）。"故心下痞，与泻心汤"，这种时候出现的心下痞，用泻心汤是正确的。如同第 154 条的意思。

可是用了泻心汤后，"痞不解"，说明并非是心下（上部）有热邪引起的"痞"。同时出现口渴、小便不利，且渴而烦躁，说明是里有水饮（水气）不化，这时当还有舌体胖大，边有齿痕，苔白滑的表现。处方予以五苓散。这一条说明的是临证时，痞病亦当细辨，辨清方证，方证相应，方可处方。

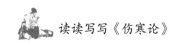

157 伤寒汗出，解之后，胃中不和，心下痞硬，干噫食臭，胁下有水气，腹中雷鸣，下利者，生姜泻心汤主之。

【释义】 太阳伤寒法当发汗，汗出后表解，这没什么问题，并非误治或治疗后护理不当。这人没有患伤寒时，平时也许有胃不和的情况，但因症状不明显，所以并没有特别的不适，可是因伤寒后经发汗表已解了，倒是出现了"胃中不和，心下痞硬，干噫食臭，胁下有水气，腹中雷鸣，下利"。因心下（胃中）虚明显，故心下痞硬，用的是人参。"胁下有水气"，亦即"心下有水气"，水走肠间，则腹中雷鸣，下利。"干噫食臭"，嗳气非常明显，甚有呕吐，不消化的食物，难闻的酸臭。

生姜泻心汤与半夏泻心汤的不同点是干噫食臭，所以处方在半夏泻心汤基础上减干姜的量，加了生姜，量较大。本方祛水气，治疗呕吐下利，临床应用时可能会有瞑眩状态，即可能服药后短时出现呕吐下利严重，不用担心，继续服药观察。

生姜泻心汤

【经典方药】 生姜（四两，切），甘草（三两，炙），人参（三两），干姜（一两），黄芩（三两），半夏（半升，洗），黄连（一两），大枣（十二枚，擘）。

上八味，以水一斗，煮取六升，去滓，再煎取三升，温服一升，日三服。附子泻心汤，本云加附子。半夏泻心汤、甘草泻心汤，同体别名耳。生姜泻心汤，本云理中人参黄芩汤，去桂枝、术，加黄连并泻肝法。

【参考方证】 心下痞硬，呕吐，干噫食臭突出，腹中雷鸣下利，舌淡红，苔薄黄腻或黄白相间。

158 伤寒中风，医反下之，其人下利日数十行，谷不化，腹中雷鸣，心下痞硬而满，干呕，心烦不得安，医见心下痞，谓病不尽，复下之。其痞益甚，此非结热，但以胃中虚，客气上逆，故使硬也，甘草泻心汤主之。

【释义】明确的是，临证不管是伤寒还是中风，治法当汗而解之。"医反下之"是误治，在外的邪热，必因用下的泻药，内陷而成"协热利"，前面葛根黄芩黄连汤证已分析。故见"其人下利日数十行，谷不化"。谷不化是因泻下剂引起，不是因胃不运化引起。误下后更虚其胃，出现心下痞硬而满，内里的水气亦上逆，并走肠间，故见干呕，心烦，腹中雷鸣。若此时见有心下痞硬而满，错误判断是热结于里（阳明热结）而复用下法，则更伤胃气，痞益甚，此当注意。

本方在《金匮要略》中治疗狐惑病，亦治久利。基于甘草泻心汤的组成，甘草干姜汤是基本方，针对任何疾病引出的身体各部黏膜病变，出现分泌物清稀的情形时，包括代谢物、排泄物等清稀状态均可考虑用本方治疗。甘草是黏膜的修复剂，对于口腔黏膜，胃黏膜，妇女阴道黏膜出现糜烂、出血者，非大量不可。黄芩能抑制黏膜充血，对唇舌通红，或出血深红者较适合。临证其实还可以从皮肤及黏膜的情况辨虚实，皮肤有无光泽是反映虚实的重要依据。实证、热证，则脸红有油光；虚证、寒证，则暗黄少光。而黏膜是反映寒热的重要参考：面色、嘴唇、眼结膜、咽喉是否充血，以判断是否用清热药。

五个泻心汤均治心下痞，但痞证各异，用方有别。

半夏泻心汤：呕、痞、利、烦。"痞气，痞为主"，呕吐为主，痞满症状为痞气互结胃肠，中虚而寒热错杂。

生姜泻心汤："水气痞"，多不呕吐或不重，但噫气食臭，胁下有水气，腹肠鸣如雷，大便溏泻。胁下微痛，小便不利，脉沉，水滑舌。

甘草泻心汤："邪气上逆痞"，心下痞与腹泻同见，利甚痞重，干呕心烦不安。干呕为甚。

大黄黄连泻心汤："热痞"，心下痞，心烦，舌红苔黄，尿黄，大便黏滞不爽，脉浮数。

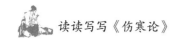

附子泻心汤："寒热痞"，"热痞在上，虚寒在下"，恶寒汗出。

心下痞——邪正之气郁结于内→虚软←按之硬而不痛（而硬痛为结胸→乃邪湿痰水热结滞之硬实）。

甘草泻心汤

【经典方药】甘草（四两，炙），黄芩（三两），干姜（三两），半夏（半升，洗），大枣（十二枚，擘），黄连（一两）。

上六味，以水一斗，煮取六升，去滓，再煎取三升，温服一升，日三服。

【参考方证】1.干呕甚，腹中雷鸣，心下痞硬而满，下利频作，完谷不化，心烦不安，口淡不渴；2.或身体黏膜（口腔、皮肤、外阴、肠道等）病变，出现分泌物清稀者；3.舌淡红，苔薄黄腻或黄白相间腻，脉沉弦。

159 伤寒，服汤药，下利不止，心下痞硬，服泻心汤已，复以他药下之，利不止，医以理中与之，利益甚，理中者，理中焦，此利在下焦，赤石脂禹余粮汤主之。复不止者，当利其小便。

【释义】太阳伤寒法当用汗法解之，但误用下法（泻剂），这里的"服汤药"就是服泻下剂。从第158条我们更明确，这时一是经泻下后更虚其胃；二是出现协热利。所以出现虚其胃后的心下痞硬，当然可能还有干呕、下利、腹中雷鸣、心烦等，协热利导致"下利不止"，这时用"甘草泻心汤"后这些症状均已好了，即"服泻心汤已"。但是这时又再用泻下剂，因是伤寒，估计是用巴豆类的温性泻下剂。一而再的用泻下剂，使得津液耗损虚极，正气不固而出现大肠滑脱失摄、失固，此当然是病在下焦了，用赤石脂禹余粮涩肠止泻，纯属虚寒证。若是有小便不利，就是因水谷不别引起下利，当然利小便就好了。

理中汤，当然是治疗胃中虚寒，理中焦的。所以临床上误下后，可能导致下利不止的有两种情况：一是大肠滑脱，不能固涩了；二是水谷不别。

赤石脂禹余粮汤

【经典方药】赤石脂（一斤，碎），太一禹余粮（一斤，碎）。

上二味，以水六升，煮取二升，去滓，分温三服。

【参考方证】大便滑脱，下利不禁，无腹痛脓血及热臭，舌淡苔薄白，脉弱无力。

160 伤寒吐下后，发汗，虚烦，脉甚微，八九日心下痞硬，胁下痛，气上冲咽喉，眩冒，经脉动惕者，久而成痿。

【释义】本条应与第67条"伤寒，若吐，若下后，心下逆满，气上冲胸，起则头眩，脉沉紧，发汗则动经，身为振振摇者，茯苓桂枝白术甘草汤主之"联系起来理解。太阳伤寒当用发汗来解，误用吐下，则表肯定不解，气上冲，若有里饮则见水饮挟气上冲，有心下逆满，气上冲胸，起则头眩，脉浮紧。心下有水气而外有表邪，治疗非利水不可，再发汗必动其经筋脉络不可，出现"身为振振摇"，这时用的是苓桂术甘汤。

第160条，就是接着这里说的情况，用了苓桂术甘汤之后，应该是表里之邪都已解，可又"发汗""吐下"，吐下已虚其里（胃），发汗又虚其在外之气，机体表里俱已虚。"虚烦"，是虚热不退而致烦（虚热扰心），皆因里有水饮，不利水肯定表不解而有热。

"脉甚微"，汗吐下均耗伤津液，脉微者亡阳也，亡阳即亡津液。所以胃（心下）虚更厉害了（较苓桂术甘汤的心下逆满更严重了），因虚甚，里饮上犯，出现心下痞硬；上冲之气与水饮并上犯则胁下痛，气上冲咽喉，出现眩冒，更重于"起则头眩"，甚则经脉动惕，久则疲而不用。

这时候若是已有真武汤证，可用真武汤主之。

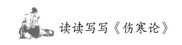

161 伤寒发汗，若吐若下，解后心下痞硬，噫气不除者，旋覆代赭汤主之。

【释义】伤寒，经用发汗后表已解，又经误用吐下，这时更虚其里。若是素有内饮停于心下（胃），那邪饮乘胃虚之时上犯而出现"心下痞硬"，邪气上逆而见噫气不除。从方药组成来看，本方与半夏泻心汤、生姜泻心汤和甘草泻心汤均有人参、生姜、甘草、半夏、大枣，均能健胃降逆，均有人参证（心下痞硬）。

张仲景用人参的情形：心下痞硬，如本方和上述三泻心汤；气液不足，如白虎加人参汤、竹叶石膏汤等；虚弱性疾病，如理中汤证等。

本方加用了旋覆花，有祛结气下气的作用，《神农本草经》：旋复花味咸，温，主治结气，胁下满，惊悸，除水，去五脏间寒热，补中下气。代赭石：《神农本草经》为苦寒，主腹中毒邪气。《名医别录》有主带下血病，养气血。所以代赭石有收敛重镇降逆的作用，适用于大便干甚至有便秘的这种痞证。但用量不宜大，用的时间也不宜长。

所以三个泻心汤的"呕痞利烦"各不同，但均有下利的情况，而本方，因组方作用下行之力强，只对有大便干，便秘有效，对于大便稀烂的慎用，或不用。

同时本方注意鉴别：橘子姜汤证——亦有嗳气，但伴闷胀，得嗳气后则舒；茯苓饮证——亦有嗳气，食欲不振，心悸或眩（有水气），苔白厚，大便稀。而本方证是苦于嗳气，且得嗳气不除。

旋覆代赭汤

【经典方药】旋复花（三两），人参（二两），生姜（五两），代赭（一两），甘草（三两，炙），半夏（半升，洗），大枣（十二枚，擘）。

上七味，以水一斗，煮取六升，去滓，再煎取三升，温服一升，日三服。

【参考方证】1.噫气频作，或呃逆，或吐痰涎，或泛清水，或反胃噎食，无食臭无下利。2.心下痞硬，按之不痛。3.舌淡胖大，苔白滑，脉弦虚。

162 下后，不可更行桂枝汤，若汗出而喘，无大热者，可与麻黄杏仁甘草石膏汤。

【释义】对比第63条"发汗后，不可更行桂枝汤，汗出而喘，无大热者，可与麻黄杏仁甘草石膏汤"。前面反复强调，若是汗吐下后表不解的情况，应该用桂枝汤，这是定法。但这里"下后，不可更行桂枝汤"，这里出现"汗出而喘"。前面学习的桂枝加厚朴杏子汤也是治疗"汗出而喘"的，喘也可以是"气上冲"的表现。这里强调不可更用桂枝汤，说的是，这里的"汗出"不是桂枝汤证的汗出，桂枝汤的汗出是出汗少，汗稀而无气味的，而这里应是里热，但又没有达到阳明里热那么严重（蒸蒸发热，大汗），所以说无大热（不是无热），但这种汗出又较桂枝汤的多，气味重。因外尚有表邪未解，郁遏犯肺而见喘，即麻黄证的喘，可麻黄汤证是无汗的，而有里热又不能用桂枝，故麻黄汤去桂枝，加石膏。注意"汗出而喘"与"喘而汗出（葛根黄芩黄连汤证有）"的区别。

张仲景用石膏一斤以上的有木防己汤。《金匮要略》痰饮篇："膈间支饮，其人喘满，心下痞坚，面色黧黑，其脉沉紧，得之数十日，医吐下之不愈，木防己汤主之。"有木防己、桂枝、人参、石膏，石膏（十二枚，如鸡子大）是最大量的，这绝非为大热而设。用半斤的方：麻杏石甘汤、越婢汤，均无大热。第63条："发汗后，不可更行桂枝汤，汗出而喘，无大热者，可与麻黄杏仁甘草石膏汤。"《金匮要略·水气病篇》："风水恶风，一身悉肿，脉浮不渴，续自汗出，无大热，越婢汤主之。"用半斤以下的：大青龙汤、小青龙加石膏汤（因烦躁而用）、续命汤、风引汤等。

所以张锡纯在《医学衷中参西录》中说：石膏当生用，若煅之，则将宣散之性变收敛。他说：盖石膏生用以治外感寒热，断无伤人之理，且放胆用之，亦断无不退热之理。惟热实脉虚者，其人必实热兼有虚热，仿白虎加人参汤之义，以人参佐石膏，而石膏得人参，能使寒温之后，真阴顿复而余热自清。

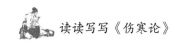

163 太阳病，外证未除，而数下之，遂协热而利，利下不止，心下痞硬，表里不解者，桂枝人参汤主之。

【释义】"太阳病，外证未除"，说的是太阳伤寒，太阳中风，经用发汗治疗后，表还在，外证指的是桂枝汤证，按法当用桂枝汤治疗。"而数下之"，可能看到有里热，错误判断为里热已结实而用下法，用泻药，而且还"数下之"，使在里之津液一损再损，阴津液损耗及阳而致本病发生。

所以太阳病外证未除时，用数下之后，先是邪热内陷于里，协同泻药而下成为协热利；多次下之后，阴津损伤到极致，及阳，里阳亦损，胃中亏虚，出现心下痞硬；而脾（胃）阳不摄欲陷脱之势，致利下不止。常常还会有呕吐清稀涎沫，胃脘隐痛、冷痛、得温而减、腹痛按之则舒等，利下清稀，甚水样。

太阳外证下之后，肯定是还有外证的，表不解可能有发热，一般为低热，恶风，微汗出等，所以处以桂枝人参汤（理中汤＋桂枝）。至此，我们学过的协热利有二：一是实证的协热利，第34条的葛根黄芩黄连汤证。二是虚寒证的协热利，即是本条桂枝人参汤证。

桂枝人参汤

【经典方药】桂枝（四两，别切），甘草（四两，炙），白术（三两），人参（三两），干姜（三两）。

上五味，以水九升，先煮四味，取五升，内桂，更煮取三升，去滓，温服一升，日再夜一服。

【参考方证】（1）桂枝证：头痛、发热、汗出、恶风。（2）理中汤证：下利不止、心下痞硬或心腹疼、心下悸、四肢倦怠、手足冷、口不渴舌淡苔白滑、脉浮弱。

164 伤寒大下后，复发汗，心下痞，恶寒者，表未解也，不可攻痞，当先解表，表解乃可攻痞。解表，宜桂枝汤，攻痞，宜大黄黄连泻心汤。

【释义】太阳伤寒，法当用发汗解之。大下后，表肯定不会解，这时法当用桂枝汤解之。此条"复发汗"指的是再用"麻黄汤"大汗后，肯定的是表亦不能解，所以有"恶寒者，表未解也"。所以这时应大下（用泻药）后，在表之邪，热内陷于里而成了"心下痞"。又再错用麻黄汤发汗，仍有恶寒而表不解，这时用桂枝汤才是对的。

表里同病的治疗里实需要攻下的情况，当先解表后再攻里；里虚需要温里的当先救里（温里）后再攻表，这是治疗的定法。

表里同病相关的条文还有以下三条：

第34条：太阳病，桂枝证，医反下之，利遂不止，脉促者，表未解也；喘而汗出者，葛根黄芩黄连汤主之。

第91条：伤寒，医下之，续得下利，清谷不止，身疼痛者，急当救里；后身疼痛，清便自调者，急当救表。救里宜四逆汤；救表宜桂枝汤。

第372条：下利腹胀满，身体疼痛者，先温其里，乃攻其表。温里，宜四逆汤；攻表，宜桂枝汤。

大黄黄连泻心汤在第154条已经说明。

165 伤寒发热，汗出不解，心中痞硬，呕吐而下利者，大柴胡汤主之。

【释义】"伤寒发热，汗出不解"，真正的太阳伤寒有发热、恶寒、无汗等这些症状，汗发后（用麻黄汤发汗后）会汗出，则恶寒发热解。这时汗出不解，仍见有发热，且已不提及有恶寒了，所以并非真正的太阳伤寒，只是类似太阳伤寒而已，所以用发汗法治疗，汗出后肯定是表不解的。

心中痞硬应该是心下痞硬，从大柴胡汤的处方来测证，应是心下硬满坚实、疼痛、拒按，是个实证，而不是我们前面学过的三个泻心汤及旋覆代赭汤的人参证的心下痞硬，临证当注意鉴别。所以这里当结合第103、136条的条文，综合理解。"呕吐而下利"，太阳阳明合病时，有呕吐下利，有发热恶寒，脉浮等，即是葛根汤证。亦有太阴兼太阳，有发热、汗出、恶风、脉浮弱，有桂枝汤证注意鉴别。

而这条有发热，心下痞硬，坚满疼痛拒按，呕吐下利（就是可见大便坚硬于里，泻下黑青臭水的利，即是临证的热结旁流）的情况，处以大柴胡汤。渴甚亦可加石膏。

166 病如桂枝证，头不痛，项不强，寸脉微浮，胸中痞硬，气上冲喉咽，不得息者，此为胸有寒也。当吐之，宜瓜蒂散。

【释义】桂枝汤证当有发热、汗出、头项强痛、恶风、脉浮缓这些症状。它这里是"病如桂枝证"，并非真的是桂枝汤证，所以"头不痛，项不强""如桂枝证"，因此"寸脉微浮"，桂枝证是脉浮而有气上冲（鼻鸣干呕等）。

而"寸脉微浮"，《金匮要略》有"脉浮在前，其病在表"，第34条有"脉促者，表未解也"，同时结胸病时我们知道寸脉也是浮的。这些都是说明一个问题，"关以上浮，关以下沉"，即病在上有邪实。所以说"胸中痞硬"，我们无法触及胸中，所以应是"心下痞硬"，当是水饮停滞于心下，水饮上犯冲逆咽喉，甚至不得息也。

"此为胸有寒也"直接点出有"寒"，似有不妥，从用药看瓜蒂散（瓜蒂、赤小豆、香豆豉）中，瓜蒂在《神农本草经》中性味苦寒，主治大水下水，病在胸腹中；赤小豆亦主治下水；豆豉在《名医别录》中性味苦寒，能除烦。所以组方能苦寒涌吐下水。因此"寒"应当作"水饮"讲更妥些。

吐法是中医因势利导的一种治法。

瓜蒂散

【经典方药】瓜蒂（一分，熬黄），赤小豆（一分，香豉热汤合之）。

上二味，各别捣筛，为散已，合治之，取一钱匕，以香豉一合，用热汤七合，煮作稀糜，去滓，取汁和散，温顿服之。不吐者，少少加，得快吐乃止。诸亡血虚家，不可与瓜蒂散。

【参考方证】胸中痞硬疼痛，气上冲咽喉不得息，欲吐而不能吐，寸脉略浮，关尺脉沉。

167 病胁下素有痞，连在脐旁，痛引少腹，入阴筋者，此名脏结，死。

【释义】先回顾第 131 条："病发于阳，而反下之，热入因作结胸；病发于阴，而反下之，因作痞也。"这发于阴的疾病下之后的痞就是本条的痞，当作"痞块"，是有形的东西，也就是脏结；"脏结无阳证，苔滑者难治。"这里说的是"此名脏结，死"。联系后面太阴病篇的"太阴之为病，腹满而吐，食不下，自利益甚，下之则胸下结硬"。胸下也即是心下，说的也是这种痞块。

那素有胁下痞块，相当于现代的肝胆脾胰等消化道积块或肿瘤，已能触及，也说明病已发展到了中晚期预后极甚差矣。

所以这里的痞是痞块，与半夏泻心汤、生姜泻心汤及甘草泻心汤、三黄汤、附子泻心汤、旋覆代赭汤的痞是不一样的。这个是阴病下之后的脏结。而泻心汤的痞是阳证下之后，寒热交错于心下的按之濡软或轻微疼痛，无实质性可触及的病证。

168 伤寒若吐、若下后，七八日不解，热结在里，表里俱热，时时恶风，大渴，舌上干燥而烦，欲饮水数升者，白虎加人参汤主之。

【释义】太阳伤寒，用吐下法治疗都是错误的，吐下后津液更虚于里，同时邪热亦乘虚而入结于里，到七八天还不解，在里的热实结更盛，热实于里反映出来的，是在外见有身大热（但还没有到蒸蒸汗出发热的地步），同时因发热汗出津伤，及在外之卫气卫外功能下降，而见时时恶风（可以是体感温差的改变）。热邪伤津饮水自救，故"大渴，舌上干燥而烦，欲饮水数升"，我们前面说人参在这里是治疗气液亏虚不足的。

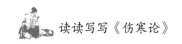

169 伤寒无大热，口燥渴，心烦，背微恶寒者，白虎加人参汤主之。

【释义】同上条说的，太阳伤寒证误治或延治，这时邪热也已结于里，虽在外没有蒸蒸汗出这样的大热、大汗，但里热伤津液严重了，所以"口燥渴，心烦"，要饮水自救。

《伤寒论》的"背恶寒"有三：

第168条：伤寒若吐、若下后，七八日不解，热结在里，表里俱热，时时恶风，大渴，舌上干燥而烦，欲饮水数升者，白虎加人参汤主之。

第169条：伤寒无大热，口燥渴，心烦，背微恶寒者，白虎加人参汤主之。

第304条：少阴病，得之一二日，口中和，其背恶寒者，当灸之，附子汤主之。

《金匮要略》："夫心下有留饮，其人背寒，冷如掌大。"

附子汤为恶寒更重且口中和；而第168、169条背微恶寒，时时恶风，且大渴，舌上干燥而烦，是因里有热甚，不是表证；而附子汤是真武汤去一味生姜加人参而成，是阳虚引起;《金匮要略》是心下有停饮，背恶寒如手掌大。

170 伤寒，脉浮，发热，无汗，其表不解，不可与白虎汤。渴欲饮水，无表证者，白虎加人参汤主之。

【释义】这条再次强调有表证时，不能用白虎汤。"伤寒，脉浮，发热，无汗"，显然是麻黄汤证，这里虽有热，但绝对不能用白虎汤，它不解表，石膏不能解表。这也再次明示第168、169条"时时恶风""背微恶寒"不是表证，只是里热结实较盛，渴欲饮水。石膏治口舌咽干燥甚、渴甚而大渴得用人参养胃生津液。

171 太阳少阳并病，心下硬，颈项强而眩者，当刺大椎、肺俞、肝俞，慎勿下之。

【释义】"太阳少阳并病"，病初起时是太阳病，太阳病未罢，病邪已传入到半表半里的少阳地界，又有了少阳病，这就是并病。心下硬就是心下痞硬，就是有心下（胃）虚的人参证的心下痞硬。脖子两侧是颈，后面是项，眩晕和颈强都是少阳证。项强是太阳证。太阳病、少阳病都是忌用下法的。

这个时候太阳少阳并病后，有柴胡汤证，但还不是非常典型的柴胡汤证四大证，可以选择用针刺大椎、肺俞、肝俞，去胸胁中的邪热治疗。当然用药物也是可以用小柴胡汤的。

172 太阳与少阳合病，自下利者，与黄芩汤；若呕者，黄芩加半夏生姜汤主之。

【释义】读完这一条，我们会自然地联想到第 32 条："太阳与阳明合病者，必自下利，葛根汤主之。"葛根汤主治的下利有较严重的表证，恶寒重，所以用葛根汤后表解利自愈。

而这一条太阳与少阳合病，即两种病同时发作，既有太阳病的症候又有少阳病的症候，同时发作叫合病。从条文及用药情况分析，太阳少阳合病会有发热（表热），也有半表半里之热。太阳病是其他症候不明显，可有浮脉。少阳病可见口苦咽干及腹痛下利肛门热感等，但没有白头翁汤的发热重下利后重（里急后重）明显，这里是要注意鉴别的。

黄芩汤

【经典方药】黄芩（三两），芍药（二两），甘草（二两，炙），大枣（十二枚，擘）。

上四味，以水一斗，煮取三升，去滓，温服一升，日再夜一服。

【参考方证】身热恶寒，腹痛腹泻，肛门灼热，口渴，咽干，舌红苔黄，脉弦。

黄芩加半夏生姜汤

【经典方药】黄芩（三两），芍药（二两），甘草（二两，炙），大枣（十二枚，擘），半夏（半升，洗），生姜（一两半，切）。

上六味，以水一斗，煮取三升，去滓，温服一升，日再夜一服。

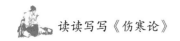

【参考方证】黄芩汤方证伴有呕吐者。

173 伤寒，胸中有热，胃中有邪气，腹中痛，欲呕吐者，黄连汤主之。

【释义】"伤寒，胸中有热"，因患伤寒后，或因治疗不及时，或因误治（如吐下）等，使邪热入里入到胸中，"热"说的是热邪。"胃中有邪气"，从处方用药有半夏、干姜，可判断这"邪气"应该是"水饮之邪"。热邪引动水饮阻滞，气滞不通而见"腹中痛"。水饮随热邪激动上逆，而见欲呕吐甚至呕吐。方中有人参，所以症状也应有心下（胃）痞硬及气上冲（呕吐、呕逆），故用了桂枝。还有黄连用量3两，所以热邪较重且烦热甚。黄连治利，所以也应有下利。由此判断黄连汤证应有：发热，烦躁，腹痛，下利，呕逆，心下痞硬不舒等。

黄连汤

【经典方药】黄连（三两），甘草（三两，炙），干姜（三两），桂枝（三两，去皮），人参（二两），半夏（半升，洗），大枣（十二枚，擘）。

上七味，以水一斗，煮取六升，去滓，温服。昼三夜二，疑非仲景方。

【参考方证】心下痞，腹中痛，恶心呕逆或有汗出恶风，胸中烦热，腹中痛，呕吐，舌红苔薄白或黄白相间，脉弦。

174 伤寒八九日，风湿相搏，身体疼烦，不能自转侧，不呕不渴，脉浮虚而涩者，桂枝附子汤主之；若大便硬，小便自利者，去桂加白术汤主之。

【释义】从处方来分析，桂枝附子汤有桂枝、附子、生姜、大枣、炙甘草，是桂枝汤去芍药加附子。

"伤寒八九日"，不是前面分析的太阳伤寒八九日病邪传入半表半里，或传入里的意思，说的是风湿系在表的证候表现似伤寒。患者平时就是湿邪缠身，感受外邪后出现风湿相搏，阻滞经筋肌肉而见身体疼烦，甚则"不能自转侧"；"不呕"说明未传入少阳地界，亦无心下水饮；"不渴"亦未传到阳明地界。这种身体疼痛，有似太阳伤寒的身体疼痛，但临证表现较太阳伤寒的身体疼痛要严重得多。

"脉浮虚而涩"，浮者，轻按取之无力；虚者，血少的表现；涩者，脉管内血流不畅，相对滑脉而言不流利也。所以出现周身疼痛不能自转侧，而脉显无力血少（津液少），涩者并非伤寒（太阳伤寒）的症脉表现，所以不能用麻黄类方。应该用能安中养液的桂枝汤，因芍药有碍湿作用（《名医别录》·芍药，微寒），加用附子去寒湿跁躄、拘挛、膝痛不能行走。躄就是疼痛拘挛，不能屈伸。张仲景风湿疼痛常用附子、白术、桂枝。

因为此时津血液虚（脉浮虚），所以若是小便自利（小便频繁），则更丧失津液，所以此时会有大便硬，"若大便硬"，这时候显然不能再用汗法（发汗），所以治疗要去桂枝。《金匮要略》水气病篇第4条："然诸病此者，渴而下利，小便数者，皆不可发汗。"古代白术和苍术不分彼此统一被称为"术"，到了宋代时期才真正分开。白术药效平和，长于健脾；苍术药效燥烈，长于燥湿。这种情况可用苍术，多有微汗（去湿）作用，当然亦可治疗小便自利，或小便不利。这就是风湿在表的治疗。《金匮要略》："风湿相抟，一身尽疼痛，法当汗出而解，值天阴雨不止，医云此可发汗，汗之病不愈者，何也？盖发其汗，汗大出者，但风气去，湿气在，是故不愈也。若治风湿者，发其汗，但微微似欲出汗者，风湿俱去也。"风湿在表不可大汗。

针对颈肩腰腿痛（风寒湿证），葛根汤、麻黄细辛附子汤、桂枝白术附子汤、乌头汤、阳和汤皆可辨证运用。中医临证治疗应着眼于肾，肾主骨，骨脉系于肾，总督一身之阳脉。元阳不足、元精衰乏不能温养肾骨，寒湿（瘀）乘虚而入，胶着于骨节间致痛，治疗应以温阳补肾助阳填精。阳和汤、四逆汤、肾着汤加威灵仙、鹿衔草均可选择。

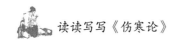

桂枝附子汤

【经典方药】桂枝（四两，去皮），附子（三枚，炮，去皮，切开），生姜（三两，切），大枣（十二枚，擘），甘草（二两，炙）。

上五味，以水六升，煮取二升，去滓，分温三服。

【参考方证】1.身体疼痛，关节屈伸不利，转侧痛剧，心烦者；2.知觉障碍，肌肉拘挛，疼痛，心下或脐下动悸上冲，恶寒发热；3.舌淡红苔白滑润，脉浮虚涩者。

去桂加白术汤

【经典方药】附子（三枚，炮，去皮，破），白术（四两），生姜（三两，切），甘草（二两，炙），大枣（十二枚，擘）。

上五味，以水六升，煮取二升，去滓，分温三服。初一服，其人身如痹，半日许复服之，三服都尽，其人如冒状，勿怪。此以附子、术，并走皮内，逐水气未得除，故使之耳。法当加桂四两。此本一方二法，以大便硬，小便自利，去桂也；以大便不硬，小便不利，当加桂。附子三枚恐多也，虚弱家及产妇，宜减服之。

【参考方证】体沉重烦疼，关节疼痛，遇冷加重，无呕吐，不渴，小便次数多利，大便成形，脉浮虚涩。

175 风湿相搏，骨节疼烦，掣痛不得屈伸，近之则痛剧，汗出短气，小便不利，恶风不欲去衣，或身微肿者，甘草附子汤主之。

【释义】这种情况较第174条更严重了，虽说骨节疼烦，但严重了，掣痛是痛剧，牵拉痛，四肢不能屈伸，碰触都痛剧，非常痛苦；汗出，说的是自汗出（阳不敛阴或气不摄津，通常会有自汗出，从后面用药来看，这里是阳气不足，阳虚）；短气，是心下有水气（水饮）停滞了，《金匮要略》："水在心，心下坚筑，短气，恶水不欲饮。"心下有水气，微者短气，甚则心中悸动，水饮上迫所致。水饮上迫上冲而不下行（阳不化气），所以小便不利。"恶风不欲去衣"，为"病人身大热，反欲得衣者，热在皮肤，寒在骨髓也。"患者恶寒严重，寒在骨髓，真少阴病之恶寒了。阳不化气，水气泛溢肌肤，或可见身微浮肿。

所以这样的情况，风湿周身疼痛剧烈，自汗出，短气，气上冲甚，小便不利，恶寒重，口中和，或浮肿者，甘草附子汤主之（桂枝甘草汤证加附子汤、白术汤）。

风湿相搏．病人有外感，同时又患有湿痹的，古代叫风湿相搏证。

甘草附子汤

【经典方药】甘草（二两，炙），附子（二枚，炮，去皮，切开），白术（二两），桂枝（四两，去皮）。

上四味，以水六升，煮取三升，去滓，温服一升，日三服。初服得微汗则解，能食，汗止复烦者，将服五合，恐一升多者，宜服六七合为始。

【参考方证】剧烈的关节疼痛，功能受限，伴全身汗出恶风及小便不利，或身微肿。舌淡苔白润，脉沉细或弦细无力者。

176 伤寒脉浮滑，此以表有热，里有寒，白虎汤主之。

【释义】这里的"伤寒"，从用白虎汤来分析，不可能是"太阳伤寒"；脉浮滑，浮指邪在表，在外，所以这里应理解为浮主表热，外热。滑为有力，实，有热，主里热。参照第 168 条的白虎加人参汤"热结在里，表里俱热"来理解。白虎加人参汤证还有渴，故加人参。这条只是表里俱热，所以只用白虎汤。

所以"此以表有热，里有寒"，史上争议不断。个人认为还是"表有热，里有热"更合理于用白虎汤证。当然因为不渴而不加人参。本方证还可见于第 219、350 条。

白虎汤

【经典方药】知母（六两），石膏（一斤，碎），甘草（二两，炙），粳米（六合）。

上四味，以水一斗，煮米熟，汤成去滓，温服一升，日三服。

【参考方证】壮热汗多，肌肤灼热，面红气粗，烦躁，口苦口干，渴要饮冷，或见身上灼热而手足厥冷，舌红苔黄干，脉洪大，或滑数，或浮滑。

177 伤寒，脉结代，心动悸，炙甘草汤主之。

【释义】先来看炙甘草汤的组成：甘草，桂枝，生姜，大枣，生地，阿胶，人参，麦冬，麻仁，清酒（现可用黄酒或花雕酒半瓶同煎，去滓再煎）。所以有桂枝甘草汤证，心悸甚，有出血史或贫血的表现，人参麦冬主气液不足，麻仁亦能养阴润肠通便，所以有气液不足，大便干结，虚羸少气，舌红少苔，气血阴阳不足的表现，以气阴不足为主。

本方在《千金方》中称为"复脉汤"，能够恢复血脉平衡，滋阴养血，通阳复脉；《外台秘要》中可以治疗肺痿涎唾多，心中温温液液者；罗天益《卫生宝鉴》中用作治疗呃逆不绝。

炙甘草汤煎服法可用黄酒或花雕酒半瓶同煎，去滓再煎。原文以桂枝汤"温养阳气，滋养阴血"的方义发展而来，故是"阴阳并补，气血双调"之方，所以是阴阳两虚，气血亏损用方。炙甘草汤作为肿瘤患者极度消瘦、贫血状态的营养方。体质要求：羸瘦，面色憔悴，皮肤干枯，贫血貌。常见于大病久病后，或大出血后，或营养不良，或极度疲劳，或肿瘤化疗后见精神萎靡，便秘，有悸动感，或伴早搏（房颤、室颤）等心律失常表现。用经方时体质和体质状态非常重要，"正气存内，邪不可干"，虚邪贼风于不同体质，不同时间表现是不一样的。正如清代伤寒学家钱潢说：受本难知，发则可变，因发知受。张仲景几张令人胖的经方所适合的体质比较：炙甘草汤是羸瘦而贫血，心动悸而心律不齐；薯蓣丸是常有低热，易于感冒，腹泻，食欲不振，轻度浮肿等；小建中汤是白瘦而有腹中痛，喜甜食而大便干结，多为先天或不能食所致；竹叶石膏汤是白瘦而咳逆，多发热多汗（多由发热的热象引起的伤寒解后），多见于呼吸系统或肌肉神经系统。

张仲景用地黄的方有 10 个。用生地黄的方有炙甘草汤，防己地黄汤，百合地黄汤。炙甘草汤的心动悸，用生地 1 斤（三分阳药，七分阴药）；防己地黄汤的如狂状、妄行、独语不休，用生地 2 斤（绞汁）；百合地黄汤（百合病）的意欲食复不能食，常默默，欲卧不能卧，欲行不能行，饮食或有美时，或有不用闻食臭时，用生地黄汁一斤。地黄可滋阴养血（止血）：如皮肤病干燥枯槁，大便干结，口干舌干，唇干裂，舌瘦苔少，或唇红舌红，脉细数、结代。

张仲景治悸每每用桂枝，综合记录于下：

第 15 条：太阳病，下之后，其气上冲者，可与桂枝汤，方用前法。若不上冲者，不得与之。

第 64 条：发汗过多，其人叉手自冒心，心下悸，欲得按者，桂枝甘草汤主之。

第 65 条：发汗后，其人脐下悸者，欲作奔豚，茯苓桂枝甘草大枣汤主之。

第 67 条：伤寒，若吐，若下后，心下逆满，气上冲胸，起则头眩，脉沉紧，发汗则动经，身为振振摇者，茯苓桂枝白术甘草汤主之。

第 102 条：伤寒二三日，心中悸而烦者，小建中汤主之。

第 117 条：烧针令其汗，针处被寒，核起而赤者，必发奔豚。气从少腹上冲心者，灸其核上各一壮，与桂枝加桂汤，更加桂二两也。

《金匮要略》痉湿暍篇第 12 条：太阳病，无汗而小便反少，气上冲胸，口噤不得语，欲作刚痉，葛根汤主之。

血痹虚劳篇第 13 条：虚劳里急，悸，衄，腹中痛，梦失精，四肢酸疼，手足烦热，咽干口燥，小建中汤主之。

痰饮咳嗽篇第 31 条：假令瘦人脐下有悸，吐涎沫而癫眩，此水也，五苓散主之。

此外还有防己黄芪汤后有气上冲者加桂枝三分。

> **炙甘草汤**
>
> 【经典方药】甘草（四两，炙），生姜（三两，切），人参（二两），生地黄（一斤），桂枝（三两，去皮），阿胶（二两），麦门冬（半升，去心），麻仁（半升），大枣（三十枚，擘）。
>
> 上九味，以清酒七升，水八升，先煮八味，取三升，去滓，内胶，烊消尽，温服一升，日三服。一名复脉汤。

【参考方证】1. 心中悸动不安，面色唇口淡无华，乏力，肌肤枯燥；2. 心悸烦躁，失眠多梦，机体酸疼，口燥咽干，手足心热，盗汗；3. 咳吐涎沫较多；4. 舌淡嫩，苔薄白或略黄，脉细弱或结代。

178 脉按之来缓，时一止复来者，名曰结；又脉来动而中止，更来小数，中有还者反动，名曰结，阴也；脉来动而中止，不能自还，因而复动者，名曰代，阴也。得此脉者，必难治。

【释义】缓脉，前面的太阳中风之脉，指脉按之无力，弱，脉管不绷紧，不是说脉来得慢，来得迟。这里要明确这一点（不是迟中一止谓之结，数中一止谓之促，不是这样理解）。

脉来无力，弱，有时一止，马上又来的脉，名曰结脉。说明问题还不是很严重。正常人脉搏也有这样的情况，数时有一止，不论快慢。

动脉是脉来跳动不平静，有中止而不能复来，中间没有，再来时脉细小而数（快），时有停一下而来动脉，名结阴脉，均为怪脉（和后面的代阴脉），临床注意就是。

辨阳明病脉证并治

179 问曰：病有太阳阳明，有正阳阳明，有少阳阳明，何谓也？
答曰：太阳阳明者，脾约是也，正阳阳明者，胃家实是也，少阳阳明者，发汗利小便矣，胃中燥烦实，大便难是也。

【释义】太阳阳明，是太阳表证传入里而并发阳明病，太阳病仍在，是太阳阳明并病；少阳阳明，是少阳病传入里而并发阳明病，是少阳阳明并病；正阳阳明，是真正的阳明病本病。

我们先复习一下《黄帝内经》中的一段话："夫胃为水谷之海，饮食入胃，游溢精气，上输于脾；脾气散精，上归于肺；通调水道，下输膀胱；水精四布，五经并行，和于四时五脏阴阳，揆度以为常也。"

"太阳阳明者，脾约是也"，说的是缘于太阳病，因用发汗法治疗后损伤津液，胃中干燥，大便燥结（有阳明里证）。原来脾可以为胃行其津液，现胃中津液亏虚，无津液可行，这就是脾受制约，所以叫"脾约"，这时太阳病未罢，而已有大便里结不通，太阳转属阳明。这种大便不通不是因热造成的，只因太阳病期间因发汗后耗伤了津液而造成，所以叫"太阳阳明者，脾约是也"。

"正阳阳明者"，是真正的阳明病，胃家实，均没有太阳病和少阳病的症候存在。

"少阳阳明者"，是少阳病转属阳明，通常是少阳病误用了汗、吐、下、利等致使津液丧失，胃中津液耗失，出现胃中干燥实烦，大便也不通。

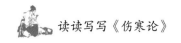

180 阳明之为病，胃家实是也。

【释义】 这个条文是阳明病的提纲证。阳明病是里阳证，是邪实与里热充斥于胃肠的一种病，所以说是"胃家实是也"。通常见腹部胀痛，拒按，大便秘结，这时病人是能吃能喝的。

181 问曰：何缘得阳明病？答曰：太阳病，若发汗，若下，若利小便，此亡津液，胃中干燥，因转属阳明，不更衣，内实，大便难者，此名阳明也。

【释义】 这一条是说明阳明病是如何发生的。用太阳病转属阳明来说明。

太阳病法当用汗法，但不当的汗法、下法、利小便等治疗方法，均会导致津液亡失，胃中津液丧失，致胃中干燥，肠道无以濡润，无水行舟，所以出现"不更衣，内实，大便难"的临床表现，这就是阳明病。

当然，少阳病误治，亦可转属阳明病。

182 问曰：阳明病外证云何？答曰：身热，汗自出，不恶寒，反恶热也。

【释义】 阳明病是邪实与邪热充斥于胃肠的疾病，但邪实与邪热有轻重的不同。阳明病外证说的是这种但热还不实的情况：外有蒸蒸发热，热象明显较太阳病的发热严重，因热盛而迫津液外泄的汗出，里热重而表现出的不恶寒而反恶热。

所以蒸蒸发热，汗出，不恶寒而恶热的但热不实的阳明外证，这种汗出往往多且黏臭，而没有明显的里实的心下硬满、疼痛、便秘的腹证存在，处方当然是白虎汤。

183 问曰：病有得之一日，不发热而恶寒者，何也？答曰：虽得之一日，恶寒将自罢，即自汗出而恶热也。

【释义】 这一段"不发热而恶寒"，与后面"恶寒将自罢，即自汗出而恶热也"

有说不清楚的地方，前面说的"不发热"有不妥，前后对照应该是"不恶热"才说得明白，即"不恶热而恶寒"。说的是太阳病在转属阳明时，虽有疾病发展较快，但初始时还没完全传入里，陷入里证时，还有表证，所以初始有恶寒，这与前面第 146 条"发热，微恶寒……外证未去者"一样，也是有"一分恶寒，一分表证"。随着邪热陷里，很快恶寒就消失，只有邪热充斥于里的表现，见蒸蒸发热，自汗出，恶热也。

184 问曰：恶寒何故自罢？答曰：阳明居中，主土也，万物所归，无所复传，始虽恶寒，二日自止，此为阳明病也。

【释义】这一条用阳明居中，万物所归来能解释阳明病病在初有恶寒很快就自罢的理由，这种解释是毫无根据的，还是以第 183 条的解释为好，这种牵强附会的解释也太玄乎。

185 本太阳初得病时，发其汗，汗先出不彻，因转属阳明也。伤寒发热无汗，呕不能食，而反汗出濈濈然者，是转属阳明也。

【释义】第一句说明太阳病初得病时，依法发其汗，并没有误治，但汗后病未除（汗出不彻），说明这病是一开始就已经很重了。这种情况临证常见：病起时较重，正确的汗法后，仍会邪传到少阳、阳明，所以"因转属阳明也"，这就是太阳阳明。

第二句"伤寒发热无汗，呕不能食"，本是太阳病，发热，无汗，而出现"呕不能食"，这说明太阳传到少阳，很快又出现"反汗出濈濈然者"，病人不断出微汗，说明病邪又转属阳明了，这就是少阳阳明。这一条文进一步解释了太阳阳明证和少阳阳明证。

186 伤寒三日，阳明脉大。

【释义】前面第 5 条有"伤寒二三日，阳明、少阳证不见者，为不传也"，这

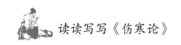

一条说明若病至三日，出现脉大，洪大脉，说明里热已盛，那肯定转属阳明了。阳明内热盛的脉是大，洪大脉，而不是浮缓脉（如桂枝汤证脉），或浮紧脉（如麻黄汤证脉）。

187 伤寒，脉浮而缓，手足自温者，是为系在太阴。太阴者，身当发黄，若小便自利者，不能发黄也。至七八日，大便硬者，为阳明病也。

【释义】这里的"脉浮而缓"与太阳中风的脉象基本无异，但太阳中风的发热是一身发热，而这里是"手足自温"，只是手足发热，脾主四肢（四末）。所以"脉浮而缓，手足自温"说的是病在太阴而不在太阳，即"系在太阴"。

而"太阴者，身当发黄，若小便自利者，不能发黄也"是一种预先推测可能发生的证候变化。脾虚湿滞蕴郁可以发黄疸，而湿邪有出路时（小便自利）则不能发黄疸。

"至七八日"多是太阴病欲愈或是病理机转的时间，"大便硬"说明是太阴脾阳渐复，由湿化燥，由寒转热，由虚转实，由阴出阳了。所以这时的"大便硬"是个太阴转出阳明的标志性证候，这种佳象，脾阳来复，正能胜邪。

这条也可以理解为太阴转属阳明，和第278条综合来读更好理解。第278条："伤寒，脉浮而缓，手足自温者，系在太阴。太阴当发身黄，若小便自利者，不能发黄。至七八日，虽暴烦，下利，日十余行，必自止，以脾家实，腐秽当去故也。"这时的大便难与阳明燥屎内结的承气汤证是不同的，处方可与麻子仁丸。

188 伤寒转系阳明者，其人濈然微汗出也。

【释义】伤寒，这里说的是太阳伤寒，是无汗恶寒，头身疼痛，发热等。当病情从无汗到不断地微汗出，可见病邪已传入阳明，微汗出是邪初传入未甚之征。结合第185条说"汗出"，只是邪热传入阳明，此时较甚罢了。要说明的是，只要是伤寒表现有濈濈然汗出，病就已经转系阳明了。转系的含义应有并病的含义，太阳伤寒转系阳明，转属应是指传经而言。

189 阳明中风，口苦咽干，腹满微喘，发热恶寒，脉浮而紧。若下之，则腹满，小便难也。

【释义】"发热恶寒，脉浮紧，腹满而喘"，这里是太阳伤寒表实证，有喘，就是前面所说的大青龙汤证，所以临证尚可还有"无汗、烦躁"，但这时候有"口苦咽干、腹满"，说明里热较大青龙汤证更甚，但还没有腹痛、便秘等里结实证，里尚未结实，所以这时候真要论治，还需用大青龙汤。

虽然有腹满，口苦咽干，已有邪入阳明，但里实未成，此时只有腹满微喘。若是里实结成，向上迫肺，亦可成喘，这时非用泻下不可，而此时里实未成，"若下之"，肯定是误治了，则会更损伤胃中津液，里更虚。这时是真的腹满（虚满），胃虚则水谷不别，津液从大便去，则见小便难了。结合第191条来理解水谷不别。

190 阳明病，若能食，名中风；不能食，名中寒。

【释义】风为阳邪，热能消谷引食，故能食；反之胃中有寒湿水饮等寒邪，阴不能消谷，故不能食。如第122条："病人脉数，数为热，当消谷引食，而反吐者，此以发汗，令阳气微，膈气虚脉，乃数也。数为客热，不能消谷，以胃中虚冷，故吐也。"临床中当注意细辨。阳明初始时里有热，故能食，但真正大便不通、里之燥屎结实严重时，亦是不能食的，所以不能以能食与不能食来武断地说明。

191 阳明病，若中寒者，不能食，小便不利，手足濈然汗出，此欲作固瘕，必大便初硬后溏。所以然者，以胃中冷，水谷不别故也。

【释义】阳明病，若胃中有水饮（中寒），是不能食的，水饮停滞于胃中而不下行，所以小便不利。

阳明病法当汗出，所以手足不断（濈然）地汗出，这种情况当有大便硬。"固"当然是坚固的意思，而时聚时散谓之瘕，所以"欲作固瘕"，指的是大便有硬块，但不是全硬的意思，前头硬后面还是稀烂的情况，即"大便初硬后溏"。

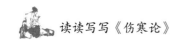

所以然者，是平时胃中有水饮（中寒），本来大便干，但因有水走大肠（道），所以"初硬后溏"即痼瘕之便，这就是水谷不别。（阳明本热证，小便不利是里有水，脾胃素虚的，往往手足心发热，即系在太阴。痼瘕是水热互结的表现，胃中虚冷时，小便不利，大便初硬后溏。水谷不别说的是大便中有不消化的食物和水谷混在一起。）

阳明虚寒有两种情形：第191条不能食，小便不利，手足濈然汗出，大便初硬后溏而欲作痼瘕（胃寒似燥）；第195条脉迟，食难用饱，小便难而欲作谷疸（胃寒似热）。

192 阳明病，初欲食，小便反不利，大便自调，其人骨节疼，翕翕如有热状，奄然发狂，濈然汗出而解。此水不胜谷气，与汗共并，脉紧则愈。

【释义】"其人骨节疼，翕翕如有热状"，说明是太阳伤寒表证未去的状况，"脉紧"也应该是应合这里的太阳伤寒。

所以这里开头的"阳明病"不是真正的阳明病，而是太阳转属阳明时的状态，此时表证未去，而里已有热，所以"初欲食"能食，但是尚有太阳表证，而没有里热津伤很严重的情况（大便干结，便秘等），但毕竟里热已有，津液已伤，故有小便不利，而此时胃气旺盛能食。

"奄然发狂，濈然汗出而解"，这不是里热结实引起的发狂，此时尚有表证，胃气充旺，是正气抗邪（正邪相争）引起的一种瞑眩反应。使邪从表解（汗出而解），所以胃气充旺，虽小便不利，亦不会有水谷不别（腹泻的表现），随着汗出，水不胜谷气（水谷不别）也就好了。所以这里说的不是真正的阳明病，也还有没发展到太阳阳明并病，还是在太阳伤寒，正说明了胃中津液充盛的重要性。

193 阳明病，欲解时，从申至戌上。

【释义】太阳病已叙述，了解一下。

194 阳明病，不能食，攻其热必哕，所以然者，胃中虚冷故也。以其人本虚，攻其热必哕。

【释义】阳明病初时里有热当能食，若是不能食，说明胃中虚寒，水饮内停，若是再用苦寒攻泄其热，则更加重胃中虚寒，必哕逆不可，说的是这个意思。也告诫我们临证慎用苦寒之品。

195 阳明病，脉迟，食难用饱，饱则微烦，头眩，必小便难，此欲作谷疸，虽下之，腹满如故，所以然者，脉迟故也。

【释义】这条在《金匮要略》黄疸篇中有，接着说"谷疸之为病，寒热不食，食即头眩，心胸不安，久久发黄，为谷疸，茵陈蒿汤主之。"所以结合分析：脉迟者为里有寒，有实寒和虚寒之别。虚寒脉也迟，"食难用饱"，是胃中虚寒有饮，所以不能食，即"食难"，即便勉为其难地进食，若是吃较多（饱了），必见食积蕴郁而化热上犯，故见心烦头眩，即"饱则微烦，头眩"。湿热内蕴则见黄疸小便难，这种情况叫作"谷疸"。

古之黄疸分为谷疸、酒疸、女劳疸。这时疑似有湿热内蕴引起的黄疸（谷疸），而作攻下法，即"下之"，看似正确，而下之见腹满如故，甚则更严重了，皆因"脉迟故也"，胃中虚寒使然也。

这是告诫我们，临证辨证当仔细，始终抓住黄疸皆因之于"湿"，湿皆缘于脾气失于健运，脾虚使然，脾阳肾阳之不足亏虚所致，皆是程度不同罢了，这是黄疸之成之根本。

196 阳明病，法多汗，反无汗，其身如虫行皮中状者，此以久虚故也。

【释义】阳明病，里热盛蒸蒸迫津外出，所以法当是多汗的，但是这时如果病人反出现无汗的情况，但因里有热邪往外蒸迫，故病人周身如虫行皮中的感觉。热外蒸而汗少，甚则无汗，原因是胃中津液少，所以平时胃气也不是很强，不能

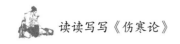

消谷化生精微津液，且这种情况已久矣，"此以久虚故也"。所以即便出现阳明病的情况，也会无汗，这时若出现胃家实（大便硬），是绝不能用承气汤类方的，只能用脾约丸治疗，这是要注意的。

197 阳明病，反无汗，而小便利，二三日呕而咳，手足厥者，必苦头痛。若不咳，不呕，手足不厥者，头不痛。

【释义】这一条从阳明病发病初期时的二三日的临床表现说起，具有呕和咳嗽，这是说明此阳明病是源于半表半里的少阳病，这时已有里内热的表现，所以首冠以"阳明病"，但仍以少阳病表现为主。里虽有热，但热不甚，未能达到蒸蒸汗出的时候，所以是无汗而小便利，里热上犯而见头痛。而少阳热郁在里，不达四末，而见手足厥的表现，所以这时的厥是暂时的，阳郁不达而已（如四逆散症）。当然因里有热，津液不足，不能达四末（濡养四末）亦可见厥，如第230条所说经小柴胡汤治疗后，津液恢复，"上焦得通，津液得下，胃气因和，身濈然汗出而解"，说的就是这个意思。

"不咳，不呕"说明不是少阳病，里热也不甚，津液尚足，故手足不厥者，当然不会有热而上犯的"头痛"了。

198 阳明病，但头眩，不恶寒，故能食而咳，其人咽必痛，若不咳者，咽不痛。

【释义】阳明病，外证法当身热汗出，不恶寒反恶热，故能食，为内有热，热邪上迫肺而见咳嗽；咽为肺之门户，故亦见咽痛。头眩多是见于胃中有停饮，热邪引动上冒引起，故里热引动内饮，而这里没有提到呕吐，应是因热上扰而引动的头眩，而没有停饮。临证出现头眩时，当注意区分如苓桂术甘汤证、吴茱萸汤证、产妇郁冒的小柴胡汤证等。

199 阳明病，无汗，小便不利，心中懊恼者，身必发黄。

【释义】阳明病当发热汗出，这样邪热方可外越，无汗则说明热不得外越，加之小便不利，内有湿邪无去路，热与湿交蒸，身必发黄，说的就是"瘀热在里"。"心中懊恼"，说的是里有真热，内热扰心神的表现。

200 阳明病，被火，额上微汗出，而小便不利者，必发黄。

【释义】阳明病，本有里热，当发热汗出，治宜用清法，而"被火"，邪热更甚，而这时仅仅是"额上微汗出"，他处无汗，同样的里热不得外越，再见小便不利，里湿亦无去处，热与湿交蒸，身必发黄。

201 阳明病，脉浮而紧者，必潮热，发作有时，但浮者，必盗汗出。

【释义】脉浮而紧，这是太阳伤寒的脉，所以是太阳伤寒转属阳明了。而"脉浮而紧"，说明太阳伤寒外证尚明显，虽说是转属阳明，也仅见潮热发作有时的症候而已，因为真正里实热的时候，那肯定是始终发潮热的，而不是发作有时的一种情况，所以这时里虽有热，也未达到胃家实的程度。

"但浮者"，前面是脉浮而紧，这里是仅仅浮脉，而不见紧脉，所以津液已有所失，但脉仍浮，说明病仍有在表，而又没有出现脉浮缓的太阳中风的表现，诊时又没有发现汗出，而又有津液丢失的情况（浮紧脉转为浮脉），所以说是"必盗汗出"了。当然临证时盗汗的情况很多，当注意鉴别。

202 阳明病，口燥，但欲漱水不欲咽者，此必衄。

【释义】阳明病，里热甚，胃中有热伤津液，通常会引水自救（口干燥，渴饮水浆），而这时病人口燥，口干燥而不欲饮、不渴，即"但欲漱水不欲咽者"，所以说明这热是在血分，必迫血妄行，故"此必衄"。

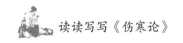

《伤寒论》中口渴不欲饮大概有以下几种情况。

血热，津液伤不重，里热或夹湿邪，湿热同在。阳明气分有热，热迫使津液外越，渴而能饮，如白虎加人参汤证"大烦渴不解"，"舌上干燥而烦，欲饮水数升者"，是气分有热，伤津耗液特别明显，热迫津液，大汗出，口渴而能饮。而热在血分在阴分。热一旦入血分入阴分，热邪内收内敛，伤津就不重。所以仅仅是口干燥，并不想喝水，"但欲漱水不欲咽"，热蒸血分的津液，甚至根本就一点也不想喝水，如本条。

上焦热，中焦寒。第80条："伤寒，医以丸药大下之，身热不去，微烦者，栀子干姜汤主之。"第147条："伤寒五六日，已发汗，而复下之，胸胁满微结，小便不利，渴而不呕，但头汗出，往来寒热，心烦者，此为未解也，柴胡桂枝干姜汤主之。"第178条："伤寒，胸中有热，胃中有邪气，腹中痛，欲呕吐者，黄连汤主之。"第359条"伤寒本自寒下，医复吐下之，寒格，更逆吐下，若食入口即吐，干姜黄芩黄连人参汤主之。"

肾阳虚的口渴。第282条："少阴病，欲吐不吐，心烦，但欲寐，五六日，自利而渴者，属少阴也，虚故引水自救。若小便色白者，少阴病形悉具。小便白者，以下焦虚有寒，不能制水，故令色白也。"第316条："少阴病，二三日不已，至四五日，腹痛，小便不利，四肢沉重疼痛，自下利者，此为有水气。其人或咳，或小便利，或下利，或呕者，真武汤主之。"

瘀血引起的口渴。在《金匮要略》16惊悸吐血下血胸满瘀血篇第10条"病人胸满，唇痿舌青，口燥，但欲漱水不欲咽，无寒热，脉微大来迟，腹不满，其人言我满，为有瘀血"，第11条"病者如热状，烦满，口干燥而渴，其脉反无热，此为阴伏，是瘀血也，当下之"；妇人杂病篇第9条"问曰：妇人年五十所，病下利数十日不止，暮即发热，少腹里急，腹满，手掌烦热，唇口干燥，何也？师曰：此病属带下。何以故？曾经半产，瘀血在少腹不去，何以知之？其证唇口干燥，故知之。当以温经汤主之"。均是瘀血内阻，津行不利而不能上润使然。津滞非津亏，故虽口燥欲饮水但不欲咽。

203 阳明病，本自汗出，医更重发汗，病已差，尚微烦不了了者，此必大便硬故也。以亡津液，胃中干燥，故令大便硬。当问其小便日几行，若本小便日三四行，今日再行，故知大便不久出。今为小便数少，以津液当还入胃中，故知不久必大便也。

【释义】"阳明病，本自汗出，医更重发汗"，说的是阳明病不能用发汗法治疗的，所以这个不是真的阳明病，"本自汗出"，说的应是太阳中风，治疗应是用桂枝汤发汗，而"医更重发汗"，说的是用其他不当的发汗方法（如较重的发汗药：麻黄类方），这种情况我们在太阳病篇已多次强调病必不能解的，表必不解，故出现心烦情况。"病已差"，说的是太阳中风的其他症状还在，仅仅汗出已止而已。

这样的"重发汗"，必耗伤津液（汗多亡阳，阳即津液），胃中干燥，所以又"微烦不了了，大便硬故也"。"以亡津液，胃中干燥，故令大便硬"就是这个解释。所以后面的这一段更好理解了，若是胃中津液因上面的治疗后逐渐恢复，那大便自然解出，更进一步说明这不是真正的阳明病，真有里实热证存在，那是非治疗不可的。

204 伤寒呕多，虽有阳明证，不可攻也。

【释义】呕吐多是属于少阳证，少阳证禁汗、吐、下，少阳阳明并病也是可以出现呕吐的，若是呕不甚，临证确是有用攻法治疗的时候。可出现呕吐频繁的时候，当从少阳而治，绝不可攻之。

205 阳明病，心下硬满者，不可攻之，攻之利遂不止者死，利止者愈。

【释义】只见"心下硬满"而没有其他如腹痛拒按，大便秘结，潮热等，这只是"痞证"，胃中虚（人参证），胃虚有水气，此时是不可攻的（攻下法多用苦寒泻下之剂），攻之必利遂不可；若是下利不止，津液耗竭则死，利止则可愈。张仲景反复告诫我们：临证当辨清虚实，不可虚证以实治，实证以虚治也。如《金匮

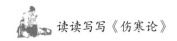

要略》"百合病见于阴者，以阳法救之；见于阳者，以阴法救之。见阳攻阴，复发其汗，此为逆；见阴攻阳，乃复下之，此亦为逆。"当然不单指百合病。

206 阳明病，面合色赤，不可攻之。必发热，色黄者，小便不利也。

【释义】《医宗金鉴》有"葛根浮长表阳明，缘缘面赤额头疼，头项强痛而无汗，目痛鼻干卧不宁"，说的是葛根汤的方证。这里的"面合色赤"，说的是阳气怫郁在表而见缘缘面赤，治疗是用葛根汤微发其汗的，绝不可用泻下等攻法治疗。若误用泻下后，必然致邪热内陷，致胃中津液亏虚，小便不利。若是素有水饮内停，热与水交蒸而见发黄；或泻下后致胃中虚冷，水谷不别，加之小便不利，寒湿邪与陷入之邪热交蒸，蕴郁易可见发黄。

207 阳明病，不吐不下，心烦者，可与调胃承气汤。

【释义】回读第76条："发汗吐下后，虚烦不得眠……栀子豉汤主之。"是因经过吐下后，胃中已虚，是虚烦。而阳明病有发热汗出，不恶寒反恶热，且有腹证（腹胀满疼痛、便秘等），是确切的胃家实，这时的"心烦"，是实烦，不是虚烦，这时"可与"，说明斟酌考虑可用调胃承气汤。

调胃承气汤是承气汤类方中作用最轻的泻下剂，调胃是调胃中之不和。方中有甘草，能缓和大黄、芒硝的峻下作用，也说明本证并非急于攻下之证。

208 阳明病，脉迟，虽汗出不恶寒者，其身必重，短气，腹满而喘，有潮热者，此外欲解，可攻里也。手足濈然汗出者，此大便已硬也，大承气汤主之。若汗多，微发热恶寒者，外未解也，其热不潮，未可与承气汤。若腹大满不通者，可与小承气汤，微和胃气，勿令至大泄下。

【释义】"阳明病，脉迟，虽汗出不恶寒者"，阳明病外证是发热汗出，不恶寒反恶热，说明此时外证是存在的，可"脉迟"，迟脉可以是虚寒之脉，出现在这里说明里热还不甚，若是里热甚，则脉必是数的。

"其身必重，短气，腹满而喘"，身上有湿气则会有身酸重、身沉的感觉。辨识水饮（湿）的一个很重要的表现，就是身体各种酸的表现，例如鼻子发酸，眼睛发酸，肌肉发酸，关节发酸等，酸就表示有（寒）湿水饮。《金匮要略》痰饮咳嗽第12条云："夫病人饮水多，必暴喘满。凡食少饮多，水停心下，甚者则悸，微者短气。"所以这里短气是胃里有水饮停滞，此时，里热携水饮上迫，而见"腹满而喘"。（要注意的是若是里热结实严重，同样可以上迫胸膈，也会有腹满胀痛而喘的。）这些情况虽有下之证，但因脉迟，里实不甚，且可能有虚（寒）的情况，所以这时还不能下，且身外表有湿，素有脾虚，水饮内停，就是前面说过的"系在太阴"。

"有潮热者"，阳明病的热是自里向外蒸蒸发热，潮热说的是这种热象如潮水般而来，持续加重的热，说明"外欲解"是"可攻里"了。攻里选用什么方剂呢？下面来分析。

"手足濈然汗出者"，临证当然是阳明病早先是身上汗出，进展再出现手足绵绵不断汗出，说明这是现大便坚硬之候（阳明病里热甚，迫津外泄，所以里头是不能留有津液的。）全身干热（触之热）。所以潮热，手足不断汗出，大便硬，那是可以用大承气汤了。当然可能还有腹部胀满疼痛的症状。

"若汗多，微发热恶寒者，外未解也，其热不潮，未可与承气汤"，阳明病法当汗多，但此时微发热，不是潮热，且有恶寒，表证仍在，有表证又有里证时，里实有表治疗定法是先解表后攻里，所以这种情况是不能用承气汤攻里的，须先用桂枝汤解表。

"若腹大满不通者"，是腹胀满为主而大便不通，没有腹胀满痛、潮热的情况，就用小承气汤微和胃气就好，"勿令至大泄下"。小承气汤的消胀之功是非常强的。

大承气汤是实、满、坚、痛、胀具备，有潮热；小承气汤消胀作用强；调胃承气汤通便作用较小承气汤强，但是消胀作用不如小承气汤。

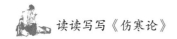

> **大承气汤**
>
> 【经典方药】大黄（四两，酒洗），厚朴（半斤，炙，去皮），枳实（五枚，炙），芒硝（三合）。
>
> 上四味，以水一斗，先煮二物，取五升，去滓，内大黄，更煮取二升，去滓，内芒硝，更上微火一两沸，分温再服，得下，余勿服。

【参考方证】（1）脐腹四周疼痛、腹胀、坚满拒按、便秘或黏液脓血便或下利清水秽臭；（2）潮热或发热、身热手足濈然汗出多；（3）烦躁、谵语、神志失常；（4）脉沉实有力或迟滑或滑数，苔干焦黄起红刺。

> **小承气汤**
>
> 【经典方药】大黄（四两，酒洗），厚朴（二两，炙，去皮），枳实（大者三枚，炙）。
>
> 上三味，以水四升，煮取一升二合，去滓，分温二服，初服汤当更衣，不尔者，尽饮之。若更衣者，勿服之。

【参考方证】本方的泻下作用较大承气汤减弱，病证较大承气汤病轻势缓，临床主要用于胸腹胀满痛，潮热汗出，烦躁谵语，便秘或下利，尿黄面赤。

209 阳明病，潮热，大便微硬者，可与大承气汤；不硬者，不可与之。若不大便六七日，恐有燥屎，欲知之法，少与小承气汤，汤入腹中，转矢气者，此有燥屎也，乃可攻之。若不转矢气者，此但初头硬，后必溏，不可攻之，攻之必腹胀不能食也。欲饮水者，与水则哕。其发热者，必大便复硬而少也，以小承气汤和之。不转矢气者，慎不可攻也。

【释义】"阳明病，乃胃家实"是里热实结之证。若是潮热（说明热势较甚），大便硬这种，方可用大承气汤。"不硬者，不可与之"，这种情况不能理解为大承气汤是治疗大便硬的（前面已经分析了，引起大便硬的原因有很多）。只有阳明病，有潮热的大便硬时，才可用大承气汤。"若不大便六七日，恐有燥屎"，不大便的时间长短，不是决定是否里有燥屎的要素。当然，若是如前面讲的"手足濈然汗出"了，那大便已硬了的。多日不大便，如何确定是否有燥屎呢？"欲知之法，少与小承气汤，汤入腹中，转矢气者，此有燥屎也，乃可攻之。"这时其实也是治疗，用小承气汤后转矢气，故知里有燥屎，但力度不够，只能用大承气汤攻之。若用小承气汤后不转矢气的，且是初头硬后必溏的，说明里已有虚，攻下后，里更虚了，苦寒攻下后，脾胃虚寒更甚，陷入太阴地界，故"必腹胀不能食也"。脾胃虚寒，故饮水则哕。而若是用小承气汤后再发潮热者，说明也是里已有硬便，是可以用小承气汤和之的。训诫是不转矢气者，慎不可攻之也。

210 夫实则谵语，虚则郑声。郑声者，重语也，直视谵语，喘满者死，下利者亦死。

【释义】"实则谵语"，阳明里实甚时，会有狂言乱语的症状，这是实证的表现；反之是郑声，是小声地重复，没完没了地说同一句话或同一个字，这是郑声，是正虚的表现。里热耗伤津液，津液损伤严重时，无以荣养目窍，心神亦失养，是病情很严重了的。精气无以所托，而脱于上而见喘满；同样的，本是里热实证反见下利，阳病转阴证，津液必脱于下不可。这些可都是死证。

211 发汗多，若重发汗者，亡其阳，谵语，脉短者死，脉自和者不死。

【释义】"发汗多"说明反反复复地发汗，"重发汗者"这也是不正确地发汗，这两者都是逆治法，都是要亡阳的，已经反复强调，张仲景说的阳指的是津液，不是我们后世的阳（指的是热，阳气等）。大量的津液丧失，胃中干燥，所以见谵语。脉象，一般切脉可及上到寸口，下到尺中。若是上不到寸口，下不到尺中，只见关上一点脉，就叫作短脉，这时是津液血液虚竭之象，阴损及阳，是死证。当然这时若脉自和（精气神和）的话，也不至于到死证，尚可治。

212 伤寒，若吐若下后不解，不大便五六日，上至十余日，日晡所发潮热，不恶寒，独语如见鬼状。若剧者，发则不识人，循衣摸床，惕而不安，微喘直视，脉弦者生，涩者死，微者，但发热谵语者，大承气汤主之。若一服利，则止后服。

【释义】太阳伤寒，治法当发汗。用吐下法都是逆治。误治的后果有二：一是吐下后会耗失津液，里虚了会变生他病；二是里虚了，可致外邪陷入里而致里证发生。本条发生阳明病了（或可见太阳阳明并病）。所以这些情况导致的疾病的轻重要视病人素体体质、病邪轻重情况和身体反应而定。

邪热陷入里，内结阳明，而见外证及里热津伤后引起的诸证：日晡所发潮热而不恶寒（已无表证），只有热（恶热）；津液耗伤，胃中干燥，心神失养，邪热上扰神明而见独语，如见鬼状，发则不识人，循衣摸床，惕而不安，微喘直视（无故惊恐而不安）；邪热上迫胸肺，目精失养而见微喘直视。

弦脉，是有余之脉，所以是尚有抗邪之力；涩者，是津液已枯竭，生死可判。所以病情较轻的，但见发热谵语的，也是要果断地用大承气汤急下救阴津。但因是峻猛之剂，不可多服，恐伤津液也。

213 阳明病，其人多汗，以津液外出，胃中燥，大便必硬，硬则谵语，小承气汤主之。若一服谵语止者，更莫复服。

【释义】病人平时多汗，患有阳明病后，还是多汗，这没有说有潮热，所以不是因里热甚引起的；因汗多致津液外泄，胃中干燥，大便硬而见谵语，这时亦未见明显的心下胀痛拒按等腹证，里热结实还不甚，只因汗出多津液损伤引起，只用小承气汤就好了，没有大承气汤的方证。当然也是中病则止，别再伤津液。所以张仲景再次强调细致辨证以及腹诊腹证的重要性。

214 阳明病，谵语，发潮热，脉滑而疾者，小承气汤主之。因与承气汤一升，腹中转气者，更服一升；若不转气者，勿更与之。明日又不大便，脉反微涩者，里虚也，为难治，不可更与承气汤也。

【释义】联系前面的条文，可知"阳明病，谵语，发潮热，脉滑而疾者，小承气汤主之"应该是错误的，应该是"大承气汤主之"。脉滑主实，疾是快、数之意，当然有虚实之分，而和滑一起，就是滑数，应是实热之脉了。宜联系第215条理解。

后面的一节，若是有大便干硬，可参阅第209条条文，否则说不通。因前一节是里实热之证，根本就不会引起后面的情况。

215 阳明病，谵语，有潮热，反不能食者，胃中必有燥屎五六枚也。若能食者，但硬耳。宜大承气汤下之。

【释义】这一条说的是两个意思，同样是阳明病，谵语，有潮热，大便硬的：一是反不能食，因"胃中必有燥屎五六枚也"，不是胃中有燥屎，不能这样理解，说的是胃中有宿食，食物燥结于胃，且较严重，所以这种情况是不能食的。二是胃中确有热，热能消谷，故能食。这两种情况，治疗当然都是用大承气汤。这一条也正好印证第214条的第一句用小承气汤是错误的。

216 阳明病，下血谵语者，此为热入血室，但头汗出者，刺期门，随其实而泻之，濈然汗出则愈。

【释义】太阳病篇已经有关于热入血室的论述。阳明病篇也有热入血室的问题。病人平时就有瘀血在少腹（下腹痛），患阳明病后，胃中里热甚而下行入"血室"，迫血妄行而下血；胃中燥而谵语。因热邪下行入血室，身上无汗，但见头汗出，这时可针刺期门以泻热。邪热去则胃中和，在表必见汗出，故"濈然汗出则愈"。

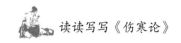
217 汗出谵语者，以有燥屎在胃中，此为风也，须下之，过经乃可下之。下之若早，语言必乱，以表虚里实故也。下之愈，宜大承气汤。

【释义】这条没有冠以"阳明病"开头，先从"此为风也"说起。这个"风"说的是太阳中风（发热，汗出，恶风，脉缓），因病情发展很快，急转直下，并见阳明病（谵语，大便干结），太阳阳明并病了。我们平时临床可见到这样的病：先是有太阳中风证发展很快，见白虎汤证而急转入阳明里实热证，是病情很重了，确实需要用下法治疗。可表里同病，外有表证（先应用桂枝汤，表解乃可攻里），后面说的就是这个意思。

218 伤寒四五日，脉沉而喘满，沉为在里，而反发其汗，津液越出，大便为难，表虚里实，久则谵语。

【释义】前面读了多条的太阳中风转属阳明里实的情况。这条说明的是太阳伤寒，病程中同样也有转属阳明里实的情况。太阳伤寒四五日，治法当发汗。脉沉，沉脉主里，太阳伤寒，脉当浮紧，这时已无浮紧脉，说明病已经不在表，已完全转入阳明（里）。所以"喘满"也是因阳明里实严重上迫胸肺（横膈膜）引起的呼吸困难。这时的治法绝对是不能用汗法的。所以"反发其汗"是误治，导致津液再被夺（本已因邪热入里伤津），所以大便必难。因汗而表虚再夺汗，津液更虚，里更实，必见谵语不可。治法当然以大承气汤通腑泻热存阴。

219 三阳合病，腹满身重，难以转侧，口不仁，面垢，谵语遗尿，发汗则谵语，下之则额上生汗，手足逆冷，若自汗出者，白虎汤主之。

【释义】同时发病者称之为合病。而一病先发后转属到另一个病，前一病未罢，后一病已见的称之为并病。

这一条可参阅吴谦的《医宗金鉴》"三阳合病腹膨膨，口燥身重而谵语，欲眠合目汗蒸蒸，遗尿面垢参白虎。"

三阳合病，三阳同时发病，一发作就是同时来的。

腹满，谵语，遗尿（因热而小便失禁），这些症状是属于阳明的；身重，难以转侧，是有湿邪在表，湿热在表所以出现身重，这些是太阳病；口不仁（口干舌燥，食不知味了），面垢，这些是属于少阳病。表、半表半里、里的证候交错出现为三阳合病。

阳明病法当里热其迫津外泄而蒸蒸汗出，小便利，大便干结（燥），但因外有湿（身重），所以并未见明显的蒸蒸汗出（只见自汗出者），里实也不甚，所以治疗用白虎汤。身重说明湿邪在，里实还未结得严重，是不能用攻下、泻下治疗的。湿邪不能用下法，只能用利小便或者汗法。《金匮要略》痉湿暍篇"湿家下之，额上汗出，微喘，小便利者，死；若下利不止者，亦死。"所以这时候若用下法更虚其胃，精微化生不能（且下后津液更虚），四末无以濡养而见手足虚冷，虚阳上越而见额上汗出，但未见有死候。

所以这种情况有在表之湿邪又有少阳病（少阳病是不能用汗、吐、下法），只能用清肃内外之热的白虎汤治疗。这个病犹如后世温病学所说的湿温。

220 二阳并病，太阳证罢，但发潮热，手足漐漐汗出，大便难而谵语者，下之则愈，宜大承气汤。

【释义】这条说的是太阳阳明并病，这时候表证已罢（太阳证罢），若是表未解，是不能用攻里的，当先解表，在太阳病篇已多次提到，这是法则。这时出现潮热，谵语，大便难，同时伴有身上、手足不断地汗出（这是大便已硬的一个症候），可用下法用大承气汤治疗。这也是大承气汤的常见方证（加上腹证）。

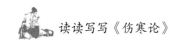

221 阳明病，脉浮而紧，咽燥口苦，腹满而喘，发热汗出，不恶寒反恶热，身重。若发汗则躁，心愦愦反谵语。若加温针，必怵惕烦躁不得眠。若下之，则胃中空虚，客气动膈，心中懊憹，舌上苔者，栀子豉汤主之。

【释义】"阳明病，脉浮而紧"，这个"脉浮而紧"是太阳伤寒之脉，和前面第208条的"脉迟"一样，非真正的阳明脉，虽冠以"阳明病"，只是症状有相似而已。"咽燥口苦"，显然是一个少阳证，而"腹满而喘，发热汗出，不恶寒反恶热"，则是阳明病的系列症状，还有一个"身重"，显然是身上有湿邪在表。所以说这一条虽没有明说是三阳合病，其实也是一个三阳合病的表现，只是阳明病证候较明显罢了。但同样的身上尚有湿邪，治疗上是不能用汗、下的。温针也是错误的。

这三个病误治后导致的结果：发汗，则再夺津液，胃中干燥则出现躁，心中愦愦而谵语，即"发汗则躁，心愦愦反谵语"（烦是热，阳证；躁是乱，多为阴证）；而温针则迫津外泄，阴损及阳，心阳不振，即"怵惕烦躁不得眠"；而这时身上有湿，胃中还没结实，而下之则胃中空虚，客邪（邪热）入侵则出现心中懊憹。若是舌上白苔者，可用栀子豉汤治疗。

222 若渴欲饮水，口干舌燥者，白虎加人参汤主之。

【释义】这一条是延续第221条，说的阳明病里实未结成时，而用攻下后引起的变证。虽说阳明里实肯定用下法，但里未结实时，下之后津液更耗伤，而里热更甚，出现渴更严重，白虎汤治渴之力是不足的，只能加用人参健胃养液，这"渴欲饮水"是说渴严重了。

所以说临证需要注意的是：阳明病初期阶段，里实未成之时若是过早误用或过用攻下剂之后，可能会出现的三种情况。

（1）虚烦的栀子豉汤证；

（2）原本是白虎汤证变成了白虎加人参汤证；

（3）下之后更虚其胃，致小便不利，而外（表）有郁热，即"脉浮发热"的猪苓汤证。第 223 条说的就是这种情况。

223 若脉浮发热，渴欲饮水，小便不利者，猪苓汤主之。

【释义】外（表）有发热，热邪已伤胃津，小便不利（可见尿频、急、痛或血尿等），胃中虚（津液虚）而渴，引水自救而欲饮水，通常是阴虚中有湿邪的情况。现在的尿路感染、肾盂肾炎等常见。可加用生薏苡仁，大便干时可酌情加用小剂量生大黄。张仲景用此方治淋伴有尿血、口渴、浮肿、失眠等症状。

猪苓汤

【经典方药】猪苓（一两，去皮），茯苓（一两），泽泻（一两），阿胶（一两），滑石（一两，碎）。

上五味，以水四升，先煮四味，取二升，去滓，内阿胶烊消，温服七合，日三服。

【参考方证】1. 发热、呕而渴，心烦不得眠，口舌皮肤干燥，小便不利，尿色黄赤，淋漓涩痛伴少腹胀满者；2. 尿频、尿急、尿血或排尿后疼痛而渴欲饮水者；3. 舌红苔滑，脉浮或浮数。

224 阳明病，汗出多而渴者，不可与猪苓汤，以汗多胃中燥，猪苓汤复利其小便故也。

【释义】阳明病，法当发热汗多，必然会伤津耗液，这时候胃中已干燥，自然是不能再用利小便进一步伤津液的方剂了。

225 脉浮而迟，表热里寒，下利清谷者，四逆汤主之。

【释义】先回读第 176 条："伤寒脉浮滑，此以表有热，里有寒，白虎汤主之。"说明脉浮滑说的若是表热里寒，肯定是错的。浮滑脉应该是内外均热，或表里俱

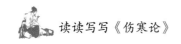

热才正确，不然不能用白虎汤。

这里"脉浮而迟"：浮为在表，迟是里寒，这才是表热里寒，少阴表也，下利清谷，所以里虚（里虚寒更严重），处方可以用四逆汤（附子、干姜、炙甘草）治疗。但是若是用白通汤（附子、干姜、大葱白）更佳，葱白温性发汗，同时可以表里两解。

若是用四逆汤是舍表救里，这是定法，也是没有错误的，只是忽略了在表之热邪。

张仲景四逆汤用附子一枚，通脉四逆汤乃是附子大者一枚，急性亡阳者如灯火将灭，正所谓"少火生气"，不能用过大剂量。而张仲景用于温经止痛的附子量则较大：一枚至三枚。如桂枝加附子汤用三枚炮附子，而温里回阳救逆者均用一枚（干姜附子汤、茯苓四逆汤、四逆汤、白通汤、通脉附子汤、四逆加人参汤、白通加猪胆汁人尿汤、通脉四逆加猪胆汁人尿汤），这八方均用生附子。而张仲景用干姜附子合用的有九方，八方为四逆类方，另一方乌梅丸用的是炮附子。

226 若胃中虚冷，不能食者，饮水则哕。

【释义】胃气虚且寒，是不能消谷的。同时胃中虚则有饮停，也是不能食的。胃中虚寒不能温化水饮，饮水则哕。

227 脉浮发热，口干鼻燥，能食者则衄。

【释义】浮是邪在表，所以"脉浮发热"说的是表有热，热伤津液，可见口干鼻燥；同时也可以理解为少阳病（少阳病是口苦咽干目眩，是一种五官科发热临床病），所以也可以说是半表半里发热。热能消谷，所以能食是里有热，故而这一条说的是表里内外俱有热，易引起热邪迫血妄行而见出血。

228 阳明病，下之，其外有热，手足温，不结胸，心中懊憹，饥不能食，但头汗出者，栀子豉汤主之。

【释义】阳明病到里结实热的时候法当下，也反复强调病尚在白虎汤证的阶段，未成里实时用下法是要变生他证的。下之后不但邪热未清而出现外还有热，所以手足温，下之后还有余热，余热未除。而虽尚有里热，若胃中无水饮，并未出现水热互结的结胸证（不会有心下实硬，疼痛拒按的结胸证）。

只是下之后也造成了胃中空虚，如第 221 条言"胃中空虚，客气动膈"，胃中有余热，所以会有饥饿感，但因胃中空虚所以不能食（若是胃中实热，必是消谷善饥能食的）。余热上扰，心中懊憹，但头汗出甚或胸中窒，当然是用栀子豉汤治疗。

229 阳明病，发潮热，大便溏，小便自可，胸胁满不去者，与小柴胡汤。

【释义】阳明病，若是发潮热，大便干结，手足溅然汗出，那是里热结实已成的标志。潮热是发热如潮，热势是相当厉害的。这时出现大便溏（下利、稀水、稀溏等），小便自可（注意是虽发热，但出现大便溏而小便自可这种情况）。大便下利不是前面说的水谷不别，水谷不别引起的下利也有小便不利，是可以用利小便以实大便治疗的。而这里的大便溏是因潮热引起的，因热引起，不能用利小便的方法治疗，越利小便热会越严重。这时候又有胸胁满的柴胡证，所以处方用小柴胡汤。这种情况常见于急性肠炎、痢疾等。

230 阳明病，胁下硬满，不大便而呕，舌上白苔者，可与小柴胡汤。上焦得通，津液得下，胃气因和，身溅然汗出而解。

【释义】"胁下硬满"和第 229 条所言的"胸胁满不去"是一样的，柴胡证属于少阳病。不大便冠以"阳明病"是里有热，里有所结，柴胡证是邪结于胁下，所以是少阳并阳明，以少阳病为主，舌上白苔者，是但热不实的表现，这时若里

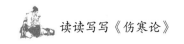

热已实，舌苔非黄不可，这点非常重要。

所以正因为有邪结于胁下，影响上焦津液不通了（枢机不利），用小柴胡汤正是基于解这个"邪结"的，这样才达到"上焦得通，津液得下，胃气因和，身濈然汗出而解"的目的。

231 阳明中风，脉弦浮大而短气，腹都满，胁下及心痛，久按之气不通，鼻干不得汗，嗜卧，一身及目悉黄，小便难，有潮热，时时哕，耳前后肿，刺之小差，外不解，病过十日，脉续浮者，与小柴胡汤。

【释义】前面第189、190条均有阳明中风的说法，说的是风为阳邪，脉弦为病在少阳，浮是阳，大是有余之脉。短气是心下有水饮（《金匮要略》："水停心下，甚者则悸，微者短气。"）。里实严重时亦上迫心肺出现喘促。腹满是里有热，而实未成，故只满而不痛；胁下及心痛是柴胡证；久按之气不通是邪结于胁下；热邪上犯则鼻干不得汗，嗜卧是邪犯少阳；心下有水气与入里之邪热交蒸，湿热犯肝胆，泛溢肌肤下注则见一身及面目悉黄，小便不利。湿热犯胃则哕；潮热是发热较严重的意思。邪热上犯可见耳前后肿。外有热里实未成，少阳证见，所以治疗汗之不可，下之不能，试之针刺以泄郁热，刺之后"脉续浮者"，外尚有热，而诸证亦仍在，用小柴胡汤通利枢机，通畅三焦除表里热。

232 脉但浮，无余证者，与麻黄汤。若不尿，腹满加哕者，不治。

【释义】脉浮说的是病邪在表证未解，无余证者是无其他的里证而言。病在表也要分清太阳伤寒证和太阳中风证。若是太阳中风证，"与麻黄汤"那是误治，大汗出则会耗伤津液，加之原先里热伤津则可见尿少或不尿；胃津衰败则腹满则哕，于是出现邪气上逆，胃气不降，格拒于上；下则三焦通道已闭，邪气亦不能从小便去，出现所谓的"关格"。《难经》："关格者，不得尽其命而死。"所以出现这样的临床表现是急危重之候不治。

233 阳明病，自汗出，若发汗，小便自利者，此为津液内竭，虽硬不可攻之，当须自欲大便，宜蜜煎导而通之，若土瓜根及大猪胆汁，皆可为导。

【释义】阳明病外证，法当有汗出发热，但是不能用发汗法治疗，若发汗必然导致津液亡失太多，这时还出现小便自利，那肯定是"津液内竭"的，必造成大便干，但这种人便干不是因为阳明病的里热造成的，所以也没有腹证，治疗上亦不能用攻下之法。用的是蜜煎导、大猪胆汁或土瓜根这些中医外治法，这应是最早用的"灌肠"措施。

这一段的理解可与第 203 条"阳明病，本自汗出，医更重发汗，病已差，尚微烦不了了者，此必大便硬故也。以亡津液，胃中干燥，故令大便硬。当问其小便日几行，若本小便日三四行，今日再行，故知大便不久出。今为小便数少，以津液当还入胃中，故知不久必大便也"相联系。阳明病本自汗出，医更重发汗，小便当时日三四行，出现今日再行小便少了，这是津液渐复还入胃中，大便就能出来了。而这一条是本自汗出而又发其汗，小便反自利，津液完全有耗竭的情况，津液不是一点点少，简直不能自还了。

蜜煎导

【经典方药】食蜜（七合）。

上一味，于铜器内，微火煎，当须凝如饴状，搅之勿令焦着，欲可丸，并手捻作挺，令头锐，大如指，长二寸许，当热时急作，冷则硬，以内谷道中。以手急抱，欲大便时乃去之，又大猪胆一枚，泻汁，和少许法醋，以灌谷道内，如一食顷，当大便出宿食恶物，甚效。

【参考方证】便秘。

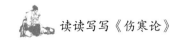

234 阳明病，脉迟，汗出多，微恶寒者，表未解也，可发汗，宜桂枝汤。

【释义】张仲景的脉迟，说的是迟缓、不足，津液不足、津液虚且少之脉。汗出多也说明了伤津耗液这一点。"微恶寒"，表未解，虽冠以"阳明病"（肯定是有里实了），但不明显，说明还是表里同病，里病里实当用下法，表里同病里实者，当先解表，表解后方可攻里；里虚者当先救里后解表。这里可以回顾一下第91、164、372条。这有桂枝汤方证当然是用桂枝汤。

235 阳明病，脉浮，无汗而喘者，发汗则愈，宜麻黄汤。

【释义】这时太阳转属阳明，有太阳伤寒的麻黄汤证，表里同病，里实者先解表，后攻里，故用麻黄汤。

236 阳明病，发热汗出者，此为热越，不能发黄也。但头汗出，身无汗，齐颈而还，小便不利，渴引水浆者，此为瘀热在里，身必发黄，茵陈蒿汤主之。

【释义】阳明病，法当发热汗出，邪热才能外越，邪有出路，身体方可不发黄疸。中医说的黄疸，缘于机体的湿邪，"黄家所得，从湿得之"，与脾（胃）气健运失职有关，根于脾、肾阳气之不足，所以治疗总不离脾胃，至于病程中的热象只是基于阳气损伤的轻重程度不同罢了。治疗不可过用寒凉，损伤脾肾之阳。结合读第259条。

里有热，上迫而见头汗出，而身无汗且头汗齐颈而还，邪热上不得外泄（外越），而下又见小便不利（邪亦不能从小便出），渴引水浆（说明胃中干燥还有饮停），水湿瘀于里与陷入邪热蕴蒸（水热交蒸，肝胆疏泄不能），而发黄疸。阳明病，这里应当还有里热实证及腹证存在的可能，所以处方用茵陈蒿汤。注意茵陈当先煎。

茵陈蒿汤

【经典方药】茵陈蒿（六两），栀子（十四枚，擘），大黄（二两，去皮）。

上三味，以水一斗二升，先煮茵陈，减六升，内二味，煮取三升，去滓，分三服，小便当利，尿如皂荚汁状，色正赤，一宿腹减，黄从小便去也。

【参考方证】1.身目尽黄，色如橘子而鲜明；2.腹痛大便不畅，口渴身无汗，心烦胸闷，小便不利，色黄而短少；3.舌苔黄腻，脉滑数。

237 阳明证，其人喜忘者，必有蓄血。所以然者，本有久瘀血，故令喜忘。屎虽硬，大便反易，其色必黑者，宜抵当汤下之。

【释义】阳明证，不是冠以"阳明病"，结合后面的"屎虽硬"，这个阳明证大概说的是大便干这一证（阳明证）。

前面桃核承气汤、抵当汤有"其人如狂""其人发狂"的症状，说的是神经系统的疾病。出现这些脑部症候时都是与瘀血有关的。说喜忘（好忘），体内"必有蓄血"（久久蓄于体内的瘀血）。平时还未严重，所以这个症候并不明显（不发作），可因罹患了阳明病，里热与瘀血交互而发作，即"所以然者，本有久瘀血，故令喜忘"。因是有出血，故便色黑，亦因有血，原本硬的大便反而易下。

离经之血，为瘀血，"血自下则愈"。瘀血不去，出血不止；瘀血不去，新血不生。《金匮要略》的桂枝茯苓丸证："妇人素有癥，妊娠时下血不止，务必下瘀消癥，下血方可止也。"同理。

238 阳明病，下之，心中懊憹而烦，胃中有燥屎者，可攻。腹微满，初头硬，后必溏，不可攻之。若有燥屎者，宜大承气汤。

【释义】阳明病，里实热结成时，法当用下法。但中医的精髓是辨证论治，得辨明方证。"心中懊憹而烦"，临证时，承气汤证和栀子豉汤证均会有的一个症状。若是"胃中有燥屎者，可攻"，否则"腹微满，初头硬，后必溏，不可攻之"。

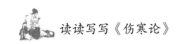

何以鉴别？前面多次提到发潮热而谵语，这是有燥屎；发潮热手足濈濈汗出者，是大便硬了。而《金匮要略》有言"腹满按之痛者为实，按之不痛者为虚"。所以这时当要注意腹诊腹证。还是要强调方证辨证、方证相应的重要性。

239 病人不大便五六日，绕脐痛，烦躁，发作有时者，此有燥屎，故使不大便也。

【释义】和第238条一样，"燥屎"因热结于里引起。临证时当注意与大便硬、宿食相鉴别。大便硬是因硬而排不出，宿食因饮食不节引起。三者均有用大承气汤的机会。这时必须查腹诊腹证和综合他证。"绕脐痛"、痛不可近、烦躁是里有热。"发作有时"说的是发作时出现阵痛、烦躁等。这种情况是可以用大承气汤的。

240 病人烦热，汗出则解，又如疟状，日晡所发热者，属阳明也。脉实者，宜下之；脉浮虚者，宜发汗。下之与大承气汤，发汗宜桂枝汤。

【释义】这段需要联系第38条"太阳中风，脉浮紧，发热恶寒，身疼痛，不汗出而烦躁者，大青龙汤主之"来理解。说的应该是服大青龙汤证药后，烦躁发热暂时解了。而"又如疟状"，这个"又"字不够确当，似乎用"复"字才够恰当。服用大青龙汤后烦热解了，可是反复出现了"如疟状"，这种情况指的是发热有时，发热定时。

"日晡所发热"，这是属阳明的，而"发热汗出"，定时发热，有汗出，也是桂枝汤证。所以这时候的辨证就是辨脉象了：脉沉实有力，则是邪实在里，与大承气汤下之；而脉浮虚是津液不足，则可用桂枝汤。

241 大下后，六七日不大便，烦不解，腹满痛者，此有燥屎也。所以然者，本有宿食故也，宜大承气汤。

【释义】通常情况下，大下后不会再有大便难，可病人六七日不大便且烦不解，仍有里热未清且有确定的腹证——腹部胀满疼痛，这是真有实邪在里"此有燥屎也"。之所以会这样，是病人素有宿食在里，虽已大下，可未尽净，这时候仍可选用大承气汤。所以，燥屎在里的症状可见：一是绕脐痛发作有时；二是大下后六七日不大便，烦不解，腹满痛。

242 病人小便不利，大便乍难乍易，时有微热，喘冒不能卧者，有燥屎也，宜大承气汤。

【释义】前面说病人出现小便不利，缘于水谷不别，大便大多是下利或大便溏泄。现在出现"大便乍难乍易"，即一阵难一阵易，还不是稀溏的，是因为燥屎在肠里，加上肠里也有水而出现这种"大便乍难乍易"的现象，是有"燥屎"的明证。"时有微热"说的是病人表现在外的发热，只是时有发生，且不严重。"喘冒不能卧者"说明邪热上犯迫胸膈而喘；上攻冲脑窍而见昏冒，可见病急且重，宜用大承气汤。

243 食谷欲呕，属阳明也，吴茱萸汤主之。得汤反剧者，属上焦也。

【释义】胃中有热是消谷，现在"食谷欲呕"说明是胃中虚寒，所以"属阳明也"应该是"属胃也"（因阳明之为病是胃家实，是里有热的疾病，所以说属阳明是不妥的），胃中虚寒呕吐则吴茱萸汤主之。这个"得汤反剧者"与前面的吴茱萸汤证是不相符的，虽说是"属上焦也"，但多少应该是和小柴胡汤证有关（因上焦不通引起，小柴胡汤治疗后可以上焦得通，津液得下，胃气因和）。吴茱萸气味辛辣燥苦，张仲景要汤洗七次，现在要水飞去辛燥味。张仲景用吴茱萸治寒证日久：当归四逆汤加吴茱萸生姜汤用吴茱萸两升治"内有久寒"；九痛丸用吴茱萸一两治"陈年积冷"；温经汤用吴茱萸三两治"妇人少腹寒久不受胎"；吴茱萸能散寒化饮止呕，长于久寒的疼痛。

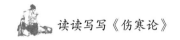
> **吴茱萸汤**
>
> 【经典方药】吴茱萸（一升，洗），人参（三两），生姜（六两，切），大枣（十二枚，擘）。
>
> 上四味，以水七升，煮取二升，去滓，温服七合，日三服。

【参考方证】干呕或呕吐涎沫，头痛或痛连及肩颈，手足冷，烦躁而坐卧不安，或见心下痞硬且按之满痛或不适，脉沉弦。

244 太阳病，寸缓、关浮、尺弱，其人发热汗出，复恶寒，不呕，但心下痞者，此以医下之也。如其不下者，病人不恶寒而渴者，此转属阳明也。小便数者，大便必硬，不更衣十日，无所苦也。渴欲饮水，少少与之，但以法救之。渴者，宜五苓散。

【释义】第一节"太阳病，寸缓、关浮、尺弱，其人发热汗出，复恶寒，不呕，但心下痞者，此以医下之也"。太阳中风（发热汗出）寸缓、关浮、尺弱均是津液不足于外，寸缓、尺弱是血少（津液少）的表现（第50条：荣气不足，血少故也）。而这关脉候胃（心下的部分），关浮（浮主外亦主热）就是心下痞（热痞），出现了表里同病的情况（可能是因表证表阳因下之过早而造成），所以是"此以医下之也"。第131条说的很清楚。表里同病且是里实，当然是先解表方可再攻痞，参读第164条。

第二节"如其不下者……但以法救之"。若是不用下法，病人不恶寒，只有热和汗出，且出现了渴症，这时候是要太阳转属阳明，变为里热了。即使有一些心下痞，还没内实，也不要紧的。若又出现小便数，必定是更耗伤津液，大便必会硬。虽说有十余日不更衣（不如厕），但病人并无痛苦，这种情况也是不能用攻下法的，最多可用麻子仁丸或蜜煎导、猪胆汁导出大便即可。里热不甚，患者有渴欲饮水，稍给些水，补充小便数导致的津液不足，使胃和则愈。

第三节"渴者，宜五苓散"是承上两节说的，有小便不利（第一节有痞时，说明心下有水饮停滞；第二节未转阳明时，亦可有小便不利）又有渴的情况，这时是有用五苓散的时机的，所以"宜五苓散"。

245 脉阳微而汗出少者，为自和也，汗出多者，为太过。阳脉实，因发其汗，出多者，亦为太过。太过者，为阳绝于里，亡津液，大便因硬也。

【释义】"脉阳微而汗出少者，为自和也"，即正气（阳气、津液）充盛时的阳明病，法当汗多、脉大。脉取之稍弱（较洪大之脉），是因汗出后脉管中津液减少，按之而稍弱，这是脉证相合的汗出，热退津和，那是欲解之象。脉证不和的（热退津不和的），那是汗出太过，津液损伤过多，自然脉微（弱），即"汗出多者，为太过"。

第二节"阳脉实，脉取外见洪大者"，因为发汗太过而里热盛极，导致津液（阳）耗竭于里（胃），胃中津液亡失，无水行舟，故大便因硬，这就是汗多耗伤津液后大便燥实的情况。

246 脉浮而芤，浮为阳，芤为阴，浮芤相搏，胃气生热，其阳则绝。

【释义】浮为阳、热为表（外）；芤为在里，津液（血液）亏虚耗竭，所以阳明病外有热而里（胃）津液已耗竭，当然会有大便干结。这种情况肯定造成里热更盛，而津液耗竭（其阳则绝），即"胃气生热，其阳则绝"。

247 趺阳脉浮而涩，浮则胃气强，涩则小便数，浮涩相抟，大便则硬，其脾为约，麻子仁丸主之。

【释义】趺阳脉（足背动脉）主候脾胃。浮主外、主热；涩主血（津液）少。阳明病外有热（当然是里热外证），而又有津液亏虚的情况，此时若是又出现小便数，更伤津液，必然会出现大便燥结、干硬。古人认为，胃中干燥、大便硬是脾没有津液可以为胃运输，脾受到了制约，称之为"脾约"。这不是因此病的热造成

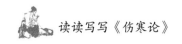

的（而是因他病或误治、延治后亡失津液造成的），用麻子仁丸，又叫脾约丸主之。脾弱胃强，脾弱不能约束，津液不得四布，但输膀胱，而见大便硬而小便数，故曰脾弱。《黄帝内经·素问》经脉别论云："饮入于胃，游益精气，上输于脾，脾气散精，上归于肺，通调水道，下输膀胱，水精四布，五经并行。"

麻子仁丸

【经典方药】麻子仁（二升），芍药（半斤），枳实（半斤，炙），大黄（一斤，去皮），厚朴（一尺，炙，去皮），杏仁（一升，去皮尖，熬，别作脂）。

上六味，蜜和丸如梧桐子大，饮服十丸，日三服，渐加，以知为度。

【方证】大便秘结，小便数，腹中而无所苦者，还可见脘腹胀满、汗多、苔厚，而脉细涩或浮涩。

248 太阳病三日，发汗不解，蒸蒸发热者，属胃也，调胃承气汤主之。

【释义】"太阳病三日，发汗不解"，即太阳病法当发汗，治疗发汗后不是表证不解，而是病邪较重，病邪由太阳转属阳明，所以出现了阳明里热蒸腾，似有由里向外达的这种发热的力量，叫蒸蒸发热（蒸蒸发热类似于老百姓用蒸笼蒸米面时的情势），"属胃也"，胃字用"阳明"更贴切些。

临证时，当还有全身濈濈然汗出，不恶寒反恶热，心烦躁或谵语，腹胀满不大便等这些症候。以燥实为主，而腹胀不明显，所以用调胃承气汤以和胃泻热为主，通便润燥。

249 伤寒吐后，腹胀满者，与调胃承气汤。

【释义】太阳伤寒法当发汗，误用吐法肯定是错误的，吐后致胃中津液耗伤严重，也可致太阳转属阳明，腹胀满是阳明燥实的实证。如同第248条的分析。

第207、第248、第249条说的是调胃承气汤的方证特点和治疗。

250 太阳病，若吐、若下、若发汗后，微烦，小便数，大便因硬者，与小承气汤和之愈。

【释义】太阳病法当发汗，过汗或吐、下的治法都是误治，那必定是耗伤津液，胃中津液损伤，致太阳转属阳明，里热渐盛，从"微烦"看，所说明的是津液虽已伤，但燥热还不甚，所以只见微烦，大便硬，加上此时小便数，就更伤津液了。血没有"谵语"，故邪热不甚，只见燥结于于内，腹胀满痛，大便结，小承气汤攻下结便，和其肠胃则愈。

251 得病二三日，脉弱，无太阳柴胡证，烦躁，心下硬。至四五日，虽能食，以小承气汤，少少与，微和之，令小安。至六日，与承气汤一升。若不大便六七日，小便少者，虽不受食，但初头硬，后必溏，未定成硬，攻之必溏；须小便利，屎定硬，乃可攻之，宜大承气汤。

【释义】患病二三日，已无太阳表证及半表半里的少阳证，或是太阳表证时，经用汗法治疗后，有汗出（津液已有所失），所以脉象已有所弱，不是大实脉。这时候出现烦躁（里热已有，扰乱心神）、心下硬（胃中已有热实证），"四五日尚能食"说明阳明虽有里热，大便已硬，但未成燥屎，这时可少少与小承气汤，量不多，微和之（稍微，不过量），和胃通腑使其烦躁静而小安。至六日，若是仍见烦躁，心下硬，不大便，则把小承气汤增至一升，说明虽有阳明实证，可脉不是大实脉，恐妄攻伤正，变证丛生，所以张仲景在这告诫我们用药要慎之又慎。若是到了不大便六七日，虽有不受食（胃内实燥结严重时是不能食的），小便少的情况，这时津液尚可还能入胃中，所以会出现大便初头硬后必溏的情况；若大便未成硬而攻之，必更损及津液（阴损及阳），而有大便溏烂的变证；若是出现小便利（更伤津液了），则必会造成胃内燥实，成燥屎了，乃可攻之，宜大承气汤。

以下第 252、第 253、第 254 条是阳明三急下证。

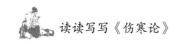

252 伤寒六七日，目中不了了，睛不和，无表里证，大便难，身微热者，此为实也，急下之，宜大承气汤。

【释义】伤寒病至六七日时，无表里证（无发热恶寒的表证，也无腹胀满痛、便秘、谵语、潮热的里实证）。"目中不了了，睛不和"指视物模糊，眼球转动不灵活，甚则双目直视，或双目紧闭，或瞳仁散大，是因阳明燥热津液耗竭，致肝肾阴精竭脱之势。《黄帝内经·灵枢》大惑论："五脏六腑之精气，皆上注于目而为之精。"所以此时津血大亏，精气内脱，但尚未引起虚脱之象，尚见"身微热"则有一线生机。因实致虚，实中虚损，只有急下存阴，方能邪去正安，津液恢复，更体现了张仲景"保胃气存津液"的旨意。是论阳明腑实证的病势急，发展快，有劫少阴真阴之势，急下以退热存阴，固护少阴之真阴。

253 阳明病，发热汗多者，急下之，宜大承气汤。

【释义】阳明病法当发热汗出，所以这里应还有腹满、便秘、潮热、手足濈然汗出等症候，皆为燥热积于肠道，燥屎阻滞于内，里热蒸腾，迫津外泄，热势充斥内外。

254 发汗不解，腹满痛者，急下之，宜大承气汤。

【释义】当然是太阳病发汗治疗后，太阳转属阳明，不是太阳病发汗不解，必然还有大实、大满、大痛，拒按，脉沉实有力，苔黄腻，谵语等邪热入里，内热燥盛，燥屎阻滞，腑气不通之候。

255 腹满不减，减不足言，当下之，宜大承气汤。

【释义】《金匮要略》腹满寒疝宿食病篇曰："腹满时减，复如故，此为寒，当与温药。"这是虚寒性腹满，时轻时重，大便溏泄，苔白腻，脉沉迟。而本条是"腹满不减，减不足言"，腹满虽减，但程度很少，当还有腹满疼痛、拒按、大便秘结、苔黄腻、脉沉实而数，这时实热性腹满当下之。

256 阳明少阳合病，必下利，其脉不负者，为顺也；负者，失也，互相克贼，名为负也。脉滑而数者，有宿食也，当下之，宜大承气汤。

【释义】这条以脉象来论，阳明少阳合病的论治难懂，很难理解是张仲景的意思（有王叔和的影子），而且似乎只能用阴阳五行相克理论来理解。

阳明主土属胃，少阳主木属胆，胃与脾合，胆与肝合。阳明与少阳，乃是胃与胆，脾与肝之属，有木土相乘、相克关系。阳明少阳合病，邪热盛实，入里致胃肠功能失职，见下利。以脉象的变化来判断疾病的顺逆，阳明脉大实，少阳脉弦亦有力。

今阳明少阳合病下利，未见弦脉，说明阳明（胃）不受木克，即胃气不负，病易愈，"为顺也"。而若是见下利而脉弦，说明木克土也，少阳郁火（热）邪逆于胃，故胃气负，病进而难愈，"为负也"。

"负者，失也"，胃气不足，土虚木乘为贼邪，所以说是"互相克贼"（五行乘侮相克而致病均为贼）。

滑主内有宿食，数主热，前面冠以"阳明少阳合病"，病侧重于阳明之里，当有宿食燥热结于胃肠，宜用大承气汤。这条临证难以掌握，脉象不易掌握，从方证辨证更好些。

《伤寒论》中合病见下利的条文有三：

第32条："太阳与阳明合病者，必自下利，葛根汤主之（一云用后葛根黄芩黄连汤）。"

第172条："太阳与少阳合病，自下利者，与黄芩汤；若呕者，黄芩加半夏生姜汤主之。"

第256条："阳明少阳合病，必下利，其脉不负者，为顺也。负者，失也，互相克贼，名为负也。脉滑而数者，有宿食也，当下之，宜大承气汤。"

临证当注意鉴别。

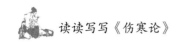

257 病人无表里证，发热七八日，虽脉浮数者，可下之。假令已下，脉数不解，合热则消谷喜饥，至六七日不大便者，有瘀血，宜抵当汤。

【释义】病人没有发热恶寒的太阳表证，也没有身热汗出不恶寒反恶热的阳明里热的表现，即"病人无表里证"。"发热七八日"的七八日是个概数，就是患者发热。

"虽脉浮数者"，浮为主表、主热、主阳，结合前面只好理解热似在表（其实是里热），所以"可下之"，可以用攻下的泻药。如果说用了泻药，这个"里热"不退（通常若是阳明里热实证，用了泻下药后热应该是退的），还"消谷喜饥"，这就可断定里有瘀血了，热与瘀血合，则患者绝对是能吃东西的；且用了泻药后数日（六七日）还不大便，那肯定是瘀血在里，"宜抵当汤"祛瘀生新。这条说的大概是后世指的中消证、嗜食证。可参照。

258 若脉数不解，而下不止，必协热便脓血也。

【释义】这一条是接着第257条"病人无表里证，发热七八日，虽脉浮数者，可下之"，这一段下之后，可能会出现两种情况：一种是第257条后面说的情况，热与瘀血交合；另一种就是下利不止，即协热利（便脓血）的情况。

259 伤寒，发汗已，身目为黄，所以然者，以寒湿在里，不解故也。以为不可下也，于寒湿中求之。

【释义】太阳伤寒的治法当用发汗法没错，可发汗已，病不但不解，还变生了黄疸病，这说明什么呢？在太阳病篇的时候讲了，若是患者素有"心下有水气"，而罹患表证后，治疗时单用发汗法治疗病是不解的，非要利水（利尿）不可，如桂枝去芍药加茯苓白术汤证。所以这种情况当分清热与湿孰轻孰重的问题，还有素有湿邪（脾肾之阳气虚损），热胜于湿，瘀热在里，当然可下，可用茵陈蒿汤等；湿胜于热的寒湿在里，则不可用下法，只能用温中健脾祛湿法治疗。

260 伤寒七八日，身黄如橘子色，小便不利，腹微满者，茵陈蒿汤主之。

【释义】通常伤寒在四五日、五六日时，多是病邪从表证转到半表半里的少阳病，到了七八日，是传到里的阳明地界了。但亦有直传里的，就要求临证时细辨。

"身黄如橘子色"，黄色鲜明属阳、属热，热胜于湿。因里有湿（水）不得外行，与入里之热邪交蒸，发黄疸、小便不利，这就是瘀热在里。阳明里有实热而见满，但未到大实大满的大承气汤证的胀满痛，只是微满，当然小便不利也可引起腹中满这种情况，用茵陈蒿汤即可。茵陈蒿汤的两条条文（第236、第260条）要联系在一起来读、理解。

261 伤寒，身黄，发热，栀子柏皮汤主之。

【释义】太阳伤寒的发热，如翕翕发热，似有热罩在体表；而阳明发热，则甚如蒸蒸发热。如果是身黄发热，无表里热的表现，只是有热，也没有里实证的腹微满，或是寒湿在里的表现，以方（栀子柏皮汤：栀子、甘草、黄柏）测证。当还有烦躁不安、大便不实（大便通调），有热无实的表现，既无可汗之表证，亦无可下之里证，介于表里之间，而又不表现为半表半里之少阳证。

> **栀子柏皮汤**
>
> 【经典方药】肥栀子（十五个，擘），甘草（一两，炙），黄柏（二两）。
>
> 上三味，以水四升，煮取一升半，去滓，分温再服。

【参考方证】蒸蒸发热状，心烦，气短，身目黄，目赤痛，小便不利，脉弦数或弦大滑实。

262 伤寒，瘀热在里，身必黄，麻黄连轺赤小豆汤主之。

【释义】这条不似第260条说是伤寒多少日（七八日），但从用经典方药来看，

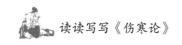

当在表且是太阳伤寒表实阶段。表证发黄这种情况，平时就有瘀热在里的表现，所以本方证当是有发热恶寒、无汗、头项强痛、恶心等表现。

所以临床上黄疸辨方证：

（1）在表无汗，用麻黄连轺赤小豆汤；

（2）有汗，用桂枝加黄芪汤；

（3）里湿热（热胜于湿），用茵陈蒿汤和栀子大黄汤；

（4）里寒湿，用茵陈五苓散（茵陈术附汤等）；

（5）半表半里，用小柴胡汤（或合用五苓散）；

（6）少阳阳明证，用大柴胡汤和栀子大黄汤等；

（7）既无可汗之表证，亦无可下之里证，介于表里之间，而又不表现为半表半里之少阳证，用栀子柏皮汤。

黄疸的形成病理因素，中医在于湿，"黄家所得，从湿得之"。至于阴黄、阳黄，关键在于疾病发生发展过程中脾肾阳气的盛衰轻重，所有的治疗过程中一定要关注脾肾阳气的顾护及调理，忌太过寒凉之品。

麻黄连轺赤小豆汤

【经典方药】麻黄（二两，去节），连翘根（二两），杏仁（四十枚，去皮尖），赤小豆（一升），大枣（十二枚，擘），生梓白皮（一升，切），生姜（二两，切），甘草（二两，炙）。

上八味，以潦水一斗，先煮麻黄再沸，去上沫，内诸药，煮取三升，去滓，分温三服，半日服尽。

【参考方证】身目尿黄，身痒，发热恶寒，无汗，恶心，咳喘，肿满，心烦，小便不利，脉浮弦或数。

辨少阳病脉证并治

263 少阳之为病，口苦，咽干，目眩也。

【释义】少阳病是热性、阳性疾病。少阳病就是阳热邪气在半表半里地界（胸腹腔间），不入里亦不出于表。邪热顺孔窍上攻而见口苦、咽干、目眩的症候，所以五官诸窍的疾病都有按少阳病辨证的可能。少阳病辨证的特征：口苦、咽干、目眩，纵观临证实践，应还有"往来寒热，胸胁苦满，心烦喜呕"等症状则更为贴切。

264 少阳中风，两耳无所闻，目赤，胸中满而烦者，不可吐下，吐下则悸而惊。

【释义】说的是得病时，太阳中风后转属少阳，叫少阳中风。少阳邪热伏于半表半里，除有口干、口苦、目眩外，邪热上犯甚可见目赤、耳聋。热邪上犯可见耳、目、口、咽的病症；邪热上冲，而胸中满而烦，此皆为柴胡证，病在半表半里。

邪热不在里（里实之邪，居上可吐而去之，居于下可泻而愈之），故不可吐下，吐下则虚其胃中津液。脾胃虚，若是有水饮则乘之，可见悸而惊；或吐下后，亡其津液，不能养心，亦可见悸而惊。"心主血，主神明，主明则下安，主不明则十二官危"。

临证耳聋常有二：

一是实证耳聋多见少阳变证如本条——小柴胡汤证；二是虚证耳聋多见肝肾阴虚如杞菊地黄合左慈丸证，脾胃气虚的益气聪明汤证（李东垣：黄芪、甘草、

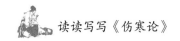

芍药、黄柏、人参、升麻、葛根、蔓荆子)。

265 伤寒，脉弦细，头痛，发热者，属少阳。少阳不可发汗，发汗则谵语，此属胃。胃和则愈，胃不和，则烦而悸。

【释义】头痛发热为太阳病症候，但太阳伤寒脉浮紧，太阳中风脉浮缓，而这里是脉弦细。弦为少阳脉，脉细是津液气血虚少，如前面的第97条"血弱气尽，腠理开，邪气因入"和第37条"太阳病，十日已去，脉浮细而嗜卧者，外已解也"。所以少阳病血气已弱，在外的津液已不足，则脉象弦细，病不在表，发汗则更伤津液，胃中干燥必见谵语，此时应调和胃气，使胃中津液恢复，方可愈。

故第264、265条讲的是少阳病治疗的总原则是和解，不可汗、吐、下。

266 本太阳病不解，转入少阳者，胁下硬满，干呕不能食，往来寒热，尚未吐下，脉沉紧者，与小柴胡汤。

【释义】本太阳病不解，不论是太阳伤寒还是太阳中风，转入少阳地界后出现典型的"胁下硬满，干呕不能食，往来寒热"的小柴胡证，并且尚未经吐下等误治措施，虽然出现"脉沉紧"，脉沉紧一般为里实的脉，但这时尚未有里实的表现（腹胀满实痛等），也不能吐下，舍脉从证予小柴胡汤。

267 若已吐下、发汗、温针，谵语，柴胡汤证罢，此为坏病。知犯何逆，以法治之。

【释义】结合第149条来理解，柴胡汤证罢与不罢须辨明方证。误治后原来的病是否还存在，或是否已变成坏病的治疗原则，应为"观其脉证，知犯何逆，随证治之"。

268 三阳合病，脉浮大，上关上，但欲眠睡，目合则汗。

【释义】脉浮为太阳表证之脉，脉大为阳明之脉。"上关上"是靠关脉之上一点点，上关上以候心下之积（《金匮要略》五藏风寒积聚篇：上关上，积在心下）。少阳病在胸胁，即胁下与心下，从上下部位来看是相当的，所以这个"上关上"是候少阳邪气。

三部九候诊脉法：上以候上，中以候中，下以候下。

269 伤寒六七日，无大热，其人躁烦者，此为阳去入阴故也。

【释义】临证太阳病六七日时，病邪多是传至半表半里的少阳地界，现人躁烦，说明里热甚，所以说"无大热"不是不发热，是指外无大热但已有热结于里（前面陷胸汤证有类似的表现），所以此为"阳去入阴故也"。这里的阴阳指的是里外、表里的意思，临证时太阳病邪从表传入半表半里，再由半表半里传至里，也有从太阳病直接传入里的（如本条）。

270 伤寒三日，三阳为尽，三阴当受邪，其人反能食而不呕，此为三阴不受邪也。

【释义】这个是用《黄帝内经》的"一日太阳，二日阳明，三日少阳……"来说，与张仲景之意不符。我们可以从前面的体例来看，病邪可由太阳传阳明，或者说太阳转属阳明，这条大概率是王叔和的意思。"其人反能食而不呕"是太阴病篇的提纲证。

271 伤寒三日，少阳脉小者，欲已也。

【释义】这条也是同上条，伤寒三日当转属少阳，少阳脉当弦细，今只见小而没有弦脉，说明邪气已弱，病欲愈。

272 少阳病，欲解时，从寅至辰上。

【释义】临证意义不大。

辨太阴病脉证并治

273 太阴之为病，腹满而吐，食不下，自利益甚，时腹自痛。若下之，必胸下结硬。

【释义】脾胃虚，邪气来犯，见腹满（喜按喜温）；心下（胃）中有水饮，故吐且食不下；脾胃虚寒不化饮，失于固摄而见自利（不是药后或他因引起的）；虚寒在里伤及血脉，不荣而见腹痛，是里虚寒证，绝对不能用下法。别把这个腹满误为里实，下后里更虚，寒邪凝结于里出现结硬，这里的结硬多是指结块、痞块。

274 太阴中风，四肢烦疼，阳微阴涩而长者，为欲愈。

【释义】太阳中风病传入里成太阴病了。太阳中风脉是浮脉，浮为阳；四肢烦疼是太阳病还未去的表现，可见"阳微阴涩而长"。"阳微"即浮脉已显弱，说明表邪渐衰；"阴涩"因为太阴病是有自利的，会伤及津液（血），所以出现涩脉。按理说应是涩短脉为主，而出现了"长"脉，说明胃中津液已渐恢复，所以为"欲愈"。诊脉是心中了了，指下难明！

病邪由里出外（表），阴病转阳者向愈。即"凡阴病见阳脉者生，阳病见阴脉者死"。阴病见阳脉浮脉者向愈：如本条、第290条、第327条。

275 太阴病，欲解时，从亥至丑上。

【释义】了解就好，临床应用指导意义有限。

276 太阴病，脉浮者，可发汗，宜桂枝汤。

【释义】这个是冠以"太阴病"，应该不是真正的太阴病。若真的是太阴病，我们这个是表里同病，内有里虚寒，肯定是先救里后救表（前面的第 91 条和后面的第 372 条均有论述）。

所以这里应是说"下利"这类临证表现，类似太阴病而已。若出现脉浮，浮紧如葛根汤证，脉浮弱如桂枝汤证，当分而辨明治之。

277 自利不渴者，属太阴，以其脏有寒故也。当温之，宜服四逆辈。

【释义】这一段进一步解释了太阴病提纲证的内容。太阴病的自利是不渴，口中是和的，皆因里有虚寒，治疗也只能用温补。

四逆辈包括理中汤、四逆汤、通脉四逆汤、真武汤、附子汤、白通汤等温中祛寒剂，当根据具体的方证来选择处方。

下利需分寒利、热利。三阴病均具有下利证：自利不渴者，属太阴。自利而渴者，属少阴。厥阴下利，属寒者——厥而不渴，下利清谷；属热者——消渴下重，下利脓血，里急后重。

278 伤寒，脉浮而缓，手足自温者，系在太阴。太阴身当发黄，若小便自利者，不能发黄。至七八日，虽暴烦，下利，日十余行，必自止，以脾家实，腐秽当去故也。

【释义】太阳伤寒，脉当浮紧，这里说是浮而缓，是气血不足以充盈于外，邪气有向里向内传变的趋势。邪热内传阳明出现一身尽热（身手足俱热）、汗出，是真正的阳明病。可这里是只见"手足自温"，没有到阳明病的症状，是因为寒湿在里，虚寒在里，所以说是"系在太阴"。

"太阴身当发黄"有邪热传入里，与素有的虚寒湿交互作用，寒湿热交蒸则有发黄的现象（邪无出路）。当然若是这种交互应用后产生的寒湿邪气或湿热邪气有

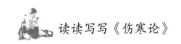

出路，则不能发黄，即"若小便自利者，不能发黄"。

若是患者平素胃气壅盛，津液充盈，虽有邪热入里引起的暴烦下利，但脾胃气强，健运有权，津液亦能自行恢复，这就是"至七八日，虽暴烦，下利，日十余行，必自止，以脾家实，腐秽当去故也"，这种情况临床是常见的。平素胃肠功能较好的人即使出现呕吐下利数天，很多的是利完而病亦是渐渐好的，不需要用药治疗。

所以临床在太阳病之后，邪热传入里，可能出现这三种情况：

（1）邪热入里，热结在里，大便干硬，汗出，小便数，真正的阳明病，如前面的第 187 条；

（2）邪热入里，而原素有寒湿，而见发黄疸之证，如本条；

（3）暴烦下利而自止，是机体自身祛邪外出的功能表现。"阳回利止者生，阴尽利止者死"。

279 本太阳病，医反下之，因尔腹满时痛者，属太阴也，桂枝加芍药汤主之。大实痛者，桂枝加大黄汤主之。

【释义】太阳病法当发汗而误用下法，必更虚其胃，而引邪入里，这时会出现腹满时痛（与太阴病的腹满自痛很类似，而太阴病当还有自利益甚等症状）。从后面的用药来看，芍药治腹中挛急痛和挛拘痛，味苦而微寒，治热不治寒，治实不治虚；而大黄是苦寒药，所以这个"腹满时痛"是真正的腹满实痛（实邪实热），不是太阴病的虚寒痛，这就告诫我们临证时，当注意鉴别清楚再处方用药。

桂枝加芍药汤

【经典方药】桂枝（三两，去皮），芍药（六两），甘草（二两，炙），大枣（十二枚，擘），生姜（三两，切）。

上五味，以水七升，煮取三升，去滓，温分三服。本云，桂枝汤，今加芍药。

【参考方证】腹满拘急疼痛，按之无实，喜按，发热恶寒或恶风，自汗，不渴，

小便清，苔薄白而脉沉弦细或缓者。

桂枝加大黄汤

【经典方药】桂枝（三两，去皮），大黄（二两），芍药（六两），生姜（三两，切），甘草（二两，炙），大枣（十二枚，擘）。

上六味，以水七升，煮取三升，去滓，温服一升，日三服。

【参考方证】1.脘腹胀满攻撑，疼痛拒按，按之实，大便秘结或下痢；2.发热恶寒或恶风，自汗，不渴，小便清，苔白厚而脉沉弦有力或浮弦者。

280 太阴为病，脉弱，其人续自便利，设当行大黄、芍药者，宜减之，以其人胃气弱，易动故也。

【释义】张仲景谆谆教诲真正的太阴病绝不能用大黄、芍药的，也更进一步明确第 279 条中的"属太阴也"是错的，不是真正属于太阴病。

辨少阴病脉证并治

281 少阴之为病，脉微细，但欲寐也。

【释义】太阳病是三阳之表证，而少阴病是三阴之表证。表证的脉是浮脉；因气血已虚衰，在少阴病脉可见的是微而细。气血虚衰不足以濡养心神，故见但欲寐，当然也会出现身体疼痛、头项强痛这些表证的表现。临床上常见于一些大病、久病后身体特别虚弱的人外感，老年人或素秉不足的少儿外感。

282 少阴病，欲吐不吐，心烦，但欲寐，五六日，自利而渴者，属少阴也，虚故引水自救。若小便色白者，少阴病形悉具。小便白者，以下焦虚有寒，不能制水，故令色白也。

【释义】少阴病是但欲寐，但出现"欲吐不吐，心烦"，说明里有水饮停滞（我们说太阳病五六日传入半表半里少阳病的节点；七八日常传入阳明）。少阴病本就虚衰，这时若里有停饮（寒饮）则传变迅速，常常传入太阴，所以出现"五六日，自利而渴者，属少阴"。少阴病传入，首传太阴后出现自下利现象；第277条"自利不渴者，属太阴，以其脏有寒故也"，因虚寒在里，故不渴（渴多因热伤津或津液不足）。那现在这渴皆因于少阴病，本就津液亏虚，再一自下利，更耗津液，故渴而"虚故引水自救"。

所以临证注意：自利不渴属太阴，自利而渴属少阴，当然下利时又有渴还当注意热邪存在问题，注意鉴别。

"若小便色白者"肯定不是热邪引起的，是下焦有寒的缘故，少阴病口渴。这是鉴别渴是里热证还是因虚而渴常用的方法，可以结合第56条："伤寒，不大便六七日，头痛有热者，当与承气汤。其小便清者，知不在里，仍在表也，当须发汗，若头痛者，必衄，宜桂枝汤。"真正的里有热，其小便是黄赤的。

283 病人脉阴阳俱紧，反汗出者，亡阳也，此属少阴，法当咽痛，而复吐利。

【释义】张仲景的脉法一般有两种：

一是以浮沉候表里，阳指脉浮取，阴指脉沉取。浮主表，沉主里，如太阳病篇的桂枝汤证的阳浮阴弱（阳浮于外阴弱于内），内外叫阴阳。

二是以尺寸候表里（遵《金匮要略》："脉浮者在前，其病在表；浮者在后，其病在里。"）。说的是关脉的前后，关之前是寸脉候表，关之后是尺脉候里。所以寸为阳，尺为阴。

太阳伤寒的脉是"阴阳俱紧"，可它是无汗，而这个是有汗出的，即"反汗出"，显然不是太阳伤寒病脉，皆因表虚不固，津液外泄，亡失津液，即"亡阳也"（这个阳就是津液）。少阴病就是表虚，故"此属少阴"，所以这条的"阴阳俱紧"，阳指的是寸，阴指的是尺。

所以寸脉候表而紧，说明表外有邪热甚，而本少阴津液又虚，少阴脉上系咽喉，故出现咽痛。同时尺脉也紧，尺主候里，说明在里还有寒饮，非吐利不可，所以说"法当咽痛，而复吐利"。

太阳伤寒的阴阳俱紧脉是表实（如麻黄汤证说的阳气重故也），少阴病的脉是微细脉，但也有阴阳俱紧，如本条的情况，临证当注意。

284 少阴病，咳而下利，谵语者，被火气劫故也，小便必难，以强责少阴汗也。

【释义】表证不论是太阳病还是少阴病，都不可火攻。火邪发汗必迫津液外泄，而少阴病本就是津液亏虚，再误用火攻，迫其大汗出，必然是变证百出。若是素

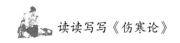

里有停饮，则火邪激动内饮上迫于肺而出现咳嗽，下注则出现下利。火邪入胃更伤津液，则见谵语。少阴津液本已亏虚，迫汗则更伤津液，而大便必难也，如此种种，所以曰"以强责少阴汗也"。少阴病在表是可用汗法治疗，那是慎之又慎，绝不可火攻。

285 少阴病，脉细沉数，病为在里，不可发汗。

【释义】少阴病的脉是微细脉，也可见略为浮细脉。脉细是津液（血气）虚，数为热，沉脉为病在里，那是不可发汗的。少阴病为表阴证，病不在里时，是可以用微汗治疗的。

286 少阴病，脉微，不可发汗，亡阳故也；阳已虚，尺脉弱涩者，复不可下之。

【释义】少阴病脉为微细脉，是浮中带微细。而这里的"脉微"应该是脉微欲绝的微，津液已无，即"亡阳故也"，此时切不可再发汗。尺脉候里，弱者是减少、虚的意思，涩是血不足。病在里虚且气血不足，更不可下。

287 少阴病，脉紧，至七八日，自下利，脉暴微，手足反温，脉紧反去者，为欲解也，虽烦，下利，必自愈。

【释义】本条接第283条"少阴病，脉阴阳俱紧"的情况，少阴病也可有紧脉，到七八日的时候，病邪传里，成为太阴病（自下利），这时紧脉突然之间变成脉微了。此时需详细查看患者的其他临床表现，若是手足出现厥逆，即胃气已衰败，是个绝证；若是手足反而温暖，说明病人胃气强盛，正在抗邪。所以原有的紧脉没有了，反而见下利，胃气与邪气抗争中有烦躁的表现，不用担心，病会自渐愈。和第278条类似。

288 少阴病，下利，若利自止，恶寒而蜷卧，手足温者，可治。

【释义】少阴病邪传里成太阴病，下利，若利自止（当然不是利无度后，已利无可利的情况），恶寒（畏寒更贴切）而蜷卧，手足温者，和第 287 条一样，说明胃气尚盛，"有胃气则生，无胃气则死"，故可治，即"阳回利止者生，阴尽利止者死"。

289 少阴病，恶寒而蜷，时自烦，欲去衣被者，可治。

【释义】同第 288 条一样，应当有下利的情况，但出现了自烦，烦是热象，阴病见阳是吉兆，正邪相争相持阶段出现烦，若正不胜邪不能自持则乱，是躁也，还出现欲去衣被，说明里热较盛，为可治。

少阴病下利可见于少阴病与太阴病合病，也可见于少阴病传里而致下利，少阴太阴并病。

290 少阴中风，脉阳微阴浮者，为欲愈。

【释义】我们在太阳病篇第 12 条已明确张仲景的脉象，脉之阴阳，上、外、寸为阳；下、内、尺为阴。故可理解为，少阴病为三阴病之表，少阴病为里病，脉当微细（主脉）。今寸脉见微，说明病邪已渐弱；"阴浮"即尺脉见阳浮之脉，而不是沉脉，也说明阳气渐复之证，是正盛邪退，阴病见阳脉，为将愈也。

291 少阴病，欲解时，从子至寅上。

【释义】少阴病处于阳衰阴盛之时。子时至寅时是一日之中阳气始生之时，阴病得阳助，或可有欲解的机会，需要更多研究证实。

《黄帝内经》有"夫百病者，多以旦慧、昼安、夕加、夜甚……何也。朝则人气始生，病气衰，故旦慧；日中人气长，长则胜邪，故安；夕则人气始衰，邪气始生，故加；夜半人气入脏，邪气独居于身，故甚也"。

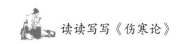

292 少阴病，吐，利，手足不逆冷，反发热者，不死。脉不至者，灸少阴七壮。

【释义】少阴病本就阳衰阴盛，又出现吐，利，更耗伤津液，里更虚。现手足未见逆冷，所以津液尚能通达四末，胃气尚未极虚衰（因少阴病吐利常见手足逆冷）；另外少阴病一般不会出现发热（常见恶寒身冷蜷卧），今见"反发热者"，常见两种情况：一是虚寒盛于内，格阳于外，阳气浮越于外的假热证；二是阳气来复的情况。现发热，手足不逆冷而转温，是阳气来复之兆，转归亦可见于这两种情况。

阳气已渐来复，一时的脉不至（津液未复），急可用温灸，以温其阳，以复其脉。

293 少阴病八九日，一身手足尽热者，以热在膀胱，必便血也。

【释义】少阴病本无发热，到八九日之时，多是邪气进退之时。今见一身手足尽热，而不是但见手足温而已，是一身都发热，邪热下移，迫血妄行，可见便血。若见尿血，临证视症状轻重，轻者，予猪苓汤；重者，可用黄连阿胶汤。此条是阴证转阳，阳热有余，迫血妄行。

294 少阴病，但厥，无汗，而强发之，必动其血，未知从何道出，或从口鼻，或从目出者，是名下厥上竭，为难治。

【释义】少阴病为阳衰阴盛，津液亏虚于内，四末无以通达而出现厥冷，此时无汗本是病之常态，而医者当作伤寒表实，而强发汗之，为误治，必然更伤津耗气，会导致阳更虚于下，阴竭于上，阴阳气血俱伤，有上下离绝之势，阴血无阳所依附，失于统摄，渗于脉外，上溢妄行，而见各出血变证。所以此时治疗欲治下厥，用温药则有碍于上；欲治上竭，或可用凉药则有碍于下，此"难治"也。

295 少阴病，恶寒，身蜷而利，手足厥冷者，不治。

【释义】少阴病本是阳衰阴盛，故恶寒，身蜷再复见下利，更耗阴津，故手足厥冷，为纯阴无阳之症，为难治或不治也。

296 少阴病，吐，利，躁烦，四逆者，死。

【释义】少阴病，吐、利、躁烦、四逆是阳衰阴盛、正衰邪实的表现。烦躁是阴邪盛于内，正不胜邪的表现，有阴阳离决之势，是死证。躁为阴，烦为阳，躁烦以躁为甚。

297 少阴病，下利止而头眩，时时自冒者，死。

【释义】少阴病阳衰阴盛，此时已无物可利下，并非真正的利止。少阴病的利止：一是阳回利止；二是阴涸利止。本条是因津液枯涸于下，阳衰于上，故清窍失养而头眩、自冒，也可理解为阴竭于下，阳脱于上，为死证。还是"阳回利止者生，阴尽利止者死"。

298 少阴病，四逆，恶寒而身蜷，脉不至，不烦而躁者，死。

【释义】"少阴病，四逆，恶寒而身蜷"是一派阳衰阴盛之极证，"脉不至"是津液枯竭；"不烦而躁"是纯阴无阳证也，为死证。

299 少阴病，六七日，息高者，死。

【释义】这是阳衰于下，阴邪独盛于上，阴阳离决之势，为死证（亦可从肾主纳气，肺主呼气理解）。

300 少阴病，脉微细沉，但欲卧，汗出不烦，自欲吐。至五六日自利，复烦躁不得卧寐者，死。

【释义】"少阴之为病，脉微细，但欲寐也"，本条提出少阴病的本脉本证。汗出是阳衰于内，阳虚不固，津液外泄（外脱之势）。"不烦"为纯阴证，阳衰至极，无力与阴邪抗争。阴邪独盛上逆而呕吐，即"自欲吐"。此时若能及时回阳救逆，或可挽救于垂危。而迁延至五六日，徒增自下利，阳衰里虚寒更甚，胃中津液更虚，

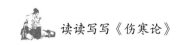

出现烦躁不得安卧，虚阳外脱，已显阴阳离决之兆，为死证。

301 少阴病，始得之，反发热，脉沉者，麻黄细辛附子汤主之。

【释义】"少阴病，脉微细，但欲寐"是本证，是三阴病之表。少阴病有表证时，即"始得之"，通常可见精神萎靡，恶寒无汗，有发热，身体疼痛，脉沉为特征（本证是不发热的，所以用反发热），通常还伴头痛、腰痛、腹痛、牙痛，女性尚可见闭经现象。常见于中老年人、小儿体弱者。

本方汤液较淡，但入口舌麻。本条临床表现，后世有称"太少两感"病。本条参照第92条"病发热头痛，脉反沉，若不差，身体疼痛，当救其里，四逆汤方"，均有热、头痛等表证；又有脉沉，里阳不足，有寒。显然第92条证以病重在少阴，虽表未解，但以急在里虚，故以四逆汤救里；而本条虽亦里虚兼表证，但里虚并不严重，而表实无汗，故以麻黄细辛附子汤温经发汗。

麻黄细辛附子汤

【经典方药】麻黄（二两，去节），细辛（二两），附子（一枚，炮，去皮，切八片）。

上三味，以水一斗，先煮麻黄，减二升，去上沫，内诸药，煮取三升，去滓，温服一升，日三服。

【参考方证】精神极度萎靡困倦，发热恶寒，恶寒尤甚，手足冷，时时欲寐，头身疼痛，胸满咳喘、咳痰，舌淡苔水滑、脉沉迟、微细弱者。

302 少阴病，得之二三日，麻黄附子甘草汤微发汗。以二三日无证（康平本作"无里证"），故微发汗也。

【释义】第301条是"少阴病，始得之"，是发病证势较急。本条为"少阴病，得之二三日"，是证势较缓了；但肯定都是表证未解（精神萎靡、发热、体痛、脉沉细），而已有正气不足。更强调的是，虽病已二三日，但并无里证出现（这的里证指的是里虚寒严重而导致的呕吐、下利等证），故可用微发汗法，去细辛，代之以甘草，甘草以甘和益脾之作用，即麻黄附子甘草汤主之。

综上所述，少阴病外感可出现三种情形：

（1）如第301条，是病邪偏盛，证势较重，须温经发汗，方用麻黄细辛附子汤；

（2）如第302条，病程稍长，病轻势缓，正气已虚，又无里虚寒之里证（吐、利），宜微发汗，方用麻黄附子甘草汤；

（3）若服用上两方后病仍不瘥，病势偏里虚寒，虽仍有身疼痛，脉沉，但已有下利、四肢厥冷的里虚寒之证，当急救其里，宜温阳祛寒，方用四逆汤。

麻黄附子甘草汤

【经典方药】麻黄（二两，去节），甘草（二两，炙），附子（一枚，炮，去皮，切八片）。

上三味，以水七升，先煮麻黄一两沸，去上沫，内诸药，煮取三升，去滓，温服一升，日三服。

【参考方证】恶寒微热，身疼痛，无汗，四肢冷，脉沉或沉细。

303 少阴病，得之二三日以上，心中烦，不得卧，黄连阿胶汤主之。

【释义】少阴病本就是津液（血）亏虚少之阴病，阴盛阳衰证。生理情况下"心肾交通，水火既济""阴平阳秘，精神乃治"。本条冠以少阴病，自有少阴病的一般特征。随着得病二三日以上，患病已有一段时间，感邪后入里，若里病后仍是阴盛阳虚，则病邪从寒化；若是病后阴液渐虚，阳气亢化，则邪从阳热化。本证当属后者，津血液更虚，不能制阳，虚热上扰，水火不济，心肾不交，而出现心中烦，不得卧，临证当有口燥咽干，小便黄赤，舌质红或绛，少苔，脉细数等。

"失眠、烦热、出血、脉滑数、舌红"为特征方证，或有如下临床表现之一：

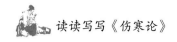

心中烦，或悸，或闷，或不得卧；出血或出血倾向；腹痛，或心下痞；舌红或红绛。除烦的黄连用最大量（10克左右），下部出血伴精神亢奋者，如热证的崩漏效佳。

黄连阿胶汤

【经典方药】黄连（四两），黄芩（二两），芍药（二两），鸡子黄（二枚），阿胶〔三两（或云三挺）〕。

上五味，以水六升，先煮三物，取二升，去滓，内胶烊尽，小冷，内鸡子黄，搅令相得，温服七合，日三服。

小冷，内鸡子黄：待汤液煎煮完毕后，去滓，倒入碗后纳入，搅拌成悬浊液服。

【参考方证】心中烦悸，不得安卧，多梦，或久痢，腹痛下脓血，口燥咽干，手足心热，四肢酸疼，皮肤粗糙，头昏耳鸣，小便短黄，舌红苔少，脉细数。

304 少阴病，得之一二日，口中和，其背恶寒者，当灸之，附子汤主之。

【释义】少阴病得之一二日，正是起病之时。"口中和"即口中不苦、不渴、不燥，是少阴病津血（血液）衰微不足，阳虚阴盛，内无邪热。里为津血液亏虚，无以濡养肌肤四末（抑或可理解为背为督脉循行之地，督脉为诸阳之海），所以恶寒首当以背部为甚。可用温灸，亦可用附子汤主之。

临证"背恶寒"可见于以下情形：

（1）太阳病表证，可见全身恶寒，兼有其他表证表现；

（2）阳明病（白虎加人参汤证）也可见背恶寒，同时有身热、汗出、口干燥；里热盛，气津已伤，恶寒不重；

（3）本证背恶寒较重，无发热，且口中和，阳虚寒盛。

本方证还可见于第305条和《金匮要略》妇人妊娠病篇第3条"妇人怀娠

六七月，脉弦发热，其胎愈胀，腹痛恶寒者，少腹如扇。所以然者，子脏开故也，当以附子汤温其脏"。

附子汤

【经典方药】附子（二枚，炮，去皮，切八片），茯苓（三两），人参（二两），白术（四两），芍药（三两）。

上五味，以水八升，煮取二升，去滓，温服一升，日三服。

【参考方证】身体骨节拘急疼痛剧烈，其背恶寒，手足逆冷，恶寒无热，口中和，或可见心下痞硬动悸，小便不利，浮肿脉沉者。

305 少阴病，身体痛，手足寒，骨节痛，脉沉者，附子汤主之。

【释义】进一步补充了第 304 条少阴病阳虚阴盛，寒湿凝滞的具体表现，除了有背恶寒、口中和，还有身体痛、手足寒、骨节痛的表现；阳虚于内，寒湿凝滞，可见脉沉或沉而微细。

306 少阴病，下利便脓血者，桃花汤主之。

【释义】少阴病阳衰阴盛，阳虚不能制约，致关门不利，则滑脱失禁，虚寒下利，阳无所摄，血溢脉外，则下利便血。《黄帝内经·灵枢》百病始生篇："阴络伤则血内溢，血内溢则后血。"临证可见下利脓血，暗淡，臭秽不甚或有腥气，轻则无里急后重、腹痛绵绵，喜温喜按，无发热，不渴，苔白脉弱等。

本方证还可见于第 307 条和《金匮要略》呕吐哕下利篇第 42 条"下利，便脓血，桃花汤主之"。

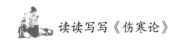

> **桃花汤**
>
> 【经典方药】赤石脂（一斤，一半全用，一半筛末），干姜（一两），粳米（一升）。
>
> 上三味，以水七升，煮米令熟，去滓，温服七合，内赤石脂末方寸匕，日三服。若一服愈，余勿服。

【参考方证】久利脓血，滑脱不禁，小便不利，腹痛喜温喜按，口干口渴，舌淡苔滑，脉沉迟或弱。

307 少阴病，二三日至四五日，腹痛，小便不利，下利不止，便脓血者，桃花汤主之。

【释义】这条补充第 306 条，下利不止，是阳虚于内，滑脱失禁。临证小便不利考虑：一是阳虚于里，气化不能；二是因下利不止，亡失津液，已无物可利。故临证虚寒下利当注意鉴别：责在脾肾阳虚，病在中下二焦。

理中汤或附子理中汤证（中焦虚寒下利）：自利不渴，腹满时痛，不欲饮食，脉沉浮无力；

四逆汤证（下焦虚寒下利）：下利清谷，手足厥逆，腹痛拘急，畏寒身蜷，脉沉微细；

桃花汤证（下焦虚寒，滑脱失禁）：下利不止，滑脱不固，便有脓血，脉沉微细。

308 少阴病，下利便脓血者，可刺。

【释义】中医有"刺法泻其实热，灸法温其虚寒"的古训。故从以方测证的角度分析，本条考虑为少阴病，阴虚阳亢，热伤阴络，血溢脉外，而见下利便脓血。但临证当依据其具体表现辨清寒热虚实处方。

309 少阴病，吐利，手足逆冷，烦躁欲死者，吴茱萸汤主之。

【释义】少阴病，由于各种原因未及时治疗控制，致邪气入里（太阴），加之里（胃）有虚寒水饮留滞，故出现呕吐、下利。多见呕吐为甚，正气尚未衰极（手足逆冷，而不是四肢厥逆，可以看出阳气虽虚，但尚未至绝），故正气与阴寒邪气相争剧烈，而见烦躁欲死，故以吴茱萸汤温中散寒、降逆泄浊。

可参阅第296条"少阴病，吐，利，躁烦，四逆者，死"，这是危重症，本条是轻症。

310 少阴病，下利，咽痛，胸满，心烦，猪肤汤主之。

【释义】"咽痛，胸满，心烦"是邪热上犯所致，故这里的下利应是热利，故本条证应不是真正的少阴病，而是少阴病传少阳病（半表半里之阳）。

通常少阴病以传太阴、厥阴为常，也有传少阳、阳明的；就如同太阳病可以传阳明、少阳为常，也可传太阴、厥阴。

方中猪肤就是猪皮，能润燥解热，加白蜜可缓急止痛，白粉（即米粉）可养胃。

猪肤汤

【经典方药】猪肤（一斤），白蜜，白粉。

猪肤，以水一斗，煮取五升，去滓，加白蜜一升，白粉五合，熬香，和令相得，温分六服。

【参考方证】咽痛不适，咽红或脓点，胸满心烦，下利小便黄，汗出不恶寒而恶热，手足心热，舌红津少，脉细数。

311 少阴病二三日，咽痛者，可与甘草汤；不差者，与桔梗汤。

【释义】这里和第310条均为"咽痛"，是局部的疼痛，而第312条为"咽中伤"、第313条有"咽中痛"是不一样。此处的咽痛是局部的红肿痛，病变的范围和程度有异。咽痛轻者用甘草汤，重者加用有排脓排痰作用的桔梗。少阳病咽痛者，或用小柴胡汤加桔梗、石膏、马勃等。《伤寒论》中桔梗汤，主治咽痛。半夏也主咽痛，如半夏散、半夏厚朴汤、麦门冬汤等方中均用半夏，特别是麦门冬汤主咽喉不利，咳逆上气，大量麦冬配半夏、甘草、人参。而张仲景方中不用玄参，但后世外科口喉科及温病家常用。清·郑梅涧《重楼玉钥》银锁匙一方用玄参、天花粉研末调服，治喉风心烦，口干作渴，及后世玄麦甘桔汤治疗咽喉痛，均不离玄参。

甘草汤

【经典方药】甘草（二两）。

上一味，以水三升，煮取一升半，去滓，温服七合，日二服。

【参考方证】口腔、咽喉等处黏膜溃烂、红肿、疼痛，口干，脉细者。

桔梗汤

【经典方药】桔梗（一两），甘草（二两）。

上二味，以水三升，煮取一升，去滓，温分再服。

【参考方证】咽痛红肿，或见脓肿，或胸痛，咳吐脓痰、黄黏痰者。

312 少阴病，咽中伤，生疮，不能语言，声不出者，苦酒汤主之。

【释义】咽中伤，说的是整个咽部有破溃化脓的表现，较第311条有加重，不能语言，声不出，就用苦酒汤治疗。

苦酒汤

【经典方药】半夏（十四枚，洗，破如枣核），鸡子（一枚，去黄），内上苦酒，着鸡子壳中。

上二味，内半夏著苦酒中，以鸡子壳置刀环中，安火上，令三沸，去滓，少少含咽之。不差，更作三剂。

临床煎服法：生半夏 10 克，加水 400 毫升，煮 20 分钟，去掉药渣，大约剩 200 毫升药液，加入米醋 60 毫升，等凉后加入生鸡蛋清 2 个（不加鸡蛋黄，而且不能使鸡蛋结成块），搅拌均匀后，少量多次含咽。

【参考方证】咽痛不适，咽红肿，可见脓肿，局部溃烂，声音嘶哑不能出，心烦躁，口渴，小便黄，舌红，脉细数。

313 少阴病，咽中痛者，半夏散及汤主之。

【释义】"咽中痛"则是整个咽部肿痛，而非局部病变。但此种情况，咽部是不怎么红的，所以用半夏散及汤，用了桂枝一味，《神农本草经》言桂枝主治喉痹。

所以第 310、第 311、第 312、第 313 条四条文都为治疗咽部病变而设，张仲景把治疗咽痛的章节放在少阴病篇，应该是咽部病变不能用汗法，与少阴病不能发汗有相同的深义（古人有发汗封喉之说）。这四条文的症状及治疗，由轻到重，由局部到整个咽喉部的病变，有较详细的论述。

半夏散及汤

【经典方药】半夏（洗），桂枝（去皮），甘草（炙）。

上三味，各别捣筛已，合治之，白饮和，服方寸匕，日三服。若不能散服者，以水一升，煎七沸，内散两方寸匕，更煎三沸，下火令小冷，少少咽之。

【参考方证】咽中疼痛不适，或声音嘶哑，或呕逆，咽不红或微红，恶寒微热，咽部有痰涎，舌淡或胖大，苔薄白，脉滑或浮弦。

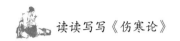

314 少阴病，下利，白通汤主之。

【释义】少阴病是三阴病之表，故有少阴病的基本表现。同时伴有下利时，用白通汤（干姜、附子、葱白），其中葱白有发汗作用。故少阴病下利兼有表证之时，方可用白通汤。还见于第 315 条。

白通汤

【经典方药】葱白（四段），干姜（一两），附子（一枚，生，去皮，切八片）。
上三味，以水三升，煮取一升，去滓，分温再服。

【参考方证】下利腹痛，小便不利，手足厥冷，但欲寐，或可见面赤，烦躁气逆，头项痛，脉微细或微细欲绝。

315 少阴病，下利，脉微者，与白通汤。利不止，厥逆无脉，干呕烦者，白通加猪胆汁汤主之。服汤，脉暴出者死，微续者生。

【释义】从第 314 条可知，白通汤有发汗作用，故没有出现津液亏虚于外者（有表证）才可用。而本条"少阴病，下利，脉微"，脉微说明津液（阳）已虚，不能再用白通汤，所以这里就出现一个问题：此处用白通汤是错误的，是误治。故逆治后而出现以下情况："利不止"是服用白通汤有发汗后，津液更虚，津液（阳）有虚脱，即"厥逆无脉""干呕烦"，这样一来，如果是接着使用"白通加猪胆汁汤"肯定也是错误的。

所以"少阴病，下利，脉微者"，表里同病，这时临证时应急当救里，出现脉微，急当要复脉，应是用通脉四逆汤（如若用四逆汤药力太轻），脉复后紧接着后面的治疗，也应该使用通脉四逆加猪胆汁汤。

用通脉四逆汤复脉后，出现脉暴出又没了，这是死证，是里虚寒极重，阳气暴脱了。若是脉象一点一点地恢复，为胃气渐复之象，则有生还之机，即为"服汤，脉暴出者死，微续者生"。

故《伤寒论》条文必需前后联系起来理解，才可发现其是否有错误之处。

猪胆汁、人尿液均有亢奋的作用。

白通加猪胆汁汤

【经典方药】葱茎（四段），干姜（一两），附子（一枚，生，去皮，切八片），人尿（五合），猪胆汁（一合）。

上五味，以水三升，煮取一升，去滓，内胆汁、人尿，和令相得，分温再服，若无胆，亦可用。

【参考方证】少阴病，阴盛格阳，下利不止，厥逆无脉，面赤干呕而烦躁，及寒湿腰痛。

316 少阴病，二三日不已，至四五日，腹痛，小便不利，四肢沉重疼痛，自下利者，此为有水气。其人或咳，或小便利，或下利，或呕者，真武汤主之。

【释义】这一条也可能有错误的地方：前有"自下利者"，后有"或下利"，已是重复。临床的确有不下利的情况用真武汤治疗的，本条或可改为"或不下利"。

第302条："少阴病，得之二三日，麻黄附子甘草汤微发汗。"所以这里"少阴病，二三日不已"，应是指麻黄附子甘草汤"微发汗"的情况，用之后表证不已（仍有精神萎靡、身体疼痛、发热、脉沉细等不解），发病至四五日时，病邪大致传里（传至太阴地界），所以出现腹痛、自下利的临床表现。那为何前面用麻黄附子甘草汤不解呢？皆因为"小便不利"，那是里有水气。前面已反复强调里有水气的表证，治疗时不利水（利小便），表邪肯定是不解的。又出现了四肢沉重疼痛的症状，这是表不解，还有水气（水湿）在表，所以说"此为有水气"，后面的都是或然证。

若用脏腑辨证，就是脾肾阳虚引起的诸症。

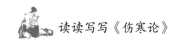

317 少阴病，下利清谷，里寒外热，手足厥逆，脉微欲绝，身反不恶寒，其人面色赤，或腹痛，或干呕，或咽痛，或利止脉不出者，通脉四逆汤主之。

【释义】此为少阴病不解，在表之邪传入里转属太阴，也可以说是少阴太阴并病，是真正的疾病危重。于里虚寒（阳虚衰）严重：下利清谷（完谷不化）、手足厥逆；于外则因在里津液虚损至极，阳无所附，一点点阳气（虚阳）浮越在外，身反不恶寒，其人面色赤，即"里寒外热"。这的里寒外热，应是第11条的"真寒假热"："病人身大热，反欲得衣者，热在皮肤，寒在骨髓也。"所以，通脉四逆汤证阳虚更甚，则加大附子，是增强温阳之力；因里虚寒有水饮，上逆故见干呕，寒饮凝滞不通而腹痛。而持续下利，津液耗损太过，或可见咽干咽痛。过度下利，已无物可利，津（血）液已衰耗至绝，所以"利止，脉不出"，因此结合第315条来理解就更清晰了。"病皆与方相应者，乃服之"应是方证对（相）应为前提。

通脉四逆汤

【经典方药】甘草（二两，炙），附子（大者一枚，生用，去皮，切八片），干姜［三两（强者可四两）］。

上三味，以水三升，煮取一升，二合，去滓，分温再服，其脉即出者愈。面色赤者，加葱九茎；腹中痛者，去葱，加芍药二两；呕者，加生姜二两；咽痛者，去芍药，加桔梗一两；利止，脉不出者，去桔梗，加人参二两。病皆与方相应者，乃服之。

【参考方证】下利清谷，里寒外热（身热恶寒），身体痛，手足厥逆，脉微欲绝，或厥逆，身反不恶寒，面色赤，或腹中拘急痛，或干呕，或咽痛，或利止，脉不出者。

318 少阴病，四逆，其人或咳，或悸，或小便不利，或腹中痛，或泄利下重者，四逆散主之。

【释义】四逆散的组成：柴胡、芍药、枳实、甘草，可以看成是小柴胡汤、枳实芍药散、芍药甘草汤三方组成，以方测证，方证特点应该是：胸胁苦满或腹痛，或有大便溏泻。换句话说，本条文所说的是少阳病证，放在少阴病篇，可能基于：（1）少阴病，经治疗或疾病自传变，由少阴病传入半表半里，而转属少阳；（2）因为邪热缠滞，气滞血瘀，血行不畅而见四逆，而这种情况脉象暂时现微细，貌似少阴病，而冠以少阴病，教人以鉴别，如张锡驹云："凡少阴病四逆，俱属阳气虚寒，然亦有阳气内郁，不得外达而四逆者，又宜四逆散主之。"

所以临证辨证，总结方证时，凡形似大柴胡汤证（第103、136、165条），但无呕吐无可下之证者，均可考虑四逆散，"腹中痛、泻痢下重"的痢疾也可辨证使用，所以四逆散主治的不是少阴病。对于有小腹窘迫，小便疼痛不利，尿血等尿道刺激症状，渴欲饮水者，即热证的尿路感染，可用四逆散合猪苓汤。

本方柴胡升阳疏肝，透达郁热；枳实宽中下气，散积通滞；二药相配，使郁者升、滞者散，三焦得以疏利。枳实和枳壳同出一物，枳实为幼果入药，枳壳为未成熟果实入药。枳实，又名破胸锤，朱丹溪说枳实破气大有冲墙倒壁之势。白芍养血柔肝，配甘草和营止痛以利阴。柴胡得芍药，一散一收，则无升散太过而耗损肝阴之弊。四药合方，疏肝理脾，郁阳得伸。"治其阳者，必调其阴，理其气者，必调其血"，说的是四逆散也。

四逆散

【经典方药】甘草（炙），枳实（破，水渍，炙干），柴胡，芍药。

上四味，各十分，捣筛，白饮和，服方寸匕，日三服。

【参考方证】胸胁苦满疼痛，腹胀痛，四肢厥逆，或下利后重，脉弦或沉滑弦。

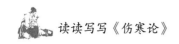

319 少阴病，下利六七日，咳而呕渴，心烦不得眠者，猪苓汤主之。

【释义】我们应当明确，少阴病不是阳虚就是阴虚，这里已下利六七日，从猪苓汤组成（猪苓、茯苓、泽泻、滑石、阿胶）以方测证，之前的下利应是水湿内停引起的下利。因下利久之后，津（血）液已亏耗虚损，而正气未虚，阴（津）虚有热，热邪上犯逆而呕、咳；津液不足故渴，邪热上扰心神故见心烦不得眠。

同时治疗下利，《金匮要略》中产后虚极引起的下利，用白头翁加甘草、阿胶汤，那是热利，当注意鉴别。

所以换个角度说，猪苓汤可以治疗热（血）淋、咳嗽、下利、呕吐、消渴、失眠等。

320 少阴病，得之二三日，口燥咽干者，急下之，宜大承气汤。

【释义】这一条临证时当注意可能有两种情况：

一是确实原有少阴病本证（身体疼痛，头痛，脉微细，但欲寐等），可二三日后病情急转，转入阳明，突然出现口燥咽干（少阴病是口中和），里热盛，津液有顷刻枯竭之势；

二是一般外感患者（不是少阴病本证）有类似精神较差，脉弱细的类少阴病表现，也因邪热传里太甚，突然出现这种口燥咽干的症状。

当机立断，急下存津液。是论少阴被燥热所灼，必有亡阴津竭之势，急下燥热，釜底抽薪，而存阴液。

321 少阴病，自利清水，色纯青，心下必痛，口干燥者，急下之，宜大承气汤。

【释义】这也不是少阴病本证，可以理解为实证出现了虚衰的症候。"至虚有盛候，大实有羸状"即真虚假实证和真实假虚证。

"自利清水"，这个"清"当"如厕"说，作动词，排出的大便全是水。"色纯青"，青是黑色，排恶臭水样便，这就是"热结旁流"：排出的粪是粪，水是水，即结者自结，流者自流。里热盛，水流下，而毒结其中（粪毒），所以说是"热结旁流"。所以腹证可见心下（胃脘）必疼痛拒按，热盛伤津液，口干燥，亦有可使津液顷刻衰竭之势，故宜急下存津液。

322 少阴病，六七日，腹胀不大便者，急下之，宜大承气汤。

【释义】我们知道在阳明病时，若是单有腹胀不大便，显然不能用大承气汤。所以这条肯定是少阴病邪传入阳明，少阴转属阳明了（少阴病本就津液亏虚），所以当机立断，急下存津液。

小结一下，张仲景用大承气汤是以水三升，急煎急服。《伤寒论》中有"发热汗多""腹满痛""大便难""目中不了了，睛不和"之阳明三急下；少阴三急下："口燥咽干""自利清水，色纯清，心下必痛，口干燥""腹胀不大便"。

大承气汤、小承气汤、调胃承气汤是张仲景泻下寒热的方。三者共有的症状：谵语，发热（蒸蒸发热、潮热、日晡所发热），腹痛。大承气汤证最重，除狂躁，津液枯竭，热结旁流等急下证之外，且"六七日不大便""胃中有燥屎"，故可有"心中懊憹而烦""喘冒不能卧"，即热邪上熏，腹诊更见：腹满痛，腹满不减，减不足言，心下必痛，可谓痞满燥实坚。而腹诊很关键："按之心下满痛者，此为实也，当下之"。《伤寒论》第204条："伤寒呕多，虽有阳明证，不可攻之。"而"食已则吐，大黄甘草汤主之"，是因肠腑壅滞不通所致，故用大黄甘草汤涤荡肠胃积滞，非攻下也，故下法并非均是攻下。调胃承气汤、小承气汤都并非攻下之剂，如第208条："可与小承气汤，微和胃气，勿令至大泄下"；第209、250、251条亦说小承气汤"和之""微和之"。而调胃承气汤乃是大承气去枳朴加甘草（缓急），泻热力强，导滞之力不足，主大便秘结引起的"心烦、谵语、蒸蒸发热"之热势引发之证。

323 少阴病，脉沉者，急温之，宜四逆汤。

【释义】第301条："少阴病，始得之，反发热，脉沉者，麻黄细辛附子汤主之。"

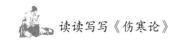

而少阴病的提纲证脉微细（三阴之表是略浮脉之中见微细）；第301条是"始得之"，有发热，所以尚有表邪，且从用药来分析，细辛有逐饮、祛水饮的作用。所以有表邪，还有里水饮。

脉沉者主里，亦主有水饮（《金匮要略》"脉得诸沉，当责有水，身体肿重"）。本条不是始得之，已无表邪，是里有寒饮（水），若不急温之，必然转属太阴，出现腹痛，吐利不止，就会出现"脉微欲绝"危重证，如第317条所述。

324 少阴病，饮食入口则吐，心中温温欲吐，复不能吐，始得之，手足寒，脉弦迟者，此胸中实，不可下也，当吐之。若膈上有寒饮，干呕者，不可吐也，当温之，宜四逆汤。

【释义】第一节"少阴病……当吐之"。饮食入口即吐，说明胃中有水饮停滞。"温温"意同"愠愠"，即心中不可言状的莫名的烦闷欲吐；"复不能吐"，而又吐不出来；"始得之，手足寒"，从一开始手足发寒凉，缘何？"脉弦迟者"，弦脉主饮，迟脉主寒；"此胸中实"，胸中有寒饮之故，寒饮邪气冲逆上犯，欲吐而不能吐，邪实也，此时当因势利导，"当吐之"，用吐法治疗，而不能用下法，"不可下也"。所以这节说的不是真正的少阴病，病发时酷似少阴病（精神差、乏力、但欲寐等），吐之可用如瓜蒂散。

后一节"若膈上有寒饮，干呕者"只是干呕，没有真正的水饮上逆，饮食入口即吐，复不能吐的情况，即胸中（膈上）无实也，只是膈上虚寒饮，这时当有其他脉证辅助相鉴别。也有少阴病的类似证，治疗也是"急温之""不可吐也"。

325 少阴病，下利，脉微涩，呕而汗出，必数更衣，反少者，当温其上，灸之。

【释义】本条需结合第286条"少阴病，脉微，不可发汗，亡阳故也"和第315条"少阴病，下利，脉微者，与白通汤"来理解。少阴病，脉微是亡阳（亡津液），涩是血液虚少，所以第315条"与白通汤"发汗显然是错误的，应该用的是"通脉四逆汤"，前面已有分析。

而本条有"呕而汗出",上有呕,外有汗出,下有利,真有阴阳欲脱之征。因阳已无固摄之力,所以"必数更衣",但里已无物可利,所以"反少者"。"当温其上",津液的化生源之于胃,所以"上"指的是胃,当温灸胃也。保有一分胃气,方有一分生机。

辨厥阴病脉证并治

326 厥阴之为病，消渴，气上撞心，心中疼热，饥而不欲食，食则吐蛔，下之，利不止。

【释义】少阳病是半表半里之阳证，而厥阴病是半表半里之阴证。厥阴病同少阴病一样，都是津（血）液亏虚，而厥阴病是上部亏虚甚，下部寒邪甚，寒邪乘上部虚而侵袭上来。上部有虚热，所以自觉有气上撞心，心中疼热。津液虚引水自救而见消渴。

这种一般是自觉的热（不是真正发热的那种热），但这时病虽在半表半里之阴证，胃未受损，但因寒邪自下往上冲逆，自然就"饥而不欲食"；寒邪上冲犯胃，则食入必呕（食则吐蛔，现在卫生条件好不一定有蛔），所以不能把这种虚热在上的表现，误为实热内结而用下法治疗，下之后必然邪陷入里不可，出现下利不止（即前面说的协热利）。所以强调阴虚证是不能下的。这是厥阴病的提纲证，和少阳病一样只是个大概，因为半表半里的阴证、阳证，涵盖的范围太广，要相对固定症候下来较难。临证当结合具体的病证分析。

327 厥阴中风，脉微浮为欲愈，不浮为未愈。

【释义】厥阴病是阴证，阴性疾病。微脉是指津（血）液亏虚不足的脉象，浮者为阳。所以疾病由阴出阳，由阴转阳是佳兆，病是向愈的。反之，疾病由阳入阴，由阳证转入阴证，阴盛胃气衰败，是凶兆，疾病是转危的，甚至是死亡。

328 厥阴病，欲解时，从丑至卯上。

【释义】同前面一样，了解就好。

329 厥阴病，渴欲饮水者，少少与之，愈。

【释义】从提纲证来分析，厥阴为津（血）液虚，所以有消渴，引水自救。但从这条来看，说厥阴病渴欲饮水而少少与之就愈，换个角度说，厥阴病如若少少与水饮之就可愈，显然是不对的，就说明消渴并非是但凡厥阴病都有，这就要求我们在真实的临床工作中注意这个问题了。

330 诸四逆厥者，不可下之，虚家亦然。

【释义】四肢厥冷，说明四肢无津（血）液濡养温煦，显然胃中津液生化不能，或明显亏虚，或是虚多实少，这些情况都是不能用下法的，如虚家不可下一样，故"虚家亦然"。

331 伤寒，先厥后发热而利者，必自止，见厥复利。

【释义】胃虚津（血）液虚，四末不得濡养而见厥，则见下利，而后胃气恢复，发热，则利必自止。这就是正邪交争的过程，在此就是厥利与热往复的变化。胃气强则发热，利止；胃气衰邪胜则厥而下利。

有似"往来寒热"之半表半里证，故又似厥阴证。历史上众医家有认为厥阴病就是第 326、第 327、第 328、第 329 条这四条。这四条往后，是论利、呕、哕的。可参考，要有思考。

332 伤寒始发热六日，厥反九日而利。凡厥利者，当不能食。今反能食者，恐为除中。食以索饼，不发热者，知胃气尚在，必愈。恐暴热来出而复去也。后三日脉之，其热续在者，期之旦日夜半愈。所以然者，本发热六日，厥反九日，复发热三日，并前六日，亦为九日，与厥相应，故期之旦日夜半愈。后三日脉之而脉数，其热不罢者，此为热气有余，必发痈脓也。

【释义】"伤寒始发热六日，厥反九日而利"，从第331条知道厥利与发热往复的变化，厥时下利，发热时利止，厥与发热的时间是相应的。可现在是厥与发热的是六日，而有三日（如七、八、九日）是厥利的现象，当然应该只是个大概的时间，总之是厥利与发热的时间不相应。

厥利是正不胜邪，阳退阴进，胃中虚（寒）衰的表现，所以是不能食的，即"凡厥利者，当不能食"。故临床厥逆的进退反映的是阴阳胜负的变化，即胃气的盛衰变化。

"今反能食者，恐为除中。食以索饼，不发热者，知胃气尚在，必愈。恐暴热来出而复去也"，本来厥逆是胃中虚（寒）衰，是不能吃的，这时候病人反而能吃东西，这可能是除中（除中就是胃气衰败，人非死不可）。这是与病情的反应是矛盾，是相反的（即热往复时才能吃东西）。所以可以试验一下，把饼给病人吃，如若突发高热，那必死无疑，这就是除中了；若是给以吃饼后，不出现发热，这说明胃气尚存，胃气渐恢复，这个病是必会愈的。

后面大段的大致意思是，厥逆与发热是正邪交争的过程，厥几日，发热几日，过了之后再不出现厥热了，疾病就有希望在厥热相应的时间阶段好。若是热有余则是不好的，会变成他证了，如痈脓等。另外，病人在厥逆阶段能吃东西也是不好的现象，可能是除中了。

333 伤寒，脉迟六七日，而反与黄芩汤彻其热，脉迟为寒，今与黄芩汤复除其热，腹中应冷，当不能食，今反能食，此名除中，必死。

【释义】太阳伤寒，脉当浮数，今见迟脉或浮而迟脉，说明表证里有寒。虽然六七日时，是病转里的时候（如第225条：脉浮而迟，表热里寒，下利清谷者，四逆汤主之），治疗的原则是舍表救里，宜用四逆汤，而"反与黄芩汤彻其热"，必然导致胃中更虚寒，这个就是因误治造成的除中。"有胃气者生，无胃气者死"。

黄芩汤经典方药方证见于第172条。

334 伤寒，先厥后发热，下利必自止，而反汗出，咽中痛者，其喉为痹。发热无汗，而利必自止；若不止，必便脓血。便脓血者，其喉不痹。

【释义】这条就是进一步说明第331条厥热往复的情况。伤寒，先厥后发热，是阳进阴退，下利必自止。如果正气刚好胜邪，那疾病就向好。若是阳进太过，即阳有余，则表现为：一是阳亢于上，阳热上犯，可见汗出，即反汗出、咽痛（喉痹）；一是厥后出现发热无汗，则下利自止。若是不止（热邪下行），那会迫血妄行，热盛肉腐则可见便脓血。当然这时热邪不上犯了，故咽就不痛。

335 伤寒，一二日至四五日，厥者，必发热。前热者，后必厥，厥深者热亦深，厥微者热亦微。厥应下之，而反发汗者，必口伤烂赤。

【释义】太阳伤寒病至四五日时，出现四肢厥冷，必发热。需要指出的是，前面一二日也一定是已有发热了的，且皆因前面一二日的发热，才有四五日时的厥逆。所以这里的厥逆不是我们说的厥阴病的厥逆，这种厥是热厥。这样的厥逆之前一定是有发热的，热亦盛则厥亦深，反之现厥微者，热亦微。

热盛者必伤津，四末无以濡养出现厥逆；热壅盛于里，里实热亦阻滞气血的

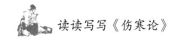

畅达，亦可引起厥逆。如瓜蒂散下法、吐法。这时已纯粹是里热甚，发汗肯定是误治，更伤津液，热盛肉腐，而出现"口伤烂赤"。当用辛凉解表法。这就是热厥。

336 伤寒病，厥五日，热亦五日。设六日，当复厥，不厥者自愈。厥终不过五日，以热五日，故知自愈。

【释义】厥阴病，厥逆与发热的时间是相应的，这也是正邪交争的过程，阳胜阴退，第六日未再出现厥逆，那是阳气渐复，胃气恢复，则疾病是有向愈的。当然若是热有余，则有变证的可能，前面已述。

337 凡厥者，阴阳气不相顺接，便为厥。厥者，手足逆冷者是也。

【释义】这条是解释什么是厥，说的是阴阳气不相顺接，阳属温热，阴属寒凉（冷），阴阳不相接，四末不能得到温养（宗阳气，胸中之气，居中居里，汇聚人一身之阳气）而出现四肢逆冷，这就是厥。所以结合上面的条文，厥分三类：一是厥利与热往复，是阴阳进退的关系；二是热厥；三是厥热往复，没有下利。临证是需要细辨的，关系疾病的治疗以及预后的判断。

338 伤寒，脉微而厥，至七八日，肤冷，其人躁，无暂安时者，此为脏厥，非蛔厥也。蛔厥者，其人当吐蛔。今病者静，而复时烦者，此为脏寒。蛔上入其膈，故烦，须臾复止，得食而呕，又烦者，蛔闻食臭出，其人当自吐蛔。蛔厥者，乌梅丸主之。又主久利。

【释义】这条信息量很大，脏厥，蛔厥，脏寒，寒热错杂等，得弄明白了。
脏厥与蛔厥：脏厥，是独阴无阳的脏寒证；蛔厥是寒热错杂证。其理由是脏厥是"脉微而厥，至七八日，肤冷，其人躁，无暂安时"，显示的是但寒无热的阳衰证。躁为阴，烦为阳，也就是说脏厥是脏气衰败而发生的厥冷。蛔厥是寒热错杂证，理由是蛔厥者烦，烦从火从热。而乌梅丸也是寒热并用之方。所以乌梅丸治蛔厥，不治脏厥。可以认为乌梅丸为厥阴病篇之主方，而不仅仅局限于治疗蛔厥和久利。脏厥与蛔厥，虽病名不同，但病机一样。脏厥是独阴无阳，本质是脏寒无疑；蛔厥，张仲景也说"此为脏寒"。二者既然皆为脏寒，病机是相同的，也就没有本质上的不同。脏厥说的是病名，脏寒是其病机。脏厥与蛔厥的不同，在于是否有吐蛔。在脏寒的基础上，有吐蛔症者是蛔厥；无吐蛔症者是脏厥。

寒热错杂形成的机理分析：肝为刚脏，内寄相火，心包亦有相火。相火者，辅君火以行事，随君火以游行周身。肝寒时阳气馁弱，肝失其升发、舒达之性，出现肝气郁，是阳气馁弱而郁，此为虚。这有别于情志不遂、肝气郁结者，此为实。所以阳气虚馁而肝郁，则肝中相火也不能随君游于周身，亦为郁，相火郁则化热。所以是在阳气虚馁的脏寒基础上，又有相火内郁化热，这样就形成了寒热错杂之征。蛔厥可在脏寒的基础上形成寒热错杂证，脏厥当然也可以在脏寒的基础上形成寒热错杂证，所以乌梅丸主之。

脏寒是独阴无阳，不应有热。独阴无阳是厥阴脏寒的病机。厥阴之脏寒，异于少阴之脏寒。肾为人体阳气之根，而其他脏腑的阳气乃阳气之枝杈。若独阴无阳，必肾阳已亡，根本已离，为亡阳证，当四逆汤回阳救逆。若肾阳未亡，仅某一脏腑的阳气衰，犹如枝杈阳衰，根本未竭，未至亡阳。故肝之脏寒，与肾亡阳的脏寒是不同的，不能混淆。既阳未亡，则馁弱之阳必郁而化热，形成寒热错杂证。

所以蛔厥有寒热错杂，脏厥亦同样有寒热错杂，二者本质是相同的，皆当以乌梅丸主之。就是说乌梅丸既治吐蛔之蛔厥，也治脏厥，所以乌梅丸为厥阴病的主方。

厥阴篇的本质是在肝阳虚的基础上形成寒热错杂诸证。治疗亦是在温肝的基础上调其寒热，寒热并用，燮理阴阳。

试着理解原文：常常见于精神系统、消化系统和循环系统疾病。

（1）精神系统

①精神烦躁或情绪急躁不能缓解——"其人躁，无暂安时"。

②间歇性精神烦躁，烦闷不适或情绪急躁——"病者静，而复时烦者……须臾复止"。

③或进食后出现——"得食而呕，又烦者"。

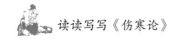

④渴而饮水不解——"消渴"。

⑤气自下而上冲心胸，奔豚——"气上撞心"。

⑥手足厥冷——"脉微而厥，至七八日，肤冷"。

⑦时手足冷，时手足心热——"厥热胜复"。

（2）消化系统

①胃脘疼痛灼热或脐周疼痛——"心中疼热"。

②有食欲但食量少——"饥而不欲食"。

③进食后呕吐——"食则吐蛔，得食而呕"。

④呃逆嗳气——"气上撞心"。

⑤泄利日久不愈或寒凉泻下后利不止——"下之，利不止"。

（3）循环系统

①心绞痛反作——"心中疼热"。

②休克，低体温——"脉微而厥，至七八日，肤冷"。

乌梅丸的方证特点：

舌脉象：舌尖红，苔中或根部白腻，脉弦，按之弱。肝馁弱之脉，可兼濡、滑、细、数等。弦而按之无力——肝之阳气馁弱之脉。

肝阳虚症状：口干口苦；上热（火）下寒，常见失眠，鼻炎，口疮，痤疮，荨麻疹，肥胖，疲劳，颈肩腰腿痛，上半身汗多，下半身冷汗。胆道蛔虫症，厌食，胃脘痛，少腹痛，崩漏等，大便溏泻，手足冷，上腹或腰膝冷等。

症状常有在夜间2—3点加重的特点：乌梅丸为厥阴病的主方，而不仅仅是治疗蛔虫病及久利。厥阴病的表现纷纭繁杂。阳弱不升，郁火上冲，可见头晕头痛，目痛，耳鸣，口渴，心中疼热；经络不畅，可见胁肋胀痛，胸痛，腹痛，肢体疼痛；木不疏土，可见脘痞不食，呕吐，嗳气，下利；肝为罢极之本，肝虚则懈怠、困倦、萎靡不振、阴缩、抽痛拘挛转筋；寒热错杂则厥热胜复或往来寒热，诸般表现，不一而足。

为了方便理解，这里还是用了《黄帝内经》的一些理论来分析本条文，毕竟《伤寒论》的六经来自八纲。

乌梅丸

【经典方药】乌梅（三百枚），细辛（六两），干姜（十两），黄连（十六两），附子（六两，炮，去皮），当归（四两），蜀椒（四两，出汗），桂枝（六两，去皮），人参（六两），黄柏（六两）。

上十味，异捣筛，合治之，以苦酒（酸醋）渍乌梅一宿，去核，蒸之五斗米下，饭熟，捣成泥，和药令相得，内臼中，与蜜杵二千下，丸如梧桐子大，先食，饮服十丸，日三服，稍加至二十丸，禁生冷，滑物，臭食等。

【参考方证】手足厥冷，心中烦热，呕吐或是吐蛔，腹中痛阵作，得食则烦，久利或大便稀溏或泻下黏液，脉微或沉伏。

339 伤寒，热少微厥，指头寒，嘿嘿不欲食，烦躁，数日小便利，色白者，此热除也，欲得食，其病为愈。若厥而呕，胸胁烦满者，其后必便血。

【释义】"热深者厥亦深，热微者厥亦微"，所以热少亦是微厥，只是"指头寒"；而"不欲食，烦躁"这是少阳病柴胡证；"小便色白，小便利"是热邪轻渐除了，所以由"不欲食"转为"欲得食"了，当然是疾病向愈了。（这里回到第96条去理解则更明确。）

若是由初期发病出现的"指头寒"转为厥，变成真正的四肢厥冷，说明邪热更重而深入；由"嘿嘿者不欲食"转成"呕吐"，且出现了"胸胁烦满"，变成了真正的小柴胡汤证。所以"热深厥亦深"邪热陷里，热盛肉腐，热邪迫血妄行而见便血。这条论述的是热厥。

340 病者手足厥冷，言我不结胸，小腹满，按之痛者，此冷结在膀胱关元也。

【释义】这条说的陈寒客冷，积于下焦，所以不会有结胸（胸满闷痛等症），

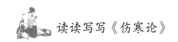

而是只见下腹部（小腹部）按之痛。《金匮要略》治疗"寒疝"的大概就是这种情况，大乌头煎、大建中汤和附子粳米汤，可参考。

341 伤寒，发热四日，厥反三日，复热四日，厥少热多者，其病当愈。四日至七日，热不除者，必便脓血。

【释义】这就是用厥热往复来分析疾病的进退之机，是阳进阴退及阳有余的变证。

342 伤寒厥四日，热反三日，复厥五日，其病为进，寒多热少，阳气退，故为进也。

【释义】这条刚好和第 341 条反过来，是阳退阴进。

343 伤寒六七日，脉微，手足厥冷，烦躁，灸厥阴，厥不还者，死。

【释义】这里需要结合第 338 条"伤寒，脉微而厥，至七八日，肤冷，其人躁，无暂安时者，此为脏厥"来理解。这里是"六七日"，是烦躁而没有达到"无暂安时"那么严重的地步，正因尚有胜邪的机会，所以是能灸厥阴（只是具体什么穴位要临证确定，还有厥阴也不一定是指肝脏，前面第 338 条已说很多）。这条说的是厥的生死之机转的关键。

344 伤寒，发热，下利，厥逆，躁不得卧者，死。

【释义】伤寒恶寒发热，外有邪热，同时下利；津液耗伤，四末不得谷气（津精液）濡养而厥逆；胃气津液衰败而躁不得卧，这是死证。

张仲景《伤寒论》中有关狂躁这一类神经精神症状的，如火迫过汗，劫夺其阳的可见桂枝去芍药加蜀漆牡蛎龙骨救逆汤证、桂枝加龙骨牡蛎汤证，这是轻证；严重的阳虚可见干姜附子汤证、白通加猪胆汁汤证、茯苓四逆汤证，这些方均用了生附子；若不能急救回阳则出现第 296、298、300、343、344 条的"厥逆""躁烦""脉不至"的危重死症；还有瘀血的"如狂""发狂""善忘"的桃核承气汤证和抵当汤证；还有因热结引起的大承气汤证。此外，还有《金匮要略》的防己地黄汤证。另外论及精神异常的伴心悸、懊恼、不眠甚至不能饮食的，如柴胡证、百合病、狐惑病等，还有如柴胡加龙骨牡蛎汤证。

345 伤寒，发热，下利至甚，厥不止者，死。

【释义】第344、345条都一样。里虚寒的表里同病，法当救里舍表，同时注意判断疾病的预后。

346 伤寒六七日不利，便发热而利，其人汗出不止者，死，有阴无阳故也。

【释义】"伤寒六七日不利"，说明在这"不下利"之前正气是能胜邪的，而之后又出现"发热又下利又汗出不止"的情况，显然是正不胜邪。（这就要提到《黄帝内经》的正邪交争的"阴阳交"，太阳病篇第一条已较详细分析）。

这里的"有阴无阳故也"，阴应指的是邪气，阳指的是津液。无津液，胃气衰败也。

347 伤寒五六日，不结胸，腹濡，脉虚，复厥者，不可下，此为亡血，下之，死。

【释义】"伤寒五六日"时，若是病不好，大多是传入半表半里的时间节点，可这时候患者并没有出现"结胸"（水热互结于心下），腹部是软的，脉虚弱无力，是津液（血液）虚，所以四末无津（血）液的充养而厥冷。当然这种情况是不能下的（同样也不能发汗）。

348 发热而厥，七日，下利者，为难治。

【释义】这一条可以参照第346条，伤寒七日之前（五六日时），只是出现正

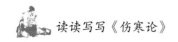

邪相争的阶段，发热恶寒；到七日时，出现发热而厥且下利，是正不胜邪，正气（胃气）虚脱之候，肯定难治。

349 伤寒脉促，手足厥逆，可灸之。

【释义】"脉促"前面的第 21、34、140 条已反复提到，促就是短、迫，所以是脉短促、急迫的意思。迫于上的即是迫于寸（寸关尺），迫于外就是浮脉。浮脉见于寸口处，就是脉促。说明外尚有表证，但手足厥逆（说明里已虚寒），所以只能舍表救里，先灸为治，处方当然是四逆汤。

350 伤寒脉滑而厥者，里有热，白虎汤主之。

【释义】这个是热厥的，滑为实邪在里。太阳伤寒脉滑而厥，即是里热盛则脉滑实大。里有热，厥深热深。阳明里热，白虎汤主之，热退而厥去。

351 手足厥寒，脉细欲绝者，当归四逆汤主之。

【释义】脉细欲绝，是说（津）血液虚，所以说的是厥阴病。四肢手足厥逆寒冷，脉虚到欲绝。用补血液、调营养、温通经脉的当归四逆汤（桂枝汤中用细辛替换生姜加当归、通草），临床上冻疮、雷诺现象等通常类似本证。

当归四逆汤

【经典方药】当归（三两），桂枝（三两，去皮），芍药（三两），细辛（三两），甘草（二两，炙），通草（二两），大枣（二十五枚，擘，一法十二枚）。

上七味，以水八升，煮取三升，去滓，温服一升，日三服。

【参考方证】手足厥寒，麻木冷痛，甚或青紫；头痛，或腰股腿脚痛，或腹痛肠鸣，下利不止或见阴斜疝，睾丸掣痛引入少腹，舌淡苔白滑，脉细欲绝。

352 若其人内有久寒者，宜当归四逆汤加吴茱萸生姜汤。

【释义】接着上面的当归四逆汤证，若是有腹中虚寒性疼痛、呕吐等，是本方证，宜当归四逆汤加吴茱萸生姜汤。

当归四逆汤加吴茱萸生姜汤

【经典方药】当归（一两），芍药（三两），甘草（一两，炙），通草（二两），桂枝（三两，去皮），细辛（三两），生姜（半斤，切），吴茱萸（二升），大枣（二十五枚，擘）。

上九味，以水六升，清酒六升，和煮取五升，去滓，温分五服。（一方，水酒各四升。）

陶弘景《本草经集注》中吴茱萸"味辛，温、大热，有小毒。主温中下气，止痛，咳逆，寒热，除湿血痹，逐风邪，开腠理。去淡冷，腹内绞痛，诸冷、食不消，中恶，心腹痛，逆气，利五脏"。生姜有止呕的作用，但是降逆作用更好的是半夏。

吴茱萸，气味辛辣燥苦，张仲景要汤洗七次，现在要水飞去辛燥味。张仲景用吴茱萸治寒证日久。当归四逆汤加吴茱萸生姜汤，用吴茱萸二升，治"内有久寒"；九痛丸用吴茱萸一两，治"陈年积冷"；温经汤用吴茱萸三两，治"妇人少腹寒，久不受胎"。吴茱萸能散寒化饮止呕，长于久寒的疼痛。

【参考方证】当归四逆汤方证里寒甚呕吐。

353 大汗出，热不去，内拘急，四肢疼，又下利，厥逆而恶寒者，四逆汤主之。

【释义】伤寒发汗后，大汗出而热不去（正邪相争，邪胜而精怯），而因汗大出，津液耗伤，腹内脉络失于温养而拘急，再下利则津液伤更甚，阴损及阳，而见虚寒凝滞，血气不通而四肢疼而恶寒，唯有用四逆汤大温大热，恢复胃气，津液自生，方可维持一分生机。

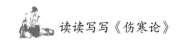

354 大汗，若大下利，而厥冷者，四逆汤主之。

【释义】大汗，大下利，必然是津液虚脱之势，而见厥冷，也用四逆汤。

355 病人手足厥冷，脉乍紧者，邪结在胸中，心下满而烦，饥不能食者，病在胸中，当须吐之，宜瓜蒂散。

【释义】手足厥冷，而出现脉紧，紧脉见于太阳伤寒之脉，还见于里有实邪，如宿食在里等，是脉沉紧。所以手足厥冷，脉沉紧，是里有实邪，是邪在胸中，所以心下满而烦，烦说明里有热。所以饥不能食者，不是因为虚寒，而是病在胸中（心下），法当顺势而治，用瓜蒂散吐之。

所以手足厥冷，有虚有寒，有寒有热，临证须细辨。

瓜蒂散方及方证见于第 166 条。

356 伤寒厥而心下悸，宜先治水，当服茯苓甘草汤，却治其厥，不尔，水渍入胃，必作利也。

【释义】《金匮要略》痰饮咳嗽篇："夫病人饮水多，必暴喘满。凡食少饮多，水停心下，甚者则悸，微者短气。"所以太阳伤寒，四肢厥逆，心下悸，是心下（胃）有水饮停滞，临证当还有呕逆等症状，所以用茯苓甘草汤治水，意即治水之所以治厥。所以伤寒四肢厥而心下悸，既不是热厥也不是寒厥，而是心下有水。不然，水长期滞留于胃，必作下利不可，那可要厥利并见了。

茯苓甘草汤方及方证见于第 73 条。

357 伤寒六七日，大下后，寸脉沉而迟，手足厥逆，下部脉不至，咽喉不利，唾脓血，泄利不止者，为难治，麻黄升麻汤主之。

【释义】太阳伤寒六七日时，也是大多病邪传到里的阶段。医生也许认为有里证，而用"大下（大泻下）"治疗后，一般泻下之后（或过下后）必然虚其胃，津（血）液更虚。更何况还"大下"，所以出现沉脉，为病在里，迟脉为寒。津（血）

液虚极，四末无以荣濡，以致手足厥逆。

张仲景的脉有指上中下部（即寸关尺脉所候的部位），所以下部脉不至，说的是尺脉不至，是大下后导致下部(焦)虚得更甚了。所以这时病邪(热邪)已传入里，大下后又致津（血）液虚甚，热邪陷入肺，肺气上逆，热盛肉腐而见咽喉不利（呃逆上气），咳唾脓血（痰）。下部虚寒至极而又见泄利不止，如此，病肯定是难治的。所以用"主之"的主字，说明是可治而不是难治的，似乎用"与或予"更妥些。

另外从本病寒热错杂的情况看，上有肺热肺痈，下有虚寒泄利不止，是不可发汗的。但从用药的组成来看，有发汗的作用，而本病没有表证。《金匮要略》上有"渴而下利不可发汗，下利有表证可发汗（葛根汤）"。所以这里的用方需要后世不断临证研究验证。正如柯韵伯在《伤寒来苏集》中提到："六经方中，有不出于仲景者，合于仲景，则亦仲景而已矣。此方大谬者也……乃后世粗工之伎，必非仲景之方也。"丹波元简也说："此条方证不对，注家皆以阴阳错杂之证，回护调停为之诠释，而柯氏断言为非仲景真方，可谓中古卓见矣。"《金匮玉函经》《千金翼方》均载有此方，王焘《外台秘要》第一卷也有。且引《小品方》注云："此仲景《伤寒论》方。"所以只能见仁见智，临床判断。

麻黄升麻汤证与升麻鳖甲汤证均有唾脓血。麻黄升麻汤证是肺热脾寒证伴咽喉不利、泄利不止等症；升麻鳖甲汤证是毒热阳郁证，毒热灼伤血络，伴有身体疼痛等。

"阴阳气不相顺接，便为厥。厥者，手足逆冷也。""厥深者，热亦深；厥微者，热亦微。"张仲景厥阴病篇第330—357条均是讨论厥证的。而论治手足冷有四逆汤证、白虎汤证、四逆散证、当归四逆汤证、麻黄升麻汤证、乌梅丸证、大承气汤证、瓜蒂散。临证当细辨！

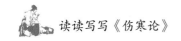

麻黄升麻汤

【经典方药】麻黄（二两半，节），升麻（一两一分），当归（一两一分），知母（十八铢），黄芩（十八铢），萎蕤（十八铢，一作菖蒲），芍药（六铢），天门冬（六铢，去心），桂枝（六铢，去皮），茯苓（六铢），甘草（六铢，炙），石膏（六铢，碎绵裹），白术（六铢），干姜（六铢）。

上十四味，以水一斗，先煮麻黄一两沸，去上沫，内诸药，煮取三升，去滓，分温三服，相去如炊三斗米顷，令尽汗出愈。

【参考方证】上（肺）热下（脾）寒证见咽喉不利唾脓血，泄利不止，手足厥逆，寸脉沉迟，下部脉不至者。

358 伤寒四五日，腹中痛，若转气下趋少腹者，此欲自利也。

【释义】我们前面少阴病说了，病至二三日无里证者，可发汗（麻黄附子甘草汤），到了四五日，病邪传里转到太阴了。所以出现腹痛自下利的情况，这当然是虚寒引起的。

359 伤寒本自寒下，医复吐下之，寒格，更逆吐下，若食入口即吐，干姜黄芩黄连人参汤主之。

【释义】"伤寒本自寒下""寒格，更逆吐下"当与"医复吐下之"串起来理解，这里的"寒下"应该是"寒格"。寒格是指寒邪客于心下（胃），胃中虚有寒，而上有胸中烦热。而这时医生误用了吐下法更虚其胃，邪热亦不能去，里热胃更不和，必烦不可，也出现食入口即吐。以方测证，当有下利的情况（胃中虚寒引起的下利），故干姜黄芩黄连人参汤主之。

大黄甘草汤亦是食入即吐，但伴见口苦口臭、大便干秘等实热结滞、腑气不通之证。

综合《伤寒论》中治疗寒热错杂的条文，方剂可有以下七种。

第 96 条：小柴胡汤证（肝胆寒热错杂），方证特点是寒热往来、口苦、咽干、脉弦。

第 146 条：柴胡桂枝汤证（胆热脾寒），方证特点是口苦口渴、胁胀痛、便溏。

第 149 条：半夏泻心汤证（脾胃寒热夹杂），方证特点是呕、痞、利、烦。

第 173 条：黄连汤证（上焦热、中焦寒），方证特点是呕吐、腹中痛。

第 338 条：乌梅丸证（胃热肠寒），方证特点是得食而烦、腹痛时作、久利。

第 357 条：麻黄升麻汤证（肺热脾寒阳气内郁），方证特点是咽痛、咳吐脓痰、下利。

第 359 条：干姜黄芩黄连人参汤证（胃热脾寒、寒热格拒），方证特点是食入即吐、下利。

干姜黄芩黄连人参汤

【经典方药】干姜、黄芩、黄连、人参各三两。

上四味，以水六升，煮取二升，去滓，分温再服。

【参考方证】食入即吐，下利，胸中烦热，心悸，脉虚数。

360 下利，有微热而渴，脉弱者，今自愈。

【释义】大热大渴为邪热盛，微热微渴见于下利者，说明非邪热盛，是阳渐复。脉沉实或洪大为邪实，今下利见脉弱，是邪渐衰，胃气渐复，是阳气来复，阴寒消退，正复邪去，病有向愈之机。

361 下利，脉数，有微热汗出，今自愈。设复紧，为未解。

【释义】承上条，下利见脉数，数为阳为热，且是微热而非大热、暴热，微热是阳气来复的表现。阳复（津液渐充）而微汗（邪亦有出路），故"今日愈"。假若脉紧，定是寒邪复盛并下利，那病肯定是不解的。

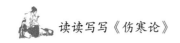

362 下利，手足厥冷，无脉者，灸之，不温。若脉不还，反微喘者，死。少阴负趺阳者，为顺也。

【释义】"下利，手足厥冷，无脉"，是津液已极虚，阴寒独盛，充斥内外，只能急用灸法回阳救逆。若是灸后手足自温，脉能自还，自是邪去病愈；反之，肾不纳气，呼吸无根，出现微喘，那是真阳（津液）欲脱，是死证。

"少阴负趺阳"是少阴候肾，于太溪穴；趺阳候胃，于冲阳穴。趺阳脉盛过少阴脉。虽然少阴被虚寒邪气所抑，但胃气尚存，尚有可治之机，所以"为顺也"。

363 下利，寸脉反浮数，尺中自涩者，必清脓血。

【释义】阳气来复，下利后阳气来复，若是太过，可见寸脉浮数，是上部（焦）有热；而尺脉涩（津液已亏虚），则热邪下趋，伤及血络，热盛肉腐则见便脓血。"清"作动词，如厕。

364 下利清谷，不可攻表，汗出必胀满。

【释义】表里同病，虚寒在里的，必先救里后乃可攻表，否则误汗更伤津液而出现胀满。如第91条。

365 下利，脉沉弦者，下重也；脉大者，为未止；脉微弱数者，为欲自止，虽发热，不死。

【释义】沉脉候里，弦脉主有余，是实邪，即里有湿热之邪，下利下重也；脉大是有余之脉，邪有余也，故下利为"未止"。"脉微弱数者"，是邪气渐衰，正气渐复，阳气来复；数为阳，微数则阳复不太过，所以虽有发热，也不会是大热、高热、暴热，所以"不死"。《黄帝内经·素问》脉要精微论："大则病进。"这时，如若脉大，则是阳复太过或邪进。

366 下利，脉沉而迟，其人面少赤，身有微热，下利清谷者，必郁冒汗出而解，病人必微厥。所以然者，其面戴阳，下虚故也。

【释义】脉沉主里，迟为虚为寒，下利而里虚寒甚，阴盛阳虚，水谷不能腐熟而见下利清谷。阴寒内盛，虚阳上浮则见外越，而见面少赤，身有微热（当然是真寒假热之象），这就是所谓的"戴阳证"。

但此时阴寒内盛，阳气虽虚，但出现格拒不甚（戴阳之轻证），患者的阳气尚有能力与阴寒邪气相争（正邪交争），而出现郁冒、出汗。阳气来复，通达内外，汗出后必进一步伤及津液，但不严重（加上阳气正气来复津液渐生），所以病人只是见微厥。临证的郁冒有实、虚证之分，多为正邪交争的表现。

367 下利，脉数而渴者，今自愈。设不差，必清脓血，以有热故也。

【释义】虚寒下利，出现脉数为阳，为热；又出现渴，是津液损伤、不足。这样的情况可能是：一是阳复阴退，阳气来复，阴寒消退，病向愈；二是脉数不退，口渴不解，是阳复太过，邪热灼伤阴络，蒸腐为脓，见下利便脓血，是因"以有热故也"。处方参考黄芩汤，白头翁汤方证。

368 下利后脉绝，手足厥冷，晬时脉还，手足温者生，脉不还者死。

【释义】下利后，即下利止后（经治或未治），因下利太甚，亡失津液太甚，胃气亦衰败，即便经治，胃气亦未能恢复，所以出现脉绝和手足厥冷。判断预后的话，于 24 小时（晬时就是十二个时辰，24 小时），若胃气渐复，津（血）液生复，脉来手足温则是好的现象，否则是死证。

369 伤寒下利，日十余行，脉反实者，死。

【释义】从这个"反"字，说明这个下利，是实热利，下利发热，日十余行，

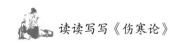

脉应见虚脉，而见实脉，这当然是有余之脉，邪实之脉，这个病非加重不可，甚为死证。

370 下利清谷，里寒外热，汗出而厥者，通脉四逆汤主之。

【释义】这个比第 366 条的情况更加严重，胃气衰竭，有脱汗之证。这个是阴寒下利的最严重之证。结合第 366 条来理解本条。

通脉四逆汤方及方证见于第 317 条。

371 热利下重者，白头翁汤主之。

【释义】下重就是里急后重；热利，所以当然还会有发热，渴而下利，脉数等，处方用白头翁汤。若是伴赤利（血利），可加阿胶；特别是妇人妊娠时的热利，可加阿胶、甘草；里急后重严重时可加小剂量的大黄。

> **白头翁汤**
>
> 【经典方药】白头翁（二两），黄檗（三两），黄连（三两），秦皮（三两）。
> 上四味，以水七升，煮取二升，去滓，温服一升，不愈，更服一升。

【参考方证】腹痛下利脓血，里急后重，发热口渴，肛门灼热，小便短赤，舌红苔黄或黄腻，脉滑数。

372 下利腹胀满，身体疼痛者，先温其里，乃攻其表。温里，宜四逆汤；攻表，宜桂枝汤。

【释义】表里同病，虚寒在里的下利，腹胀满，下利清谷，法当舍表救里。先温其里，乃攻其表，这是定法。

373 下利，欲饮水者，以有热故也，白头翁汤主之。

【释义】这条讲的当然也是热利，下利而口干口渴，欲饮水，或还见下重，肛门烧灼感等症。

374 下利，谵语者，有燥屎也，宜小承气汤。

【释义】谵语，说明胃中有热实邪气，大便硬是有宿屎，且有下利，宜用小承气汤。

若是潮热明显，伴谵语，则是调胃承气汤证。当注意患者的腹证，当是痛而拒按，且舌苔黄干等。

375 下利后，更烦，按之心下濡者，为虚烦也，宜栀子豉汤。

【释义】下利后，说的是下利止后，一般不再烦，可出现烦、更烦的表现，当辨其虚实。若是实证当是心下胀满疼痛。现在是按之心下软，里头无实，所以是虚烦了。如前分析，宜用栀子豉汤。

376 呕家，有痈脓者，不可治呕，脓尽自愈。

【释义】素有呕吐之人，且因痈脓而发，当是内有郁热，气血腐败，痈脓停滞于内，倘若脓毒得呕而出，邪有出路，这时不可见呕治呕，当先治脓，脓尽出，呕吐自愈。

377 呕而脉弱，小便复利，身有微热，见厥者难治，四逆汤主之。

【释义】呕吐后津（血）液虚损而见脉弱，胃虚衰极不能治下（主二关的功能失职）而小便自利，小便利复又伤津液。阳无所敛，浮越于外，而见身有微热；胃气沉衰，津液亏虚至极，谷气不达四末而见厥，用四逆汤治疗。

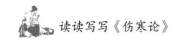

378 干呕，吐涎沫，头痛者，吴茱萸汤主之。

【释义】有声无物谓之干呕，而吐出的是清稀的涎沫，正如《黄帝内经》："诸病水液，澄澈清冷，皆属于寒。"就是胃中停滞寒饮，寒饮上逆犯清窍，可见头痛、时有头晕。临证中当会还有心下痞硬（从方测证有人参证），所以用吴茱萸汤治疗。

379 呕而发热者，小柴胡汤主之。

【释义】谨请记住，小柴胡汤的四大证：往来寒热，胸胁苦满，默默不欲饮食，心烦喜呕。所以呕和发热，指的是少阳病柴胡汤证。"但见一证便是，不必悉具"。临证常用小柴胡汤合五苓散、当归芍药散、四逆散、半夏厚朴汤，治疗气血亏虚伴见水停或潴留、气滞的患者，如肿瘤病人：党参 10 克，甘草 6 克，生姜 9 克，大枣 20 克，桂枝 12 克，茯苓 20 克，猪苓 10 克，白术 10 克，泽泻 10 克，当归 10 克，川芎 12 克，白芍 10 克，枳壳 18 克，厚朴 18 克，苏梗 10 克。

380 伤寒大吐大下之，极虚，复极汗者，其人外气怫郁，复与之水，以发其汗，因得哕。所以然者，胃中寒冷故也。

【释义】太阳伤寒法当用发汗治疗，而大吐大下是误治，致胃内津液损耗至极（阴津损伤至极，及阳亦虚损）。在这里多是说太阴虚寒，出现在内在下有虚寒的表现（如大便清稀，腹部冷痛胀满等）；而外可见身体有微热，颜面潮红（以其人外气怫郁，似有表证）。表里同病，里虚寒。这时候是不能治表的，法当先救里，后才能救表。所以这种"复与之水，以发其汗"（即用温热水或温茶水饮后，覆之取汗等），肯定是误治。"复极汗者"必然再令脱汗，胃（脾）更虚寒，加之在里原有水饮，必呕哕不可。太阳篇第 23 条的桂枝麻黄各半汤证，也是表郁（怫郁）轻症：面色亦红，身痒，也不可发汗，而是解之。

381 伤寒哕而腹满，视其前后，知何部不利，利之则愈。

【释义】哕，即通常说的干呕，有实有虚。这里的腹满，当是实满了，临证可能还有腹部拘急疼痛。所以这种情况，要辨明是大小便哪方面的不通引起的哕，哪个不通治疗哪个。大小便不通均可引起哕。

三阴三阳病即六经病，表里阴阳，寒热虚实，有六经有八纲。表里，半表半里是人体疾病发生后反应的部位。病邪相传是表里相传，由表传半表半里，再传里，或由表直接传里。有太阳少阳并病，人阳阳明并病，少阳阳明并病，而没有阳明太阳并病。与《黄帝内经》是不同的，《黄帝内经》是外经络（表），内脏腑。

《伤寒论》的阴证阳证，不是现在辨证的阴虚阳虚，而是阴性证，阳性证，就是太过与不及两方面。

辨霍乱病脉证并治

382 问曰：病有霍乱者何？答曰：呕吐而利，此名霍乱。

【释义】霍乱是以上吐下泻为临床特征的急性传染病，病来凶险，急速，病死率高。

383 问曰：病发热，头痛，身疼，恶寒，吐利者，此属何病？答曰：此名霍乱。霍乱自吐下，又利止，复更发热也。

【释义】这条进一步阐述了霍乱的发病情况，病初如若一般的伤寒，发热，头痛，身疼，恶寒，同时上吐下利，且是自吐下，而非其他原因引起的，一直吐利到无可吐、无下利为止（这时的吐利止，并非是病好的现象），又出现发热的情况。这种的暴吐暴下，似有表证，但这时应当机立断，舍表救里。

当然这和现代医学讲的由霍乱弧菌引起的肠道传染病，可能有重叠之处，又不尽是。

384 伤寒，其脉微涩者，本是霍乱，今是伤寒，却四五日，至阴经上，转入阴必利，本呕下利者，不可治也。欲似大便，而反失气，仍不利者，此属阳明也，便必硬，十三日愈。所以然者，经尽故也。下利后，当便硬，硬则能食者愈。今反不能食，到后经中，颇能食，复过一经能食，过之一日当愈。不愈者，不属阳明也。

【释义】根据上条论述，霍乱之初有似伤寒症状，自吐利。病到一定程度时，呕吐下利止（无可吐可利），津（血）液已虚损严重，所以"其脉微涩"。这时候呕吐、下利止，就只有伤寒的症状，即"今是伤寒"。若是大便变硬，当然是好的了；若是伤寒症状（邪气）转入里（却四五日，至阴经上），那是必然要下利的。

"本呕下利者，不可治也。"霍乱本自呕吐下利，脉微涩了（这是吐利后表现应有的脉象），这时可密切观察，不一定非论治不可。若是"欲似大便，而反失气"，即失气，大便还是不利，说明是胃气渐次恢复，此属阳明也（阳明当是指胃，而不是阳明病），随着胃气渐渐恢复，大便也慢慢变硬的，病也向好的（便必硬，十三日愈）。

霍乱可能有的两种情况：一是看似不吐利了（吐利止），但其实是邪入里，成虚寒下利，这很严重；二是病是真正渐渐好了，脉虽还微涩，因津液丢失太多而大便硬，接着后面说的就是第二种情况，随着胃气恢复，当能吃东西，病也渐愈。

"下利后，当便硬，硬则能食者愈。今反不能食，到后经中，颇能食，复过一经能食，过之一日当愈。不愈者，不属阳明也。"上吐下利的霍乱病后，要是大便渐变硬，胃气渐渐恢复是能食的；大吐下后，胃气必虚，大便也硬了；"今反不能食"，不能吃东西，转到后经了，若是慢慢地能吃东西，胃气也在恢复之中，"一经"指的是六天，过了一日当愈（合应十三日愈）。不然，虽也能食，还是解不出大便，这也是不属阳明也。要视具体情况予以治疗，如用麻子仁丸或蜜煎导（这条不好理解）。

385 恶寒，脉微而复利，利止，亡血也，四逆加人参汤主之。

【释义】在第384条已论述，利止，说的是霍乱病呕吐下利之利止，有两种不好的临床现象：一是又发热；二是"转入阴必利"，转入阴证，变成虚寒利，所以有恶寒，脉微而复利，是津（血）液亡失引起。临证或可有心下痞硬。故用四逆加人参汤主之。

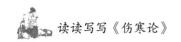

四逆加人参汤

【经典方药】甘草（二两，炙），附子（一枚，生，去皮，切八片），干姜（一两半），人参（一两）。

上四味，以水三升，煮取一升二合，去滓，分温再服。

【参考方证】恶寒微热汗多，四肢逆冷，身体痛，呕吐下利或之后，心下痞硬，脉沉微欲绝。

386 霍乱，头痛，发热，身疼痛，热多欲饮水者，五苓散主之；寒多不用水者，理中丸主之。

【释义】霍乱病初起时，有头痛发热，身疼痛（有表证存在），这时候渴甚而欲饮水，说明胃中有热伤津，即"热多"，而引水自救。临证或可见水滑舌（舌体胖大，边齿印，苔白滑）等。这就是五苓散方证，解表利水，水一分开，吐利自然就好了。

若是病一初来时，就表现虚寒，即"寒多不用水者"，不欲饮水，当然也有"头痛发热，身疼痛"的表证，当遵循表里同病，里虚寒，治疗当舍表救里，方用理中汤。即第277条："自利不渴者，属太阴，以其脏有寒故也。当温之，宜服四逆辈。"服用理中汤后有"腹中发热"，为病愈之象。

理中丸

【经典方药】人参，干姜，甘草（炙），白术各三两。

上四味，捣筛，蜜合为丸，如鸡子黄大，以沸汤数合，和一丸，研碎，温服之，日三四、夜二服，腹中未热，益至三四丸，然不及汤。汤法：以四物依两数切，用水八升，煮取三升，去滓，温服一升，日三服。若脐上筑者，肾气动也，去术加桂四两；吐多者，去术加生姜三两，下多者还用术。悸者，加茯苓二两；渴欲得水者，加术；腹中痛者，加人参；寒者，加干姜；腹满者，去术加附子一枚。服汤后，如食顷，饮热粥一升许，微自温，勿发揭衣被。

【参考方证】腹满腹胀，呕吐下利，大便稀溏，食欲不振，心下痞硬，或涎唾多而清稀，时腹自痛，舌淡红，苔白或厚或腻或滑，脉沉迟。

387 吐利止，而身痛不休者，当消息和解其外，宜桂枝汤小和之。

【释义】这一条是接上第386条舍表救里，用理中汤后，吐利已止，可还有外证，这时因吐利后，津液已失，只能用桂枝汤安中养液，微微发汗而小和小解其外。这是救里之后，表未解时的解表法。

388 吐利汗出，发热恶寒，四肢拘急，手足厥冷者，四逆汤主之。

【释义】吐利本已使津（血）液大虚，复加之汗出，这时的汗出应是脱汗（大汗淋漓，汗出如油等表现），因津液已亏虚甚，经筋及四末不能濡养，故见四肢拘急，手足厥冷，而外还有表证（发热恶寒），当然是舍表救里，先予以回阳救逆固脱，四逆汤主之。

389 既吐且利，小便复利，而大汗出，下利清谷，内寒外热，脉微欲绝者，四逆汤主之。

【释义】吐利已耗伤津液，加之小便复利，又大汗出，那是津液已脱，内里虚寒甚极，故下利清谷。内有真虚寒，所以外有虚阳外越（外热），真寒假热之表现。脉微欲绝，亦说明津液丧失太甚，没有上一条的"手足厥冷"，胃气或可还有恢复之可能，故用四逆汤主之。

390 吐已，下断，汗出而厥，四肢拘急不解，脉微欲绝者，通脉四逆加猪胆汁汤主之。

【释义】这条是应第388条"吐利汗出，发热恶寒，四肢拘急，手足厥冷者，四逆汤主之。"服用了四逆汤后，"吐已下断"，吐利已止，但是这汗出而厥，四肢拘急（手足厥冷）不解，且脉还见"脉微欲绝"，已到了亡血亡津液之势，只能用

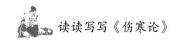

通脉四逆汤加猪胆汁主之。猪胆汁此处可有亢奋的作用。

通脉四逆加猪胆汁汤

【经典方药】甘草（二两，炙），附子（大者一枚，生用，去皮，切八片），干姜（三两，强人可四两），猪胆汁（半合）。

上四味，以水三升，煮取一升二合，去滓，内猪胆汁，分温再服，其脉即来。无猪胆，以羊胆代之。

【参考方证】用于霍乱，吐已下断，汗出而厥，四肢拘急不解，脉微欲绝者。

391 吐利发汗，脉平，小烦者，以新虚不胜谷气故也。

【释义】这一条论述患霍乱病后，经治病情渐好向愈。但毕竟霍乱是吐利的并见，胃气已虚，即"新虚"，若无节制地饮食，当然不能消谷，即不胜谷气，必然会造成胃有宿食的，这就是有阳明病的表现。阳明法当汗出，所以有微微汗出，但从脉平看，绝不会是大汗，且是小烦，不是大烦躁甚或谵语，说的是虽有胃不和，但不严重。这种情况通过调节饮食就好。

辨阴阳易差后劳复病脉证并治

392 伤寒阴易之为病，其人身体重，少气，少腹里急，或引阴中拘挛，热上冲胸，头重不欲举，眼中生花，膝胫拘急者，烧裈散主之。

【释义】"身体重，少气"是身上有水湿（气），《金匮要略·咳嗽痰饮篇》"水在脾，少气身重"；少腹里急可以是停水，也可以是瘀血。又有热挟湿冲于上，即"热上冲胸，头重不欲举，眼中生花，膝胫拘急"，是津液有伤，所以是有虚热。有类似现代的传染病。

易，是蔓延，传播，种植。阴阳易说的是男病可易到女性身上，女病亦可易到男性身上，叫阴阳易。有些玄神话，而处方烧裈散，更不好理解，无道理及依据。

393 大病差后，劳复者，枳实栀子豉汤主之。

【释义】这里的劳，参考《素问》有"五劳七伤"。五劳：久视伤血，久卧伤气，久坐伤肉，久立伤骨，久行伤筋；七伤：忧伤心，怒伤肝，寒伤肺，饱伤脾，淫伤肾，恐伤志，风雨寒暑伤形。

大病差后，说的是大病久病初愈的时候。"复"是重发。劳，这包括房劳、食劳等。从枳实栀子豉汤的组成看，应是食劳（饮食不慎，食之过多）。胸中有烦热，腹胀满，心中懊恼，所以有用栀子豉汤加枳实。若是大便干结可加用大黄。强调病后调理以循序渐进的方式。

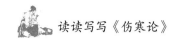

> **枳实栀子豉汤**
>
> 【经典方药】枳实（三枚，炙），栀子（十四个，擘），豉（一升，绵裹）。
>
> 　上三味，以清浆水七升，空煮取四升，内枳实、栀子，煮取二升，下豉，更煮五六沸，去滓，温分再服，覆令微似汗。若有宿食者，内大黄如博棋子大五六枚，服之愈。

　【参考方证】热病愈后劳复或食复，发热口渴，心烦懊恼，心下痞满或胸腹胀满，或大便硬结，小便不利，脉滑或数者。

394 伤寒差以后，更发热，小柴胡汤主之。脉浮者，以汗解之；脉沉实者，以下解之。

　【释义】患有太阳伤寒，若是病愈之后，调摄不当会有再发热的表现，这时候因在太阳伤寒阶段治疗时已用发汗法，津液已虚，已有血弱气尽的情况，当然临证或可见四大证之一的小柴胡汤方证，故用小柴胡汤主之。这种不关乎表里的发热，多是柴胡剂的治疗主证。

　脉浮者，当然是病在表，当区别有汗无汗，以辨具体方证予以治疗。

　脉沉实，为病在里，实证。就是我们上一条提到的食劳可能性大。或见少阳阳明合病的大柴胡汤证，所以"以下解之"。视具体临证辨方证治疗。

395 大病差后，从腰以下有水气者，牡蛎泽泻散主之。

　【释义】《金匮要略·水气病》第 18 条："诸有水者，腰以下肿，当利小便；腰以上肿，当发汗乃愈。"以方测证，从经典方药组成来看，有水肿，亦有烦者（牡蛎，栝楼根），故加利水消肿的药。临证用五苓散的机会多些。而上部如目肿，要注意"诸有水气者，微肿先见于目下也"，缘由"水者阴也，目下亦阴也，腹者至阴之所居。故水在腹者，必使目下肿也"。

牡蛎泽泻散

【经典方药】牡蛎（熬），泽泻，蜀漆（暖水洗，去腥），葶苈子（熬），商陆根（熬），海藻（洗，去咸），栝楼根（各等分）。

上七味，异捣，下筛为散，更于白中治之，白饮和服方寸匕，日三服，小便利，止后服。

【参考方证】腰以下水肿，下肢浮肿，小便不利，腹胀，胁下硬满，口渴，脉沉数有力。

396 大病差后，喜唾，久不了了，胸上有寒，当以丸药温之，宜理中丸。

【释义】原患脾胃虚寒性疾病未尽愈，或热性疾病过用苦寒凉药物后脾胃中虚寒，故喜唾，不干不渴，且无头晕头痛，或有恶心不严重，通常应还可见心下痞硬（人参证），大便不干，脘腹冷隐痛，宜理中丸缓图之。当注意与也有呕吐涎沫的吴茱萸汤证相鉴别（吐涎沫可有头晕头痛）。陈修园：“宁事温补，勿事寒凉。”

397 伤寒解后，虚羸少气，气逆欲吐，竹叶石膏汤主之。

【释义】太阳伤寒经使用汗法治疗，外邪已解。但因汗后伤及津液，胃中津液虚，同时尚有邪热未尽，“壮火食气”，邪热伤气，所以出现气液两虚，且有热邪未清，而见短气咳嗽、消瘦、口干、呕逆欲吐、低热这些症状。用竹叶石膏汤治疗。这个方还是常用的。

竹叶石膏汤

【经典方药】竹叶（二把），石膏（一斤），半夏（半升，洗），麦门冬（一斤，去心），人参（二两），甘草（二两，炙），粳米（半斤）。

上七味，以水一斗，煮取六升，去滓，内粳米，煮米熟，汤成去米，温服一升，日三服。

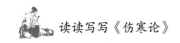

【参考方证】低热，汗多，心烦，气逆欲吐，乏力气短，口干欲饮，舌红少苔，干燥无津，脉虚数。

398 病人脉已解，而日暮微烦，以病新差，人强与谷，脾胃气尚弱，不能消谷，故令微烦，损谷则愈。

【释义】病人大病已去，脉象平和。日暮是"日晡所"，日晡有微烦热，不是大烦热，这个属阳明，胃不和但不严重，新病初愈，胃（脾）气刚渐渐恢复，尚不强，所以不能消谷，故令微烦。解决之道是"损谷则愈"，少吃点，以易消化食物为主。

正如《黄帝内经·热论》说的"病热少愈，食肉则复，多食则遗，此其禁也"。胃气伤百病出。人赖胃气以生，药赖胃气以运。应时刻顾护胃气。

经方索引

临证常用药证

细辛——恶寒不渴，兼治咳，厥冷，疼痛者。

吴茱萸——腹痛，头痛而干呕，手足厥冷，脉细者。

柴胡——往来寒热而胸胁苦满者。

半夏——呕而不渴者，兼治咽痛，失音，咽喉异物，咳喘，心下悸等。

黄芪——汗出而肿，肌无力者（水气、黄汗、水肿——五两；风痹不仁——三两；虚劳不足——一两半）。

白术——渴而下利者，兼治冒眩，四肢沉重疼痛，短气，心下逆满，小便不利，水肿（重在治渴，水气在表，关节肿痛者）。

茯苓——眩悸，口渴而小便不利（重在治悸，水气停心下，腹满痛者）。

桂枝——气上冲者。

芍药——挛急，尤以脚挛急，腹中急痛，身疼痛为多。

甘草——羸瘦，兼治咽痒，口舌糜烂，咳嗽，心悸以及躁，急，痛，逆诸证。

大枣——配甘草主治动悸，脏躁；配生姜主治呕吐，咳逆；配泻下药可护胃气；胸闷咳嗽一般不用大枣。

麻黄——黄肿，兼治咳喘及恶寒无汗而身痛者。

附子——脉沉微与痛证。

乌头——腹中剧痛，或关节疼痛而手足逆冷，脉沉紧者。

干姜——多涎唾而不渴者。

生姜——恶心呕吐。

泽泻——主治冒眩而口渴，小便不利者。

滑石——小便不利而赤者。

防己——下肢水肿者。

葛根——项背强痛，下利而渴者。

栝楼根——主治渴者。

△经方中治渴的药物

石膏　　烦躁而渴自汗出。

栝楼根——苦渴（口干舌燥并慢性化，饮水不解渴）。

人参——渴而心下痞硬，呕不止。

白术——心下停水之渴（胃内振水音，促进水液吸收入血而解津液不足）。

黄连——心中烦，兼治心下痞，下利（除烦量较大，消痞量宜≤3克）

黄芩——烦热而出血者，兼治热利，热痞，热痹者。

黄柏——身黄发热而小便不利且赤者，兼治热利。

栀子——烦热而胸中窒者，兼治黄疸，腹痛，咽喉疼痛，衄血，血淋，目赤。

大黄——痛而闭，烦而热，脉滑实者，兼治心下痞，吐血，衄血，经水不利，黄疸，呕吐，痈疖疔疮等（大量六两攻下；中量三至四两活血通便；小量一至二两除痞退黄）。

芒硝——便秘，舌面干燥而谵语者。

厚朴——腹满，胸满，兼治咳喘，便秘。

枳实——胸腹痞满而痛且大便不通者。

栝楼实——胸中至心下闷痛而大便不通者。

薤白——胸腹痛，兼治咳唾喘息，里急后重。

石膏——身热汗出而烦渴，脉滑数或浮大、洪大者。

知母——汗出而烦。

龙骨——惊悸而脉芤动者。

牡蛎——惊悸，口渴而胸胁痞硬者。

人参——气液不足。

麦冬——羸瘦而气逆，咽喉不利者。

阿胶——血证（便血，子宫出血，尿血）。

干地黄——血证（子宫出血等各种出血）。

当归——妇人腹痛（少腹）。

川芎——腹痛。

丹皮——少腹痛而出血者。

杏仁——胸满而喘，兼治腹胀便秘。

五味子——咳逆上气而时冒者。

治"冒"的药物

泽泻——水肿而冒目眩，伴小便不利。

五味子——气逆头昏而冒，伴有汗出心慌失眠。

桔梗——咽痛，咽干或咳者（可对胃等消化道黏膜、咽喉有刺激，对心下痞硬、食欲不振者慎用）。

葶苈子——咳喘而胸腹胀满，鼻塞清涕出，一身面目浮肿者。

桃仁——肌肤甲错，其小便自利。

小蛰虫——经水不利，少腹满痛。

水蛭——少腹硬满，发狂善忘，小便自利者。

药物附录

1. 乌梅

《神农本草经》：梅实，味酸，平。主下气，除热，烦满，安心，肢体痛，偏枯不仁，死肌，去青黑痣，蚀恶肉。生川谷。

《名医别录》：梅实，无毒。止下痢，好唾，口干。生汉中。五月采，火干。梅根，疗风痹，出土者杀人。梅实，利筋脉，去痹。

2. 五味子

《神农本草经》：五味子，味酸，温。主益气，咳逆上气，劳伤羸瘦，补不足，强阴，益男子精。生齐山山谷。

《名医别录》：五味子，无毒。主养五脏，除热，生阴中肌。一名会及，一名玄及。生齐山及代郡。八月采实，阴干。（苁蓉为之使，恶葳蕤，胜乌头。）

3. 人参

《神农本草经》：人参，味甘，微寒。主补五脏，安精神，定魂魄，止惊悸，除邪气，明目，开心益智。久服轻身延年。一名人衔，一名鬼盖。生上党山谷。

《名医别录》：人参，微温，无毒。主治肠胃中冷，心腹鼓痛，胸胁逆满，霍乱吐逆，调中，止消渴，通血，脉破坚积，令人不忘。一名神草，一名人微，一名土精，一名血参。如人形者有神。生上党及辽东。二月、四月、八月上旬采根，

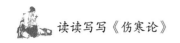

竹刀刮，曝干，无令见风。（茯苓为之使，恶溲疏，反藜芦。）

4. 人尿

《名医别录》：小便，气味咸，寒，无毒。主寒热，头痛，温气。男童尤良。

5. 代赭

《神农本草经》：代赭，味苦，寒。主鬼注，贼风，蛊毒，杀精物恶鬼，腹中毒邪气，女子赤沃漏下。一名须丸。生齐国山谷。

《名医别录》：代赭，味甘，无毒。主带下百病，产难，胞衣不出，堕胎，养血气，除五脏血脉中热，血痹血瘀，大人小儿惊气入腹，及阴痿不起。一名血师。生齐国。赤红青色，如鸡冠有泽，染爪甲不渝者良，采无时。（畏天雄。）

6. 升麻

《神农本草经》：升麻，味甘，平。主解百毒，杀百精老物殃鬼，辟瘟疫瘴气邪气蛊毒。久服不夭。一名周麻。生益州山谷。

《名医别录》：升麻，味苦，微寒，无毒。主解毒入口皆吐出，中恶腹痛，时气毒疠，头痛寒热，风肿诸毒，喉痛口疮。久服轻身长年。生益州。二月、八月采根，晒干。

7. 半夏

《神农本草经》：半夏，味辛，平。主伤寒，寒热，心下坚，下气，喉咽肿痛，头眩胸胀，咳逆肠鸣，止汗。一名地文，一名水玉。生槐里川谷。

《名医别录》：半夏，生微寒、熟温，有毒。主消心腹胸中膈痰热满结，咳嗽上气，心下急痛坚痞，时气呕逆，消痈肿，胎堕，治痿黄，悦泽面目。生令人吐，熟令人下。用之汤洗，令滑尽。一名守，一名示姑。生槐里。五月、八月采根，曝干。（射干为之使，恶皂荚，畏雄黄、生姜、干姜、秦皮、龟甲，反乌头。）

8. 厚朴

《神农本草经》：厚朴，味苦，温。主中风，伤寒，头痛，寒热，惊悸气，血痹，死肌，去三虫。

9. 吴茱萸

《神农本草经》：吴茱萸，味辛，温。主温中，下气，止痛，咳逆，寒热，除湿血痹，逐风邪，开腠理。吴茱萸根，杀三虫。一名薮。生上谷川谷。

《名医别录》：吴茱萸，大热，有小毒。主去痰冷，腹内绞痛，诸冷、实不消，中恶，心腹痛，逆气，利五。根白皮，杀蛲虫，治喉痹咳逆，止泄注，食不消，女子经产余血，疗白癣。生上谷及宛朐。九月九日采，阴干。（蓼实为之使，恶丹参、硝石、白垩，畏紫石英。）

10. 商陆根

《神农本草经》：商陆，味辛，平。主水胀，疝瘕，痹，熨除痈肿，杀鬼精物，一名根，一名夜呼。生咸阳川谷。

《尔雅》云：蓫薚马尾。郭璞云：今关西亦呼为薚，江东为当陆。周易夬云：苋陆夬夬。郑元云：苋陆、商陆也，盖薚即俗字，商即假音。

《名医别录》：商陆，味酸，有毒。主治胸中邪气，水肿，痿痹，腹满洪直，疏五脏，散水气。如人形者，有神。生咸阳。

11. 大戟

《神农本草经》：大戟，味苦，寒。主蛊毒，十二水，腹满急痛，积聚，中风，皮肤疼痛，吐逆。一名邛钜（案此无生川泽三字者，古或与泽漆为一条）。

《名医别录》：大戟，味甘，大寒，有小毒。主治颈腋痈肿，头痛，发汗，利大小肠。生常山。十二月采根，阴干。（反甘草。）

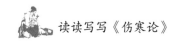

12. 大枣

《神农本草经》：大枣，味甘，平。主心腹邪气，安中，养脾，助十二经，平胃气，通九窍，补少气少津液，身中不足，大惊，四肢重，和百药。久服轻身长年。大枣叶覆麻黄，能令出汗。生平泽。

《名医别录》：大枣，无毒。补中益气，强力，除烦闷，主心下悬肠澼澼。久服不饥神仙。一名干枣，一名美枣，一名良枣。八月采，曝干。生枣，味甘、辛，多食令人多寒热，羸瘦者，不可食。生河东。（杀乌头毒。）枣叶散服使人瘦，久即呕吐；揩热痱疮至良。

13. 大黄

《神农本草经》：大黄，味苦，寒。主下瘀血，血闭，寒热，破癥瘕积聚，留饮，宿食，荡涤肠胃，推陈致新，通利水谷道，调中化食，安和五脏。生山谷。

《名医别录》：大黄，大寒，无毒。平胃，下气，除痰实，肠间结热，心腹胀满，女子寒血闭胀，小腹痛，诸老血留结。一名黄良。生河西及陇西。二月、八月采根，火干。（黄芩为之使，无所畏。）

14. 天门冬（天冬）

《神农本草经》：天门冬，味苦，平。主诸暴风湿偏痹，强骨髓，杀三虫，去伏尸。久服轻身，益气延年。一名颠勒。生山谷。

《名医别录》：天门冬，味甘，大寒，无毒。保定肺气，去寒热，养肌肤，益气力，利小便，冷而能补。久服不饥。二月、三月、七月、八月采根，曝干。（垣衣、地黄为之使，畏曾青。）

15. 禹余粮（太一禹余粮）

《神农本草经》：太乙余粮，味甘，平。主咳逆上气，癥瘕，血闭，漏下，除邪气。

久服耐寒暑，不饥，轻身，飞行千里，若神仙。一名石脑。生山谷。

《名医别录》：太一禹余粮，无毒。主治肢节不利，大饱绝力身重。生太山。九月采。（杜仲为之使，畏贝母、菖蒲、铁落。）

16. 妇人中裈近隐处，取烧作灰

《长沙药解》：裈裆灰，味苦，入足少阴肾、足太阳膀胱经。泻千水之湿寒，疗阴阳之交易。

17. 巴豆

《神农本草经》：巴豆，味辛，温。主伤寒，温疟，寒热，破癥瘕，结坚积聚，留饮，淡癖，大腹水胀，荡练五藏六府，开通闭塞，利水谷道，去恶肉，除鬼毒蛊注邪物，杀虫鱼。一名巴椒。生川谷。

《名医别录》：巴豆，生温熟寒，有大毒。主治女子月闭，烂胎，金创脓血，不利丈夫阴，杀斑蝥毒。可练之，益血脉，令人色好，变化与鬼神通。生巴郡。八月采实，阴干，用之去心皮。（芫花之使，恶蘘草，畏大黄、黄连、藜芦。）

18. 干姜

《神农本草经》：干姜，味辛，温。主胸满咳逆上气，温中止血，出汗，逐风，湿痹，肠澼，下痢。生者尤良，久服去臭气，通神明。生川谷。

《名医别录》：干姜，大热，无毒。主治寒冷腹痛，中恶，霍乱，胀满，风邪诸毒，皮肤间结气，止唾血。生姜，味辛，微温。主治伤寒头痛、鼻塞，咳逆上气，止呕吐。生犍为及荆州、扬州。九月采。生姜，微温，辛，归五脏。去淡，下气，止呕吐，除风邪寒热。久服小志少智，伤心气。

19. 当归

《神农本草经》：当归，味甘，温。主咳逆上气，温疟，寒热，洗在皮肤中。

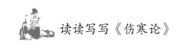

妇人漏下绝子，诸恶创疡，金创。煮饮之。一名干归。生川谷。

《名医别录》：当归，味辛，大温，无毒。主温中，止痛，除客血内塞，中风痉，汗不出，湿痹，中恶，客气虚冷，补五脏，生肌肉。生陇西。二月、八月采根，阴干。（恶蔺茹，畏菖蒲、海藻、牡蒙。）

20. 文蛤

《神农本草经》：文蛤，主恶疮，蚀，五痔。

《名医别录》：文蛤，味咸，平，无毒。主治咳逆胸痹，腰痛胁急，鼠瘘，大孔出血，崩中漏下。生东海。表有文，取无时。

21. 旋覆花（旋复花）

《神农本草经》：旋复花，味咸，温。主结气，胁下满，惊悸，除水，去五脏间寒热，补中下气。一名金沸草，一名盛椹。生平泽。

22. 杏仁（杏核仁，杏子）

《神农本草经》：杏核仁，味甘，温。主咳逆上气，雷鸣，喉痹，下气，产乳，金创，寒心，贲豚。生川谷。

《名医别录》：杏核，味苦，冷利，有毒。主治惊痫，心下烦热，风气去来，时行头痛，解肌，消心下急，杀狗毒。一名杏子。五月采。其两仁者杀人，可以毒狗。花，味苦，无毒。主补不足，女子伤中，寒热痹，厥逆。果实，味酸，不可多食，伤筋骨。生晋山。（得火良，恶黄芪、黄芩、葛根，解锡毒，畏蘘草。）

23. 枳实

《神农本草经》：枳实，味苦，寒。主大风在皮肤中，如麻豆苦痒，除寒热，热结，止痢，长肌肉，利五脏，益气轻身。生川泽。

《名医别录》：枳实，味酸，微寒，无毒。主除胸胁淡癖，逐停水，破结实，消胀满、心下急、痞痛、逆气胁风痛，安胃气、止溏泄，明目。生河内。九月、十月采，阴干。

24. 柴胡

《神农本草经》：柴胡，味苦，平。主心腹，去肠胃中结气，饮食积聚，寒热邪气，推陈致新。久服轻身，明目益精。一名地熏。

25. 栀子（卮子）

《神农本草经》：栀子，味苦，寒。主五内邪气，胃中热气，面赤，酒疱鼻，白癞，赤癞，创疡。一名木丹。生川谷。

《名医别录》：栀子，大寒，无毒。主治目热赤痛，胸心大小肠大热，心中烦闷，胃中热气。一名越桃。生南阳。九月采实，曝干。

26. 栝蒌实

《名医别录》：栝蒌实，名黄瓜，治胸痹，悦泽人面。

《长沙药解》：味甘、微苦，微寒，入手太阴肺经。清心润肺，洗垢除烦，开胸膈之痹结，涤涎沫之胶黏，最洗瘀浊，善解懊憹。

27. 栝蒌根

《神农本草经》：栝蒌根，味苦，寒。主消渴，身热，烦满，大热，补虚安中，续绝伤。一名地楼。生川谷及山阴。

《名医别录》：栝蒌根，无毒。主除肠胃中痼热，八疸，身面黄，唇干口燥，短气，通月水，止小便利。一名果裸，一名天瓜，一名泽姑。入土深者良，生卤地者有毒。二月、八月采根，曝干，三十日成。（枸杞为之使，恶干姜，畏牛膝、干漆，反乌头。）

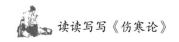

28. 桂枝（牡桂，桂心，肉桂）

《神农本草经》：牡桂，味辛，温。主上气咳逆，结气喉痹，吐吸，利关节，补中益气。久服通神，轻身不老。生山谷。

29. 桃仁（桃核仁）

《神农本草经》：桃核仁，味苦，平，主瘀血，血闭瘕邪，杀小虫。桃花，杀注恶鬼，令人好颜色。桃枭，微温，主杀百鬼精物。桃毛，主下血瘕寒热，积寒无子。桃蠹，杀鬼邪恶不祥。生川谷。

《名医别录》：桃核，味甘，无毒。主咳逆上气，消心下坚，除卒暴击血，破癥瘕，通月水，止痛。七月采取仁，阴干。

30. 桔梗

《神农本草经》：桔梗，味辛，微温。主胸胁痛如刀刺，腹满，肠鸣幽幽，惊恐悸气。生山谷。

《名医别录》：桔梗，味苦，有小毒。主利五脏肠胃，补血气，除寒热风痹，温中，消谷，治喉咽痛，下蛊毒。一名利如，一名房图，一名白药，一名梗草，一名荠苨。生嵩高及宛朐。二月、八月采根，曝干。（节皮为之使，得牡蛎、远志治恚怒；得硝石、石膏治伤寒。畏白芨、龙眼、龙胆。）

31. 水蛭

《神农本草经》：水蛭，味咸，平。主逐恶血，瘀血，月闭，破血瘕积聚，无子，利水道。生池泽。

《名医别录》：水蛭，味苦，微寒，有毒。主堕胎。一名蚑，一名至掌。生雷泽。五月、六月采，曝干。

32. 泽泻

《神农本草经》：泽泻，味甘，寒。主风寒湿痹，乳难消水，养五脏，益气力，肥健。久服耳目聪明，不饥，延年轻身，面生光，能行水上。一名水泻，一名芒芋，一名鹄泻。生池泽。

《名医别录》：泽泻，味咸，无毒。主补虚损、五劳，除五脏痞满，起阴气，止泄精、消渴、淋沥，逐膀胱三焦停水。扁鹊云："多服病患眼。"一名及泻。生汝南。五月、六月、八月采根，阴干。（畏海蛤、文蛤。）

叶味咸，无毒。主治大风，乳汁不出，产难，强阴气。久服轻身。五月采。

实味甘，无毒。主治风痹、消渴，益肾气，强阴，补不足，除邪湿。

33. 海藻

《神农本草经》：海藻，味苦，寒。主瘿瘤气，颈下核，破散结气，痈肿癥瘕坚气，腹中上下鸣，下十二水肿。一名落首。生东海。

《名医别录》：海藻，味咸，无毒。主治皮间积聚暴癀，留气热结，利小便。一名薄。生东海。七月七日采，曝干。（反甘草）

34. 滑石

《神农本草经》：滑石，味甘，寒。主身热，泄澼，女子乳难，癃闭。利小便，荡胃中积聚寒热，益精气。耐饥，长年。生山谷。

《名医别录》：滑石，大寒，无毒。通九窍、六腑、津液，去留结，止渴，令人利中。一名液石，一名共石，一名脆石，一名番石。生赭阳、及太山之阴、或掖北白山、或卷山。采无时。（石韦为之使，恶曾青。）

35. 牡蛎

《神农本草经》：牡蛎，味咸，平。主伤寒寒热，温疟洒洒，惊恚怒气，除拘缓，鼠瘘，女子带下赤白。久服，强骨节，杀邪气，延年。一名蛎蛤。生池泽。

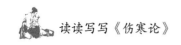

《名医别录》：牡蛎，微寒，无毒。主除留热在关节荣卫，虚热去来不定，烦满，止汗，心痛气结，止渴，除老血，涩大小肠，止大小便，治泄精，喉痹、咳嗽、心胁下痞热。一名牡蛤。生东海。采无时。（贝母为之使，得甘草、牛膝、远志、蛇床良，恶麻黄、吴茱萸、辛夷。）

36. 猪肤，猪的皮肤

《长沙药解》：猪肤，利咽喉而消肿痛，清心肺而除烦满。《伤寒》猪肤汤治少阴病，下利咽喉，胸满心烦者，猪肤、白蜜，清金而止痛，润燥而除烦，白粉涩滑溏而收泄利也。肺金清凉司皮毛，猪肤秉金气之凉肃，善于清肺，肺气清降，君相归根，则咽痛与烦满自平也。

37. 猪胆汁

《长沙药解》：猪胆汁，味苦，寒，入足少阳胆经。清相火而止干呕，润大肠而通结燥。

38. 猪苓

《神农本草经》：猪苓，味甘，平。主痎疟，解毒，辟蛊疰不祥，利水道。久服轻身，耐老。一名猳猪矢。生山谷。

《名医别录》：猪苓，味苦，无毒。生衡山及济阴、宛朐。二月、八月采，阴干。

39. 瓜蒂

《神农本草经》：瓜蒂，味苦，寒。主治大水，身面四肢浮肿，下水，杀蛊毒，咳逆上气，食诸果不消，病在胸腹中，皆吐下之。生嵩高平泽。

《名医别录》：瓜蒂，有毒。去鼻中息肉，治黄疸。其花，主心痛咳逆。生嵩高。七月七日采，阴干。

40. 甘草

《神农本草经》：甘草，味甘，平。主五脏六府寒热邪气，坚筋骨，长肌肉，倍力，金创，尰，解毒。久服轻身延年。生川谷。

《名医别录》：甘草，无毒。主温中，下气，烦满，短气，伤脏，咳嗽，止渴，通经脉，利血气，解百药毒。为九土之精，安和七十二种石，一千二百种草。一名蜜甘，一名美草，一名蜜草，一名蕗。生河西积沙山及上郡。二月、八月除日采根，曝干，十日成。（白术、干漆、苦参为之使，恶远志，反大戟、芫花、甘遂、海藻。）

41. 甘遂

《神农本草经》：甘遂，味苦，寒。主大腹疝瘕，腹满，面目浮肿，留饮宿食，破癥坚积聚，利水谷道。一名主田。生川谷。

《名医别录》：甘遂，味甘，大寒，有毒。主下五水，散膀胱留热，皮中痞，热气肿满。一名甘藁，一名陵藁，一名陵泽，一名重泽。生中山。二月采根，阴干。（瓜蒂为之使，恶远志，反甘草。）

42. 生地黄（生地，熟地，干地黄）

《神农本草经》：干地黄，味甘，寒。主折跌，绝筋，伤中，逐血痹，填骨髓，长肌肉，作汤，除寒热积聚，除痹，生者尤良。久服轻身不老。一名地髓。生川泽。

《名医别录》：生地黄，大寒。主治妇人崩中血不止，及产后血上薄心、闷绝，伤身、胎动、下血，胎不落，堕坠、踠折，瘀血，留血，衄鼻，吐血，皆捣饮之。一名节，一名苣，一名地脉。生咸阳黄土地者佳。二月、八月采根，阴干。（得麦门冬、清酒良，恶贝母，畏芜荑。）

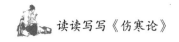

43. 生姜

《名医别录》：生姜，味辛，微温。主治伤寒头痛、鼻塞，咳逆上气，止呕吐。生犍为及荆州、扬州。

44. 生梓白皮

《神农本草经》：梓白皮，味苦，寒。主热，去三虫，叶捣传猪创，饲猪肥大三倍。生山谷。

45. 白头翁

《神农本草经》：白头翁，味苦，温。主温疟，狂易，寒热，症瘕积聚，瘿气，逐血，止痛，疗金疮。一名野丈人，一名胡王使者。生山谷。

《名医别录》：白头翁，有毒。主治鼻衄。一名奈何草。生嵩山及田野。四月采。

46. 白术

《神农本草经》：术，味苦，温。主风寒湿痹，死肌，痉，疸，止汗，除热，消食，作煎饵。久服，轻身延年，不饥。一名山蓟（艺文类聚引作山筋）。生山谷。

《名医别录》：术，味甘，无毒。主治大风在身面，风眩头痛，目泪出，消痰水，逐皮间风水结肿，除心下急满，及霍乱，吐下不止，利腰脐间血，益津液，暖胃，消谷，嗜食。一名山姜，一名山连。生郑山、汉中、南郑。二月、三月、八月、九月采根，曝干。（防风、地榆为之使。）

47. 白粉

大米粉。

48. 白蜜

白蜂蜜：白蜜与蜂蜜的最大区别就是蜜源不一样。白蜜就是采用传统老式方法饲养，用木做成格子挂放在墙上饲养的当地土蜂（中蜂），也称土蜂蜜，这种方法饲养产量相当低，一般一年只能取 1~2 次蜜，这种蜜什么花源都有，经蜜蜂采集充分酿造，浓度也较高，营养成分也相当齐全，各种花源特色都有，这种老式割蜜（土蜂蜜）有"百花丹"冠名传统称誉。另著名的古林长白山椴树蜜亦别称"白蜜"，采自长白山著名的紫椴、糠椴。（来自百度）

49. 知母

《神农本草经》：知母，味苦，寒。主消渴，热中，除邪气，肢体浮肿，下水，补不足，益气。一名蚳母，一名连母，一名野蓼，一名地参，一名水参，一名水浚，一名货母，一名蝭母。生川谷。

《名医别录》：知母，无毒。主治伤寒久疟烦热，胁下邪气，膈中恶，及风汗内疸。多服令人泄。一名女雷，一名女理，一名儿草，一名鹿列，一名韭逢，一名儿踵草，一名东根，一名水须，一名沈燔，一名薅。生河内。二月、八月采根，曝干。

50. 石膏

《神农本草经》：石膏，味辛，微寒。主中风寒热，心下逆气，惊喘，口干舌焦不能息，腹中坚痛，除邪鬼，产乳，金创。生山谷。

《名医别录》：石膏，味甘，大寒，无毒。主除时气，头痛，身热，三焦大热，皮肤热，肠胃中鬲热，解肌，发汗，止消渴，烦逆，腹胀，暴气喘息，咽热，亦可作浴汤。一名细石，细理白泽者良黄者令人淋。生齐山及齐卢山、鲁蒙山。采无时。（鸡子为之使，恶莽草、毒公。）

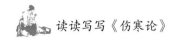

51. 秦皮

《神农本草经》：秦皮，味苦，微寒。主风寒湿痹，洗洗寒气，除热，目中青翳，白膜。久服头不白，轻身。生川谷。

《名医别录》：秦皮，大寒，无毒。主治男子少精，妇人带下，小儿痫，身热，可作洗目汤。久服皮肤光泽，肥大，有子。一名岑皮，一名石檀。生庐江及宛朐。二月、八月采皮，阴干。（大戟为之使，恶吴茱萸。）

52. 竹叶

《神农本草经》：竹叶，味苦，平。主咳逆上气，溢筋急，恶疡，杀小虫。

根，作汤，益气止渴，补虚下气。

汁，主风痉痹。

实，通神明，轻身益气。

《名医别录》：竹叶，芹竹叶大寒，无毒。主除烦热，风痉，喉痹，呕逆。根，消毒。生益州。

淡竹叶，味辛，平、大寒。主治胸中淡热，咳逆上气。其沥，大寒，治暴中风，风痹，胸中大热，止烦闷。其皮茹，微寒，主治呕哕，温气寒热，吐血，崩中，溢筋。

苦竹叶及沥，治口疮，目痛明目，通利九窍；竹笋，味甘，无毒，主消渴，利水道，益气，可久食。

干笋，烧服，治五痔血。

53. 粳米

《名医别录》：粳米，味甘、苦，平，无毒。主益气，止烦，止泄。

54. 细辛

《神农本草经》：细辛，味辛，温。主咳逆，头痛，脑动，百节拘挛，风湿痹痛，死肌。久服明目，利九窍，轻身长年。一名小辛。生山谷。

《名医别录》：细辛，无毒。主温中，下气，破痰，利水道，开胸中，除喉痹，齆鼻风痫，癫疾，下乳结，汗不出，血不行，安五脏，益肝胆，通精气。生华阴。二月、八月采根，阴干。（曾青、桑白皮为之使，反藜芦，恶狼毒、山茱萸、黄芪，畏滑石、硝石。）

55. 胶饴

又名饴糖，麦芽糖。是以高粱、米、大麦、粟、玉米等淀粉质的粮食为原料，经发酵糖化制成的食品。

《长沙药解》：味甘，入足太阴脾、足阳明胃经。功专扶土，力可建中，入太阴而补脾精，走阳明而化胃气，生津润辛金之燥，养血滋乙木之风，善缓里急，最止腹痛。

56. 芍药（白芍药，白芍）

《神农本草经》：芍药，味苦，平。主邪气腹痛，除血痹，破坚积寒热，疝瘕，止痛，利小便，益气。生川谷及丘陵。

《名医别录》：芍药，味酸，微寒，有小毒。主通顺血脉，缓中，散恶血，逐贼血，去水气，利膀胱、大小肠，消痈肿，时行寒热，中恶，腹痛，腰痛。一名白木，一名余容，一名犁食，一名解仓，一名铤。生中岳及丘陵。二月、八月采根，曝干。（须丸为之使，恶石斛、芒硝，畏硝石、鳖甲、小蓟，反藜芦。）

57. 芒硝（朴硝）

《神农本草经》：消石，味苦，寒。主五藏积热，胃张闭，涤去蓄结饮食，推陈致新，除邪气。炼之如膏，久服轻身。生山谷。

《名医别录》：芒硝，味辛、苦，大寒。主治五脏积聚，久热、胃闭，除邪气，破留血腹中淡实结搏，通脉，利大小便及月水，破五淋，推陈致新。生于朴硝。（石

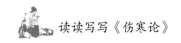

韦为之使，畏麦句姜。）

58. 芫花

《神农本草经》：芫花，味辛，温。主咳逆上气，喉鸣，喘，咽肿，短气，蛊毒，鬼疟，疝瘕，痈肿，杀虫鱼。一名去水。生川谷。

《名医别录》：芫花，味苦，微温，有小毒。消胸中痰水，喜唾，水肿，五水在五脏皮肤，及腰痛，下寒毒毒。久服令人虚。一名毒鱼，一名牡芫。其根名蜀桑根，治疥疮，可用毒鱼。生淮源。三月三日采花，阴干。（决明为之使，反甘草。）

59. 茯苓

《神农本草经》：伏苓，味甘，平。主胸胁逆气，忧恚，惊邪，恐悸，心下结痛，寒热烦满，咳逆，止口焦舌干，利小便。久服安魂魄养神，不饥，延年。一名茯菟。生山谷。

《名医别录》：茯苓，无毒。止消渴，好唾，大腹淋沥，膈中痰水，水肿淋结，开胸腑，调脏气，伐肾邪，长阴，益气力，保神守中。其有根者，名茯神。

60. 茵陈蒿（《太平御览》作茵蒿）

《神农本草经》：茵陈，味苦，平。主风湿寒热邪气，热结黄疸。久服轻身，益气，耐老。生丘陵阪岸上。

《名医别录》：茵陈蒿，微寒，无毒。主治通身发黄，小便不利，除头热，去伏瘕。久服面白悦，长年。白兔食之仙。生太山及丘陵、岸上。五月及立秋采，阴干。

61. 荛花

《神农本草经》：荛花，味苦，寒。主伤寒温疟，下十二水，破积聚，大坚，癥瘕，荡涤肠胃中留癖，饮食寒热邪气，利水道。生川谷。

62. 葳蕤

《神农本草经》：女萎，味甘，平。主中风暴热，不能动摇，跌筋结肉，诸不足。久服，去面黑皯，好颜色，润泽，轻身不老。生山谷。

63. 葛根

《神农本草经》：葛根，味甘，平。主消渴，身大热，呕吐，诸痹，起阴气，解诸毒，葛谷，主下痢十岁已上。一名鸡齐根。生川谷。

《名医别录》：葛根，无毒。主治伤寒中风头痛，解肌发表出汗，开腠理，疗金疮，止痛，胁风痛。生根汁，大寒，治消渴，伤寒壮热。

64. 葱

《神农本草经》：葱实，味辛，温。主明目，补中不足。其茎，可作汤，主伤寒寒热，出汗，中风面目肿。

《名医别录》：葱实，无毒。葱白，平。主治寒伤，骨肉痛，喉痹不通，安胎，归目，除肝邪气，安中，利五脏，益目精，杀百药毒。葱根，主治伤寒头痛。葱汁，平，温。主溺血，解藜芦毒。

65. 葱白

《名医别录》：葱白，平。主治寒伤，骨肉痛，喉痹不通，安胎，归目，除肝邪气，安中，利五脏，益目精，杀百药毒。

66. 葶苈子（旧作葶苈，《太平御览》作亭历）

《神农本草经》：亭历，味辛、苦，寒。主癥瘕积聚，结气，饮食寒热，破坚逐邪，通利水道。一名大室，一名大适。生平泽及田野。

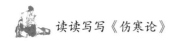

67. 薤白

《神农本草经》：薤，味辛，温。主金疮，疮败，轻身不饥耐老。生平泽。

《名医别录》：薤，味苦，无毒。归骨，菜芝也。除寒热，去水气，温中，散结，利病患，诸疮中风寒水肿以涂之。生鲁山。

68. 虻虫

《神农本草经》：木虻，味苦，平。主目赤痛，眦伤，泪出，瘀血，血闭，寒热酸，无子。一名魂常。生川泽。

蜚虻，味苦，微寒。主逐瘀血，破下血积坚痞症瘕，寒热，通利血脉及九窍。生川谷。

《名医别录》：木虻，有毒。生汉中。五月取。

蜚虻，有毒。主女子月水不通，积聚，除贼血在胸腹五脏者，及喉痹结塞。生江夏。五月取，腹有血者良。

69. 蜀椒

《神农本草经》：蜀菽，味辛，温。主邪气咳逆，温中，逐骨节皮肤死肌，寒湿痹痛，下气。久服之，头不白，轻身增年。生川谷。

《名医别录》：蜀椒，大热，有毒。主除五脏六腑寒冷，伤寒，温疟，大风，汗不出，心腹留饮、宿食，止肠澼下利，泄精，女子字乳余疾，散风邪，瘕结，水肿，黄疸，鬼疰，蛊毒，杀虫，鱼毒。久服开腠理，通血脉，坚齿发，调关节，耐寒暑，可作膏药。多食令人乏气。口闭者杀人。一名巴椒，一名蒟蒻。生武都及巴郡。八月采实，阴干。

70. 蜀漆

《神农本草经》：蜀漆，味辛，平。主疟及咳逆寒热，腹中癥坚，痞结，积聚邪气，蛊毒，鬼注。生川谷。

《名医别录》：蜀漆，微温，有毒。主治胸中邪结气吐出之。生江林山及蜀汉中，恒山苗也。五月采叶，阴（栝蒌为之使，恶贯众。）

71. 贝母

《神农本草经》：贝母，味辛，平。主伤寒烦热，淋沥邪气，疝瘕，喉痹，乳难，金创，风痉。一名空草。

《名医别录》：贝母，味苦，微寒，无毒。主治腹中结实，心下满，洗洗恶风寒，目眩，项直，咳嗽上气，止烦热渴，出汗，安五脏，利骨髓。一名药实，一名苦华，一名苦菜，一名商草，一名勤母。生晋地。十月采根，曝干。

72. 赤小豆（赤豆）

《神农本草经》：赤小豆，神农黄帝咸，雷公甘，九月采。主下水，排痈肿脓血。生平泽。

《名医别录》：赤小豆，味甘、酸，平、温，无毒。主治寒热、热中、消渴，止泄，利小便，吐逆，卒澼，下胀满。又叶名藿，主治小便数，去烦热。

73. 赤石脂（青石，赤石，黄石，白石，黑石脂等）

《神农本草经》：青石、赤石、黄石、白石、黑石脂等，味甘，平。主黄疸，泄利，肠澼，脓血，阴蚀，下血，赤白，邪气，痈肿，疽痔，恶疮，头疡，疥瘙。久服，补髓益气，肥健，不饥，轻身延年。五石脂，各随五色补五脏。生山谷中。

《名医别录》：赤石脂，味甘、酸、辛，大温，无毒。主养心气，明目，益精，治腹痛，泄澼，下痢赤白，小便利，及痈疽疮痔，女子崩中漏下，产难，胞衣不出。久服补髓，好颜色，益智，不饥，轻身，延年。生济南、射阳，及太山之阴。采无时。（恶大黄，畏芫花。）

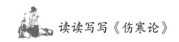

74. 连轺（连翘根）

《神农本草经》：连翘，味苦，平。主寒热，鼠瘘，瘰疬，痈肿，恶疮，瘿瘤，结热，蛊毒。一名异翘，一名兰华，一名轵，一名三廉。生山谷。

75. 通草（《太平御览》作蓪草）

《神农本草经》：通草，味辛，平。主去恶虫，除脾胃寒热，通利九窍，血脉关节，令人不忘。一名附支。生山谷。

《名医别录》：通草，味甘，无毒。主治脾疸，常欲眠，心烦，哕出音声，治耳聋，散痈肿、诸结不消，及金疮，恶疮，鼠瘘踒折，齆鼻，息肉，堕胎，去三虫。一名丁翁。生石城及山阳。正月采枝，阴干。

76. 铅丹

《神农本草经》：铅丹，味辛，微寒。主咳逆，胃反，惊痫癫疾，除热下气，炼化还成九光。久服通神明。生平泽。

《名医别录》：铅丹，止小便利，除毒热脐挛，金疮溢血。生蜀郡。一名铅华，生于铅。

77. 阿胶

《神农本草经》：阿胶，味甘，平。主心腹内崩，劳极，洒洒如疟状，腰腹痛，四肢酸疼，女子下血，安胎。久服轻身益气。一名傅致胶。

《名医别录》：阿胶，微温，无毒。主丈夫少腹痛，虚劳羸瘦，阴气不足，脚酸不能久立，养肝气。生东平郡。煮牛皮作之。出东阿。（恶大黄，得火良。）

78. 附子

《神农本草经》：附子，味辛，温。主风寒咳逆邪气，温中，金创，破癥坚积聚，血瘕，寒湿踒躄，拘挛，膝痛不能行走。生山谷。

《名医别录》：附子，味甘，大热，有大毒。主治脚疼冷弱，腰脊风寒，心腹冷痛，霍乱转筋，下痢赤白，坚肌骨，强阴。又堕胎，为百药长。生犍为及广汉。八月采为附子，春采为乌头。（地胆为之使，恶蜈蚣，畏防风、甘草、黄芪、人参、乌韭、大豆。）

79. 石蜜

《神农本草经》：石蜜，味甘，平。主心腹邪气，诸惊痫痉，安五藏，诸不足，益气补中，止痛解毒，除众病，和百药。久服，强志轻身，不饥不老。一名石饴。生山谷。

《名医别录》：石蜜，微温，无毒。主养脾气，除心烦，食饮不下，止肠澼，肌中疼痛，口疮，明耳目。久服延年神仙。生武都、河源山谷，及诸山石中。色白如膏者良。

80. 香豉

《名医别录》：豉，味苦，寒，无毒。主治伤寒、头痛、寒热、瘴气、恶毒、烦躁、满闷、虚劳、喘吸、两脚疼冷，又杀六畜胎子诸毒。

《长沙药解》：味苦、甘，微寒，入足太阴脾经。调和脏腑，涌吐浊瘀。

81. 鸡子黄

《中华本草》：滋阴润燥，养血熄风。主心烦不得眠，热病痉厥，虚劳吐血，呕逆，下痢，烫伤，热疮，肝炎，小儿消化不良。

《本草纲目》：鸡子黄，气味俱厚，故能补形，昔人谓其与阿胶同功，正此意也。其治呕逆诸疮，则取其除热引虫而已。

《长沙药解》：鸡子黄，补脾精而益胃液，止泄利而断呕吐。《伤寒论》黄连阿胶汤，用之治少阴病，心中烦，不得卧者，以其补脾而润燥也。《金匮要略》百合

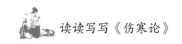

鸡子汤，用之治百合病吐之后者，以其涤胃而降逆也。排脓散，用之以其补中脘而生血肉也。温润淳浓，滋脾胃之精液，泽中脘之枯槁，降浊阴而止呕吐，升清阳而断泄利，补中之良药也。

《药性论》：和常山末为丸，竹叶煎汤下，洽久疟不差。治漆疮，涂之。醋煮，治产后虚及痢，主小儿发热。煎服，主痢，除烦热。炼之，主呕逆。

《千金·食治》：主除热，火灼、烂疮，痤。

82. 麦门冬（麦冬）

《神农本草经》：麦门冬，味甘，平。主心腹，结气，伤中，伤饱，胃络脉绝，羸瘦短气。久服轻身，不老不饥。生川谷及堤阪。

《名医别录》：麦门冬，微寒，无毒。主治身重目黄，心下支满，虚劳、客热，口干、燥渴，止呕吐，愈痿蹶，强阴，益精，消谷调中，保神，定肺气，安五脏，令人肥健，美颜色，有子。秦名羊韭，齐名爱韭，楚名乌韭，越名羊蓍，一名禹葭，一名禹余粮。叶如韭，冬夏长生。生函谷肥土石间久废处。二月、三月、八月、十月采，阴干。（地黄、车前为之使，恶款冬瓟，畏苦参、青襄。）

83. 麻子仁（火麻仁）

《神农本草经》：麻子，味甘，平，主补中益气。久服肥健不老。生太山川谷。

《名医别录》：麻子，无毒。主中风汗出，逐水，利小便，破积血，复血脉，乳妇产后余疾，长发。（畏牡蛎、白薇，恶茯苓。）

84. 麻黄

《神农本草经》：麻黄，味苦，温。主中风伤寒头痛温疟，发表，出汗，去邪热气，止咳逆上气，除寒热，破癥坚积聚。一名龙沙。

《名医别录》：麻黄，微温，无毒。主治五脏邪气缓急，风胁痛，字乳余疾，止好唾，通腠理，疏伤寒头痛解肌，泄邪恶气，消赤黑斑毒。不可多服，令人虚。

一名卑相，一名卑盐。生晋地及河东立秋采茎，阴干令青。（厚朴为之使，恶辛夷、石韦。）

85. 黄檗（黄柏）

《神农本草经》：蘗木，味苦，寒。主五藏，肠胃中结热，黄疸，肠痔，止泄痢，女子漏下赤白　阴阳蚀疮。一名檀桓。生山谷。

86. 黄芩

《神农本草经》：黄芩，味苦，平。主诸热，黄疸，肠澼，泻痢，逐水，下血闭，恶疮疽蚀，火疡。一名腐肠。生川谷。

《名医别录》：黄芩，大寒，无毒。主治痰热，胃中热，小腹绞痛，消谷，利小肠，女子血闭、淋露、下血，小儿腹痛。一名空肠，一名内虚，一名黄文，一名经芩，一名妬妇。其子，主肠澼脓血。秭归及宛朐。三月三日采根，阴干。得厚朴、黄连止腹痛；得五味子、牡蒙、牡蛎令人有子；得黄芪、白薇、赤小豆治鼠瘘。（山茱萸、龙骨为之使，恶葱实，畏丹参、牡丹、藜芦。）

87. 黄连

《神农本草经》：黄连，味苦，寒。主热气，目痛，眦伤，泣出，明目，肠澼，腹痛，下痢，妇人阴中肿痛。久服，令人不忘。一名王连。生川谷。

《名医别录》：黄连，微寒，无毒。主治五脏冷热，久下泄澼脓血，止消渴、大惊，除水，利骨，调胃，厚肠，益胆，治口疮。生巫阳及蜀郡、太山。二月、八月采。（黄芩、龙骨、理石为之使，恶菊花、芫花、玄参、白鲜，畏款冬，胜乌头，解巴豆毒。）

88. 龙骨

《神农本草经》：龙骨，味甘，平。主心腹鬼疰，精物老魅，咳逆，泻痢脓血，

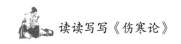

女子漏下，癥瘕坚结，小儿热气惊痫。

《名医别录》：龙骨，微寒，无毒。主治心腹烦满，四肢痿枯，汗出，夜卧自惊，恚怒，伏气在心下，不得喘息，肠痈内疽阴蚀，止汗，小便利，溺血，养精神，定魂魄，安五脏。

白龙骨，治梦寐泄精，小便泄精。

龙齿，主治小儿五惊，十二痫，身热不可近人，大人骨间寒热，又杀蛊毒。（龙骨，得人参、牛黄良，畏石膏、龙角，畏干漆、蜀椒、理石。）

汉制单位

1981 年考古发现汉代度量衡器"权"对了解古方剂量具有重要意义。汉代司农铜权是东汉国家最高的管理农业的行政部门所制定的标准衡重器具。班固的《汉书·律历制》中记载：千二百黍实其龠（yuè）合之为合（gě），十合为升，十升为斗，十斗为斛。通过考古文物来考察，按现代的计量单位换算如下。

一斤 = 十六两 ≈ 250 克 =250 毫升

一两 ≈ 15.625 克 =24 铢

一铢 ≈ 0.65g=100 个黍米的重量

一石 = 四钧 ≈ 29760 克

一钧 ≈ 7440 克

一升 ≈ 200 毫升

一合 = 20 毫升

一圭 ≈ 0.5 克

一龠 ≈ 10 毫升

一撮 ≈ 2 克

一方寸匕 = 金石类 2.74 克

一方寸匕 = 药末约 2 克

一方寸匕 = 草木类药末约 1 克

半方寸匕 = 一刀圭 = 一钱匕 =1.5 克

一钱匕 =1.5 ～ 1.8 克

一分 =3.9 ～ 4.2 克

梧桐子约为黄豆大

杏仁一枚约 0.4 克

蜀椒一升 =50 克

葶力子一升 =60 克

吴茱萸一升 =50 克

五味子一升 =50 克

半夏一升 =130 克

虻虫一升 =16 克

附子大者一枚为 20 ～ 30 克

附子中者一枚约为 15 克

强乌头小者一枚约为 3 克

强乌头大者一枚约为 5 ～ 6 克

杏仁大者十枚 =4 克

栀子十枚平均 15 克

瓜蒌一枚约 46 克

枳实一枚约 14.4 克

石膏鸡蛋大者一枚约 40 克

厚朴一尺约 30 克

竹叶一握约 12 克

一斛 =10 斗 =20000 毫升

一斗 =10 升 =2000 毫升

一撮 =4 圭 =2 毫升

一圭 =0.5 毫升

一引 =10 丈 =2310 厘米

一丈 =10 尺 =231 厘米

一尺 =10 寸 =23.1 厘米

一寸 =10 分 =2.31 厘米

一分 =0.231 厘米

参考文献

[1] 巢元方. 诸病源候论[M]. 沈阳：辽宁科学技术出版社，1997.

[2] 孙思邈. 备急千金要方[M]. 北京：人民卫生出版社，1982.

[3] 王焘. 外台秘要[M]. 北京：人民卫生出版社，1955.

[4] 朱肱. 类证活人书[M]. 北京：商务印书馆，1955.

[5] 成无己. 注解伤寒论[M]. 北京：中国医药科技出版社，2011.

[6] 许叔微. 伤寒九十论[M]. 上海：上海科学技术出版社，1990.

[7] 许叔微. 普济本事方[M]. 上海：上海科学技术出版社，1959.

[8] 王好古. 此事难知[M]. 北京：中国医药科技出版社，2011.

[9] 许宏. 金镜内台方议[M]. 北京：人民卫生出版社，1986.

[10] 王肯堂. 杂病证治准绳[M]. 太原：山西科学技术出版社，2013.

[11] 陈文治. 伤寒集验[M]. 上海：上海古籍书店，1980.

[12] 武之望. 济阴纲目[M]. 北京：中国中医药出版社，2009.

[13] 方有执. 伤寒论条辨[M]. 北京：学苑出版社，2009.

[14] 柯琴. 伤寒来苏集[M]. 上海：上海科学技术出版社，1959.

[15] 叶天士. 临证指南医案[M]. 北京：中国医药科技出版社，2011.

[16] 魏之琇. 续名医类案[M]. 北京：人民卫生出版社，1957.

[17] 叶天士. 未刻本叶氏医案[M]. 上海 ：上海科学技术出版社，1963.

[18] 张璐. 伤寒赞论[M]. 上海：上海书局，1907.

[19] 张璐. 伤寒绪论[M]. 上海：上海书局，1907.

[20] 王子接. 绛雪园古方选注[M]. 上海：上海科学技术出版社，1982.

［21］ 徐大椿. 伤寒论类方[M]. 北京：人民卫生出版社，1956.

［22］ 尤在泾. 伤寒贯珠集[M]. 太原：山西科学技术出版社，2006.

［23］ 张隐庵. 伤寒论集注[M]. 北京：学苑出版社，2009.

［24］ 钱潢. 伤寒溯源集[M]. 上海：上海卫生出版社，1957.

［25］ 沈金鳌. 伤寒论纲目[M]. 上海：上海卫生出版社，1958.

［26］ 喻嘉言. 尚论张仲景伤寒论三百九十七法[M]. 北京：人民军医出版社，2011.

［27］ 陆渊雷. 伤寒论今释[M]. 福州：福建科学技术出版社，2014.

［28］ 恽铁樵，张效霞. 伤寒论研究[M]. 北京：学苑出版社，2011.

［29］ 祝味菊. 伤寒质难[M]. 上海：大众书店，1950.

［30］ 陈伯坛. 读过伤寒论[M]. 北京：人民卫生出版社，1954.

［31］ 黎庇留. 伤寒论崇正编[M]. 北京：学苑出版社，2011.

［32］ 曹颖甫. 经方实验录[M]. 上海：上海科学技术出版社，1979.

［33］ 刘渡舟，聂惠民，傅世垣. 伤寒挈要[M]. 北京：人民卫生出版社，1983 .

［34］ 李克绍. 伤寒解惑论[M]. 济南：山东科学技术出版社，1978.

［35］ 曹颖甫. 伤寒发微[M]. 北京：学苑出版社，2008.

［36］ 汤本求真. 皇汉医学[M]. 北京：中国中医药出版社，2007.

［37］ 唐正有. 中医诊疗要览[M]. 北京：人民卫生出版社，1955.

［38］ 龙野一雄. 中医临证处方入门[M]. 北京：人民卫生出版社，1956.

［39］ 吉益东洞，邨井杶. 药征及药征续编[M]. 北京：人民卫生出版社，1955.

［40］ 周严. 本草思辨录[M]. 北京：人民卫生出版社，1960.

［41］ 稻叶克. 腹证奇览[M]. 北京：中国书店，1988.

［42］ 姜佐景，朱俊. 伤寒论精简读本[M]. 中国医药科技出版社，2014.

［43］ 承淡安. 伤寒论新注[M]. 南京：江苏人民出版社，1956.

［44］ 矢数道明. 临床应用汉方处方解说[M]. 北京：人民卫生出版社，1983.

［45］ 黄煌. 张仲景50味药证[M]. 北京：人民卫生出版社，2004.

［46］ 黄煌. 中医十大类方[M]. 南京：江苏科学技术出版社，1995.

［47］ 黄煌. 药证与经方[M]. 北京：人民卫生出版社，2008.

［48］ 刘渡舟. 新编伤寒论类方[M]. 太原：山西人民出版社，1984.

［49］ 刘渡舟. 经方临证指南[M]. 天津：天津科学技术出版社，1993.